U0592252

美
在旅游中

张阿莹 著

北京航空航天大学出版社
BEIHANG UNIVERSITY PRESS

内容简介

两位年逾七旬的"银发族",背起行囊,扛起相机,追寻自己年轻时的梦想。一位撰文,一位摄影,珠联璧合,深情地歌颂着他们走过的每一片土地。从名山大川到流水飞瀑,从都市集镇到寻常人家,两位老人以细腻的笔触、灵动的照片,描绘着我们美丽的祖国,记录着他们游历的乐趣和幸福的生活。他们饱经沧桑后的乐观与豁达,传递着满满的正能量,那种积极的生活态度足以感染每一位读者。

图书在版编目(CIP)数据

美在旅游中 / 张阿莹著 .-- 北京:北京航空航天
大学出版社,2015.11
    ISBN 978-7-5124-1771-7

    Ⅰ.① 美… Ⅱ.①张… Ⅲ.① 游记 – 作品集 – 中国 –
当代 Ⅳ.① I267.4

    中国版本图书馆 CIP 数据核字(2015)第 085340 号

版权所有,侵权必究。

美在旅游中
张阿莹 著
策划编辑 谭 莉
责任编辑 郑 方
*
北京航空航天大学出版社出版发行

北京市海淀区学院路37号(100191)http://www.buaapress.com.cn
发行部电话:010-82317024 传真:010-82328026
读者信箱:bhpress@263.net 邮购电话:010-82316936
北京尚唐印刷包装有限公司印装 各地书店经销
*
开本:700×1000 1/16 印张:32.25 字数:390千字
2015年11月第 1 版 2015年11月第 1 次印刷
ISBN 978-7-5124-1771-7 定价:49.80元

若本书有倒页、脱页、缺页等印装质量问题,请与本社发行部联系调换。联系电话:(010)82317024

代序

嵌进心底的印象

在五十多年前的那段"恰同学少年，风华正茂；书生意气，挥斥方道"的岁月里，我的高中同窗中，可以称为"文学青年"的，似乎为数不多。而其中真正擅于"舞文弄墨"者，恐怕就要首推张阿莹了。当年的阿莹，给我的印象，可以用16个字来概括，那就是：恬静娴雅，乐观向上，知性善感，敏觉锐思。

"同声相应，同气相求。"我和阿莹之所以能从同窗结为好友，是因为我们有不少相同或相近之处。除了我们同在古都西安长大，父辈同为农业科技人员，有相近的家庭背景外，还因为我们都奉行"以诚为本，以信待人"的立身原则，推崇"老老实实做人，踏踏实实做事"的生活态度。当然，我们都喜欢文学，这大概也不失为一个重要因素。后来阿莹如愿以偿地考上了她心仪的中文系，一生在北京从事她热爱的语文教学工作，教学之余，广泛涉猎，勤于笔耕，难能可贵。我则因为更喜欢数理化而报考了工科大学，但在我的心中却有一个浓重的文学情结。毕业后被分配在四川成都，从事科研设计工作。无奈我的文学情结始终挥之不去，最终导致我"半路出家"，调入出版社，做了一名与文学"搭界"的文字编辑，算是了却了自己的心愿。至于我和阿莹的友谊，也并未因为我们各自选择了不同的术业，地域上又遥隔数千里而有所消减。恰恰相反，几十年来，随着时间的推移，我们的友谊益发深厚，更加牢固了。我与她的先生、我西安交通大学的校友老许也成了要好的朋友。

自从有了电子邮箱，时不时地总会收到阿莹发来的邮件，什么诗歌，散文，游记，照片，等等，美文是她写的，而精美的照片则是她的先生拍摄的，可谓图文并茂，相得益彰。读过之后，我不由慨叹："灯花并头结双蕊，'妇'唱'夫'随真和合！"我原以为，阿莹的作品，我全读过了。及至前不久她发来书稿，随后又打来电话，约我为她的游记集《美在旅游中》写序，我这才知道，原来我此前读过的她的作品，只是"冰山一角"。辛读这些作品，我猛可地忆起了陈荒煤先生在《林非游记选》的序里说过的一席话："一般的游记，为写景而写景，流于纪实而缺乏内涵和情趣；或故作矫情，则华而不实。难得的是触景生情，真有所感，发自心声，使读者的情感随着作家的情感起伏、激荡，好像伴随作家一同进入一个既熟悉又陌生的景域里漫游起来，共享乡土情、祖国情、种种美好的友情、无比壮丽的大好河山的豪情。林非的许多游记就有此魅力。"在我看来，阿莹的许多游记也"有此魅力"。

她的《美在旅游中》，文辞清新、明快、畅达、跳荡，是以口语为"基本原料"，予以"净炼"后的优美语言，而她所展示给读者的石林、大理、丽江、鹭岛、庐山、武夷山、桂林、宏村、黄山、珠海、北戴河、卢沟桥等，则无一不是她"嵌进自己心底的印象"。鉴此，我可以毫不夸张地说：读阿莹这本《美在旅游中》游记集，能够感受到她"以文字作画"，"画中有诗，诗中有哲理"，"修辞立其诚"，娓娓道来，不板滞、不繁缛、不矜持的写作风格，体味到她的散文的自然美、松动美、细节美、画面美、情趣美，从而得到"美的享受"。

至此，不妨引用陆游的诗句，作为本文的结尾："古人学问无遗力，少壮功夫老始成。"不是吗？阿莹一生倾力教学，潜心学问，勤于写作，教之有成，文有所获。如今，年逾七旬的她，仍俯身键盘，笔耕不辍，写作已然达到得心应手、游刃有余的境界了。

聊以充作序。

赵健 于成都

前言

追梦路上感受美

我从小生活在古都西安，长期受厚重的长安文化的熏陶和滋养。家乡和时代，赋予我知性的气质和对生活的热望。后来读了中文系，又教了语文，让我有了更多的机会去阅读和讲述古今中外大师们笔下那秀美的名山大川、壮阔的异域风光和奇趣的风土人情，领略不同作家的志趣情怀和艺术追求。每当我读他们的作品或向学生讲述时，一幅幅雄奇的景观或美丽的画面总会浮现在眼前，令我心驰神往，激动不已。这时我就会有一种亲往这些地方游历的冲动，同时也会有一种不能给学生以身临其境真切描述的遗憾。于是，在20世纪八九十年代，讲授李健吾的《雨中登泰山》和孙犁的《荷花淀》时，我就曾斗胆与另一位语文老师带着几百名学生星夜去登泰山，搭"黑车"去游白洋淀，和学生们一起实地去体验作家笔下的自然美、思想美和艺术美，兴味盎然，收获颇丰。

几十年的教学生涯，使我深切地认识到一个语文教师"读万卷书，行万里路"多么重要，这种知识的储备和实践的体验，是十分必要的。遗憾的是那些年忙于教务，缠身应试教育，实在无暇分身走出家门、校门。但萦绕在我心中"走出去、游天下、见世面"的梦想，却始终挥之不去，那时我曾暗下决心，以后若有了闲适之时，钱包也稍稍鼓起点，就一定要去圆这个"伟大"的梦。

退休后，自己有了充裕的时间，于是我就急不可耐地走上了追梦之路。惬意地迈开双脚去领略祖国的山水之美；潇洒地跨出国门，去感受外面世界的精彩。每当出门前，我都要尽力做好功课，让每一处景点、每一个传说故事、每一段历史典故，了然于胸。途中我专注于每一个瞬间，陶醉于每一处景点，每有新意或感动，随时记在本上，以便日后回忆。旅游归来，画面尚在，记忆犹新，我饱含激情地把自己一路所见、所闻、所感、所思，付诸笔端，敲进键盘。一篇篇汗水凝结而成的文章，记录下了我在追梦路上对祖国美丽山河的倾慕，对中华文化的眷恋，对时代发展的高歌，对生活情趣的追求，对人生与社会的思考。之后，我把这些文章和照片发往各大网站和报刊，与网友、读者们共享。同时我还把每次出行不同地域、景区的文字图片，自行打印，装订成册，赠予亲友分享，得到了大家的好评和赞誉，他们热切地鼓励我将文章和图片集结成书，早日出版，以飨更多爱好旅游的读者。

我的先生许自强，为助我实现梦想，背起相机，一路相伴。他执着于摄影，精益求精，有一次为了从最佳角度拍摄建设中的"鸟巢"，竟不顾危险，攀上工地围栏，差点摔断了肋骨。旅途中他全力把每一个美丽的画面、有趣的景物和感人的瞬间摄入镜头，以至每次出行都会将存储卡填满，收获丰硕。回家后再精心取舍，依文意为我的每一篇文章配上精美的照片，使文图相得益彰，力图达到图文并茂，艺术性、观赏性更强的效果。

这本《美在旅游中》游记集，终于能够付梓出版，这是对亲友的应诺，也是我多年的期盼，自然十分欣慰。在此，我首先要感谢陶金福教授的热心引荐，感谢谭莉编辑的赏识和推荐，感谢北航出版社的认可和大力支持，以使此书能够尽快面世。我还要特别感谢我的朋友，四川科学技术出版社原副社长、知名科普作家赵健先生，他在心脏手术后不久，又推迟交付案头多项紧迫任务，在成都暑热难耐之时，为我这本书集作序，我深为感动。感谢曾经鼓励、支持和帮助我完成此书出版的所有亲朋好友们。

希望读者捧起这本游记集时能唤起阅读的兴趣，能激发您走出家门，在旅游中感受自然之美、文化之美和情操之美。那将是我出版此书的最大愿望。

张阿莹 于北京

目录

第一章
云贵纪行
1

1. 七彩云贵十日行　　　2
2. 石林，大自然的杰作　　8
3. 雨中游大理　　　14
4. 美哉！丽江　　　20
5. 壮哉！黄果树瀑布　　30

第二章
广西游记
37

1. 最美广西　　　38
2. 德天归来唱赞歌　　46
3. "绿城"印象　　　52
4. 桂林的山呵，漓江的水　60

第三章
闽赣之旅
71

1. 难忘的闽赣之旅　　72
2. 闽赣之旅诗六首　　80
3. 游武夷山风景区　　84
4. 福州、泉州两市掠影　90
5. 鹭岛情思　　　96
6. 永定客家土楼奇观　108

7. 龙岩红色之旅小记　114
8. 登庐山记　118
9. 九江抗洪广场记怀　132

第四章

皖浙赣纪行

135

1. 徽风皖韵醉人心　136
2. 初识历史文化名城——歙县　144
3. 逛屯溪老街　品徽州美味　152
4. 到婺源去看油菜花　160
5. 登黄山始信峰　166
6. 宏村小住手记之乐山书屋印象　176
7. 宏村小住手记之宏村古镇览胜　182
8. 宏村小住手记之雨中游竹海、西递　194
9. 乘船去看千岛湖　204
10. 重游杭州西湖　210

第五章

珠海度假之旅

219

1. 初到珠海印象　220
2. 珠海海岛行——三游野狸岛　228
3. 珠海海岛行——漫步淇澳岛　236
4. 珠海海岛行——登上桂山岛　242
5. 珠海海岛行——横琴岛展望　248
6. 珠海感受梅雨季　252
7. 珠海旅游遇憾事　258
8. 十四年后重游澳门感怀　268

第六章

再居珠海之游

277

1. 又见珠海   278
2. 啊！珠海渔女   290
3. 珠海爬山记   296
4. 在珠海享舌尖之美   308
5. 参观中山市"孙中山故居"   318
6. 肇庆，湖光山色美如画   328

第七章

秦皇岛度假之旅

345

1. 夏日登"天下第一关"   346
2. 二游"老龙头"   354
3. 看海景千姿百态   362

第八章

冀豫旅行散记

373

1. 新春拜望赵州桥   374
2. 怀来疗养、访古、摘葡萄   380
3. 夏末北戴河掠影   394
4. 美如仙境云台山 最佳服务云台山   402

第九章
北京游览随笔
419

1. 中华民族园快乐游　　　　　　　　420
2. 卢沟桥抒怀　　　　　　　　　　　426
3. 秋游硅化木国家地质公园　　　　　432
4. 初夏芍药惹人醉　　　　　　　　　438
5. 我们看着"鸟巢"在长大　　　　　442
6. 看"鸟巢"、"水立方"落成之夜景　450
7. 去玉渊潭公园看可爱的企鹅　　　　454
8. 寻访镇边城　　　　　　　　　　　460
9. 荷韵鹅影圆明园　　　　　　　　　466
10. 南海子公园欢聚之游　　　　　　　476
11. 绚丽多彩秋色美　　　　　　　　　482
12. 又到一年赏秋时　　　　　　　　　490

作者简介
500

美丽的黄果树瀑布

第一章

云贵纪行

美
在旅游中

1

七彩云贵十日行

七彩云南

昆明市街景

2007年4月6日，我和先生随旅行社的老年团，前往云南、贵州旅游。大儿子送我们到北京东站，乘T61次列车前往云南。途经河北、河南、湖北、湖南、贵州、云南等六省，行程3 183公里。在火车上度过了漫长的两夜一日近四十个小时后，于第三天上午到达云南昆明。

出昆明火车站，旅行社的龙小姐，用笑脸和玫瑰花迎接我们，后又把我们一行18人，送上一辆"金龙"中巴，中巴车径直开往石林。此后，这辆"金龙"就陪我们开始了云南的六日之行。

在昆明，当晚住宿于宜良双禄大酒店，酒店设施尚可。第二天，"金龙"就向大理开去。车行近六个小时，傍晚到达大理，留宿大理国土局招待所。次日晨，大理的天空阴沉，乌云密布，眼看大雨即将来临。车刚开，丝丝细雨就飘进车窗，快到旅游景点崇圣寺三塔时，已是大雨滂沱，路面雨水横流。此后在大理古城、蝴蝶泉等景点游览时，我们都是透过茫茫雨幕

云南石林一景

赏景的。此游虽有淋漓之苦，但亦带来别样的情趣。其间，导游曾带我们到大理石展厅、玉器店等参观、购物。不管买与不买，听着有关知识的介绍，看着那些玲珑剔透的工艺品，倒也能增长不少见识，赏心悦目。此日下午，为了尽早赶到丽江，"金龙"又隆隆地发动，载着我们匆匆离开大理，冒雨向前方奔去。

　　一路颠簸，到丽江已是掌灯时分，用过晚餐，我们入住运武酒店。酒店设施完善，条件不错，尚能让疲惫的身心好好休息一晚。翌日晨，我和先生走出酒店，刚走了几步，就发现"丽江古城"原来就在路对面，不禁喜出望外，于是捷足先登，提前光顾了古城，独享了古城雨后特有的静谧和润泽。早

大理崇圣寺三塔

玉龙雪山云杉坪雪景

餐后，在导游"胖金妹"的带领下，我们再次游览古城，尽情领略了这座"高原姑苏"的美丽、柔情、古朴、时尚与繁华。午后，淋着飘洒的小雨，我们来到玉龙雪山脚下。乘小缆车15分钟，再走栈道，不多时即登上了高山草甸云杉坪。远观雪山胜境，亲临原始森林，一种神圣、沧桑与悠远的感受充溢心田。下山时，途经清澈的白水河，这里独特的异域风光，让人流连忘返。晚上，兴致勃勃地观看了华丽醇美的大型民族歌舞——"丽水金沙"后，不顾游伴的劝阻，我和先生，又一次赶到古城，去观赏它迷人的夜景，体验流光溢彩的"江南水乡"之美。在这里，热情的少数民族少女，五湖四海的游客，让丽江的夜色更加热闹与浪漫，极具诱惑和魅力，置身其间你会不由自主地唱起来，跳起来。

可惜我们在美丽的丽江，只待了一天两夜，大家还未尽兴，就要赶往昆明。这天，"金龙"载着我们，早早地从薄雾中向南进发。又是一路颠簸，进进出出几处购物点，摇摇晃晃十几个小时，傍晚才到昆明郊区。体弱的我，终于抵不住连日长途旅行的劳累，到昆明后，就身体不适，咳嗽嗓子疼，一夜未眠。第二天，昏昏沉沉地拖着双脚，随团来到昆明的金马碧鸡坊和滇池边，等进到民族园时，我再也无力挪步，一量体温，三十八度多，先生只好陪我在车里休息。身在异乡，我们很担心病情加重，一边加大服药量，一边做好随时中断旅行，提前返京的准备。不知是上苍的眷顾，还是我的游心太重，睡了一夜，烧竟退了，感到身体轻松许多，于是，我们又下决心，继续随团到贵州，向黄果树瀑布奔去。

从昆明乘火车，经过一夜，第二天清晨即到贵阳。早餐后，又乘汽车赴安顺，前往黄果树瀑布。车行三个多小时，中午到达黄果树瀑布公园。进园后，要乘很长的扶梯下到河底，再沿河边前行，去观赏闻名遐迩的黄果树大瀑布。此时耳旁听到的是雷鸣般的轰隆声，眼前看到的是白浪翻卷的水流，再往前走，雄伟的大瀑布一下子就呈现在面前，其壮阔，其秀美，令人震撼。多数游人，沿着崎岖婉转的山路进入瀑布腹地，目睹水帘洞的独特景观，和"中华第一瀑"亲密接触，可惜我体力不支，未能前往，先生随导游同往，说是代我观赏。他返回后，详尽描述了所见景象，"看景不如听景"，这多少弥补了我未能穿过水帘洞的缺憾。其实，我在山下也饱览了大瀑布的壮观和风情，真的是未留遗憾，不虚此行哪！

当晚，我们赶回贵阳，在一处苗家餐厅用过晚餐后，即前往市中心。匆匆看了一眼贵州著名的景点甲秀楼的夜景后，导游安排我们到车站附近的湛江宾馆休息，准备明天一早赶火车返京。

4月15日早晨，我们一行乘坐T88次列车，从贵阳驶往北京。经过近三十个小时的行程，16日中午，火车正点到达北京东站，我们顺利地回到离别近十天的家。

十天的云贵旅行结束了，其中长途车马的劳顿，苦是苦了点，累是累了些，但苦中有乐，累中有趣，精神的愉悦，知识的收获，是主要的，有意义的。一路上，我把所见所闻所感，随时记在本上。先生用相机拍下了许多美丽的、有意思的画面。回家后我整理编辑，撰写文章，配以照片，打印成册，以作纪念，并愿与亲友分享。

贵阳甲秀楼夜景

2

石林，大自然的杰作

云南石林

去昆明，不去石林，是一大憾事。去了石林，你会大开眼界，绝对有不虚此行之感。

石林，位于距昆明78公里的路南县境内。这天，我们从昆明出发，中巴车向东行驶约一个半小时，快近石林，远远地就看见路边一大片、一大堆，层层叠叠的黑色石群，像团团的乌云，又像起伏的煤田，我们不由得惊叹和称奇。导游看出大家的惊异，忙解释道："这里的石林遍布四百多平方公里，是我国喀斯特地貌比较集中的地区，这种独特的奇石林立的情景，方圆数十里都可看到，现在看到的只是它的外围，小意思！一会儿，你们就会看到大、小石林，那才是石林风景区奇峰怪石最集中、最美的地方，不信，你们自己瞧吧！"被导游这么一忽悠，车友个个兴奋不已，巴不得马上就能看到那最美的景象。

步入石林国家地质公园，眼前一片开阔。沿着园林大道向前走，路两旁千姿百态的灰色石群，从鲜花草地上拔地而起。

石林国家地质公园一角

参差峥嵘的石影，在湖面上清晰地映现，一簇又一簇，一个连一个，让人目不暇接。此情此景，叫我一下子茅塞顿开，我原以为云南石林和一般的塔林、碑林类似，都是人工雕成的园林，听了刚才导游的解说，再亲身目睹这景象，才识"庐山真面目"。原来它是大自然妙手神笔造出的"纯天然"景观。真庆幸能"到此一游"，让我走出了对石林想象的误区，亲历一个美丽无比的"原生态"的石林。

徜徉在石林间，看到形似利剑，直指青天的剑状巨石；挺拔壮实，高耸峭立的石柱；低矮墩厚的石蘑菇；层层相累的石塔，真是大饱眼福，美不胜收。这里，那些高大壁立的石头群，如山峰突起，错落有致。在不少山崖峭壁上，还刻有许多名人的题字，其中龙云题写的"石林"二字，几经沧桑，至今仍醒目可见，而最为壮观的是朱德同志题写的"群峰壁立 千

载歌载舞在石林

同游石林多开心

与导游"阿诗玛"合影

嶂叠翠"八个大字，笔力遒劲，气势不凡，引来众多的游人争相拍照留影。

石林很大，路很长，导游带着我们边走边讲，她一会儿指着一块石头问大家像不像"鳄鱼张嘴"，一会儿告诉我们这块是"大象和它的孩子"，一会儿又让看高处那伸出的"巨大拇指"，幽默地说："那是在夸奖你们呢！"我们每每循着她指的方向望去，你别说，那些象生石，如"凤凰石"、"青蛙石"等还真的是形神兼备，惟妙惟肖呢。当我们走到一处狭窄地段，导游让大家停下脚步朝上看，啊呀，好悬！头顶上，在两根细细的石柱间，竟然搭着一块摇摇欲坠的大石头，真担心人走过去，那石头会随时掉下来，砸在脑袋上。导游说："别怕！它叫'量心石'，良心好的人是不会被砸的，不过自当年地震到如今，它悬在这儿已经一百多年了，也没听说砸了谁，你们放心过吧。"大家听后相视而笑，从容而开心地穿过了这座"量心石"。

当我们来到一处清丽的湖边时，看到游人你拥我挤，万头攒动，人们都忙不迭地在此拍照，不少年轻的姑娘还穿着漂亮的彝族服装，背着竹篮，争着和这里的湖光石峰合影。我们不解人们青睐这里的缘由，导游指着前面的石头，让我们仔细瞧。我定睛细看，湖对面山坡上那块土黄色和灰色交杂的石峰，宛如一位女子，她头戴帽饰，身穿裙服，背背四方篮，亭亭玉立在石壁山岩间，正在深情地翘首远望。噢！我想起来了，她就是"阿诗玛"呀！阿诗玛的传说故事，撒尼人民耳熟能详，"阿诗玛"早已是他们心中美丽善良的化身。几十年前，一部《阿诗玛》的电影，更让她的美名在全国家喻户晓，阿诗玛美丽的形象深深地印在人们的心中。眼前的景色，一下子唤起了我对那部电影的回忆，脑海中浮现出当年电影中的许多画面。你看！那电影里的阿诗玛不是定格为眼前的这座奇峰了吗！原来云南

石林阿诗玛峰

望峰亭俯瞰石林

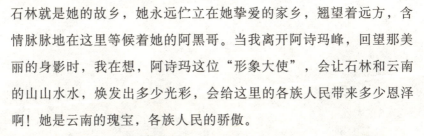

石林就是她的故乡，她永远伫立在她挚爱的家乡，翘望着远方，含情脉脉地在这里等候着她的阿黑哥。当我离开阿诗玛峰，回望那美丽的身影时，我在想，阿诗玛这位"形象大使"，会让石林和云南的山山水水，焕发出多少光彩，会给这里的各族人民带来多少恩泽啊！她是云南的瑰宝，各族人民的骄傲。

　　将近三个小时的游览，同行的旅伴，游兴未减，在导游的关照下，大家踩着崎岖的山路，迈过一道道坎，终于都登上了石林的最高处——"望峰亭"。站在高大宽阔的望峰亭平台上，清风拂面，心旷神怡；举目四望，石林景色一览无余。山下的石林，千山万壑，绵亘起伏，如波涛汹涌；高低错落的巉岩峭壁，似枪剑林立，威风凛凛，势不可挡。面对如此壮观的石林，你不能不感叹大自然的鬼斧神工，竟能打造出如此伟大的杰作；面对这样罕见的世界奇观，我们不能不自豪地说，它是云南的珍宝，是我国的骄傲，它将会越来越受到世人的瞩目和珍视。

13

[3

雨中游大理

雨中游大理崇圣寺三塔

大理古城

　　这天，从昆明乘中巴车，奔高速公路，向大理驶去，途中，刚才还是蓝天白云，晴空万里，不一会儿，黑云压过，又下起雨来。导游说，这儿的天气，就这样，像孩子的脸，说变就变，捉摸不定。一车的游伴，都在心中暗暗嘀咕：愿天公作美，明天来个好天气。

　　天违人愿。第二天清晨起来，天空就阴沉沉的，上了车，还没坐稳，丝丝细雨就斜落在车窗上。下车时，竟大雨如注。冒着瓢泼大雨我们来到崇圣寺的大门口。崇圣寺位于大理古城西北两公里的苍山脚下，是大理的象征。它始建于唐南诏时期，鼎盛于宋大理国时期，是当时佛教盛行大理的见证。寺内著名的三塔，高耸入天，光耀千古，是我国南方最壮丽的塔群，为国内外旅游者来大理必到的一处胜景。

　　大雨让这里的气温骤降十几度。阵阵寒意，没有减弱游人的热情，衣衫单薄的各地游客，撑起五颜六色的雨伞，踩着雨水横流的石砌路，络绎不绝地向寺内涌去。透过雨幕，抬眼望，远处的苍山，被乌云笼罩，朦朦胧胧，看不清山形的轮廓；而近处座座殿阁，排排绿树，被雨水清洗过，却显得更加金碧辉煌，青翠润泽。那矗立云端的三座白塔，在灰蒙蒙的天

15

穹下，格外突出，十分抢眼。伫立塔前，细细凝望，只见大小三塔，成鼎足之势，其中建于唐代的主塔最高，有16层，高约七十米，因其高，素有"千寻塔"之称。它是方形密檐式空心砖塔，酷似西安的小雁塔；其余南北两座塔建于宋代，比主塔低了许多，为10级八角形密檐式空心砖塔。从外形上看，三座塔十分相似，每层都是出檐，层层檐角上翘，由下往上看，层层叠叠的轮廓，上部、下部小，中部较大，造型优美，非常好看，极具艺术魅力。在春雨的冲洗下，塔身越发洁净，它们在一片绿荫中，拔地而起，宛如玉柱擎天，壮观无比。高高的三塔，历经千年烽烟，而今雄姿依然。它作为大理的象征，大理白族文化的象征，当之无愧；作为国家重点文物保护单位，受到了世人的青睐，得到了很好的保护。

从崇圣寺出来，雨仍下个不停，金花导游带我们到大理古城游览。大理古城，面临洱海，背靠苍山，至今已有六百多年的历史，为我国历史文化名城之一。

阴雨中的古城，依然巍峨壮丽。修葺一新的城楼，飞檐翘角，斗拱彩绘，颇具特色，灰砖城墙，古朴庄严。城楼上两个金色题字"大理"，刚劲有力。面对这一切，不由让人遥想起它曾经的繁华与沧桑。城门前，摩肩接踵的游客，有的撑着雨伞忙碌地拍着照片，有的争相和穿着漂亮服装的白族姑娘合影。天上，点点大雨；伞下，张张笑脸。我们走在积满雨水的石板路上，虽然衣服被打湿，双脚浸水，但仍兴味盎然，不觉淋漓之苦。抬眼看，这里的房屋全是清一色的青瓦屋面，街道两旁商店、作坊、茶社和小吃店紧紧相连。各家店铺门前，或竖或横的老字号招牌异常显眼。店铺里各式各样的商品琳琅满目，尤以银光锃亮的银器、晶莹剔透的大理石制品、色彩斑斓的扎染布艺和奇形怪状的药材居多。我在一家大理石店前，被

展厅里漂亮的大理石工艺品

那些石质细腻，花纹奇异的小物品所吸引。一会儿拿起这件看看，一会儿又拿起那件端详，爱不释手，直到买下一只小花瓶和一个小牙签盒，才心满意足地离开。毕竟这是大理的特产啊，你说，能不留个纪念吗！

雨还在下着。这里，滴滴答答的雨声，路面石砖下潺潺溪水的细语，招揽生意的叫卖声，白族导游绘声绘色的讲解与游客的欢声笑语，合奏成一首动听、热闹的交响曲。置身其间，既感受到遥远的古朴之美，浓浓的异乡风情之美，又触摸到现代的商业文化气息。古城不古，它依然年轻，充满着生机与活力。

"蝴蝶泉"，是我这次来大理，最向往、最钟情的地方。许久以前，电影《五朵金花》里那美丽的地方、美丽的故事、美丽的姑娘，早就深深地刻印在我的心底。如今能亲临蝴蝶泉边，亲眼看看美丽的金花姑娘，该是多么幸运啊！

在前往蝴蝶泉的路上，我一直怀着激动和期待的心情。到了蝴蝶泉公园门口，顾不得打伞，第一个下了车，快步走进烟雨蒙蒙的公园。园内茂林修竹，曲径通幽。远望天色昏暗，苍山茫茫。为尽快看到蝴蝶泉，我们乘公园的游览车前行。途

雨中大理古城　　　　　　　　　　　　　金花们漫步在竹林石道上

中有一座古色古香的大理石牌坊映入眼帘，上有郭沫若题写的
"蝴蝶泉"三个遒劲的大字。车行七八分钟，就到了蝴蝶泉。
下车环顾，泉边古树参天，绿荫匝地。走近一看，泉池并不
大，不足十米见方，内壁青石铺砌，壁上亦刻有郭沫若"蝴蝶
泉"的题字，石缝间野花繁生，绿草拂泉。池的四周围有雕花
的白色大理石护栏。

　　泉水清澈见底，秀色宜人。此时，雨水不断地滴落，泉
水响起微微叮咚声，泛起层层涟漪，给静谧的泉池平添了几分
动感与灵气。泉的西北角，有一棵高大的合欢树，枝叶婆娑，
树冠遮天蔽日；长满青苔的粗大枝干，斜倚旁出，横跨池上，
给人一种悠远苍劲之感。据说，这棵古树，每年四月开花，花
形似蝶，须翅翩然，栩栩如生，被称为"蝴蝶树"。每当此
时，苍山洱海之间成群的蝴蝶，常赶来聚会，它们或翩舞于泉
水边，或嬉戏于花草间。更有无数彩蝶，从合欢树巅上，连须
钩足，一只只倒挂而下，直垂泉面，缤纷络绎，蔚为壮观。因
此，每年到农历四月十五"蝴蝶会"这天，白族男女就会穿红
着绿，从四面八方，纷至沓来，赶会观蝶，谈情说爱，盛况空
前，热闹非凡。此情景曾在明代地理学家徐霞客的游记中有过
记载，历代文人的笔下，也曾热情称颂过大理的蝴蝶泉，描绘

过这里动人的传说故事。

可惜，此次我们来不逢时，未能看到这独具特色的天下奇观，但是，这里另一道美丽的风景线，更令人赏心悦目。那就是，身着艳丽的白族服饰，如同彩蝶"翩飞"在人流中的金花和阿鹏们。他们或作导游，给游客娓娓讲解；或扮为模特，应游人之邀合影留念；或开着游览车迎来送往；或坚守在各个景点，为人们热情服务……昨天，《五朵金花》里，这些漂亮的金花、英俊的阿鹏，曾是劳动模范，生产能手，为家乡建设出力流汗；今天，他们用微笑、知识和勤奋，创造着新的生活，为大理这座美丽的旅游城市，添砖加瓦，增光添彩。他们，才是"风花雪月"的大理最美的亮点。

从蝴蝶泉公园出来，雨霁天晴，回望巍巍苍山，远眺渺渺洱海，我情不自禁地哼起了"大理三月好风光，蝴蝶泉边好梳妆……"这首传唱了几十年的电影插曲。这首歌既唱出了大理儿女对爱情的执着，对家乡的热爱，也唱出了我们对大理由衷的赞颂。

神奇的蝴蝶泉

4

美哉！丽江

丽江古城美景

丽江古城之晨

　　初听"丽江"之名，以为是一条江，如同"湘江"、"漓江"一样，后来得知，它是云南西北部的一个地区，因美丽的金沙江流经而得名。近几年，不知何故，它越来越受到海内外旅游者的热捧。我怀着好奇与渴望，从昆明出发，不顾中巴车十几个小时的颠簸，毅然投入它的怀抱。

　　听说丽江古城的夜景最迷人，住宿的当晚，我就想一睹为快，无奈，人地两生，没有导游领路，不敢贸然前往。第二天凌晨，天刚麻麻亮，我和先生就溜出宾馆大门，想去看看市容。在人行道上，没走出几步，突然看见马路对面，有一座高大的古典式红色门楼，很气派，门楣上"丽江古城"四个金字，遒劲潇洒，十分醒目。我们觉得新奇，想探个究竟，走过去一打听，果然是丽江古城的南门。原来古城就在我们住的宾馆对面，近在咫尺，却没有利用难得的一晚。懊悔之余，想争回点宝贵的旅游时间，趁早，就径直走进古城去看看。

　　清晨，古城还没睡醒，路上人迹寥寥，静幽幽的；路两边鳞次栉比的民居或店铺，雕花绘草的木门窗，还都关闭着。走在雨后湿漉漉的彩石路上，感觉特别清爽惬意。向前走，看

丽江古城建筑

到一幢幢造型古雅，色彩富丽的两层小楼，错落有致地排在路的两边。各家门面上题写的名字都很古奇，如"圣乐"、"夜猫"、"古悦"、"候鸟堂"、"顺水楼"等，原来这是一家家的客栈。客栈窗台、门前摆放着一溜儿漂亮的花卉盆景，门口或贴着对联，或挂着一串串大红灯笼，给人以清新、喜庆和古朴之感。有的店门外挂着"未满可入住"的牌子，有的店门外还竖着一块菜肴的标价牌，菜价不贵，四五元钱即可买一份米线或炒菜。房价也挺便宜，五六十元，一间房就能搞定。看来淡季来丽江，吃住方便还省钱。再向前走，出现了几条岔道，怕迷路，我们就驻足停步，在这里悠闲地拍下不少古城沉睡的镜头，自由地享受了一份恬静与清幽。

回到宾馆，纳西族导游"胖金妹"告诉我，"古城南门是新区，晚上较冷请，为了安全，昨晚没带你们去，一会儿咱们到老区，那儿是游人最爱去的地方。"听后，心中的懊恼很快释然，二话没说，紧随着导游，再次来到古城。

苏醒的古城，一下子喧闹起来。各个店铺，摆出了五彩缤纷的商品，有银饰、玉器、木雕、纳西服饰等，全国各地，甚至国外的名牌,也都高悬在货架;各家饭店,亮出招牌,主食饭菜,特色小吃,应有尽有。八方游客,或跟着小旗成队涌来,或男女老少携手相伴,熙来攘往,热闹非凡。漫步千年古道,踩着磨痕斑斑的五彩花石,望着纵横交错的河道和各式小桥,看到户户门前杨柳依依,溪水潺流,聆听着道旁淙淙的流水声,我仿佛置身于"小桥流水"的江南美景中。在一座繁花似锦的民居前,颇具纳西族风格的"三眼井",引起了大家的兴趣。导游解释说,丽江古城,河网遍布,水流穿街绕巷,入院过墙,连接千家万户,形成"户户泉水,家家垂柳"的高原水乡特色。玉龙雪山的"圣水",给了古城生命和风采,古城人民历来也很崇拜水、珍爱水,"三眼井"就是他们讲究用水、合理用水的见证。那泉水喷涌的第一眼井专为饮用,下游第二眼井为洗菜,再下游的第三眼井才可用来洗衣,用途分明,严格区别。面对这些今日依然流淌的三眼井,大家不禁交口称赞纳西族人民的灵秀和智慧。

四方街,是古城的中心,是由整齐繁华的店铺围成的一块

三眼井

丽江古城北门

东巴文字壁

与导游"胖金妹"在四方街合影

宽阔的方形街面，如同一个广场。主街有四条，向周围辐射，四通八达。当我们走进四方街时，这里已是人流如织。肤色有别、穿着不同、口音各异的游客，会聚在这里，穿行在各个店铺。游逛中，我被一排纳西族老人的舞蹈所吸引。他们穿着民族服装，手拉着手，在音响里纳西族音乐的伴奏下，踏着舞步，哼唱着听不懂的歌词，自如地绕着圈，缓缓起舞。这些老人看上去年纪不轻，但个个精神矍铄，舞姿悠然，为热闹的四方街增添了一道特色风景。我经不住这迷人乐舞的诱惑，勇敢地跑上前去，和一位老姐姐拉起手，跟着他们的舞步跳起来，随后又有几位游客，也兴高采烈地加入到这舞队中。一时欢声笑语，一派祥和欢快的气氛。之后，导游告诉我们，这些老人跳的是纳西族的一种叫"打跳"的舞蹈，他们都是古城的居民，每天自发地到这里来跳舞，为自己舒展身心，为游客带来愉悦。有人说，要了解一个民族，就要去看那里的老人。由这些跳舞的纳西族老人，我

游客和纳西老人一起在四方街跳舞

回想起刚才在石板路上看到的背着背篓缓步前行的老人家，在店铺里巧手织布的老人家，蹲在石板路上精心修补路面的老人家，还有在"东巴壁画"前，为我们高兴地讲解东巴文字的老人……他们，以及他们的先辈，历经沧桑，打造了千年古城，创造出不朽的"东巴文化"，让这座有着深厚文化底蕴的丽江古城，魅力无穷，美丽永远。他们是丽江当之无愧的主人，是纳西民族智慧的源泉和骄傲。

午后，我们驱车前往城北15公里外的玉龙雪山。玉龙雪山是北半球最南端的大雪山，属横断山的余脉。雪域风景在海拔5 000米以上，以险、奇、美、秀著称于世。这些年，它早已成为人们耳熟能详，被旅游者争相探访的名山。一次，看过

烟雨茫茫玉龙雪山

原始森林一景

　　影友拍回玉龙雪山的照片，我抑制不住艳羡之情，不禁对它心驰神往，魂牵梦绕，期盼着有一天自己也能登上雪山之路，攀上"玉龙"之巅。如今夙愿终于得以实现，一路上兴奋难抑，双眼紧紧地贴着车窗，不时地追寻着它的身影。

　　到了雪山脚下，换乘旅游区的环保观光车。车厢里开着暖气，很暖和。步出车厢，导游带我们乘缆车上云杉坪。这是两人乘坐的索道小缆车，像我曾在香山坐的那种，晃晃悠悠，让人害怕，但坐在上面视野开阔，周围的景致一览无余。缆车愈上愈高，抬眼环顾，雪山诸峰连绵起伏，气势磅礴，有的山峰白雪皑皑，有的影影绰绰，山腰间云雾缭绕，朦胧幽幻，宛若仙境；向下看岗峦叠翠，点点白雪若隐若现。因天阴，虽未见雪山霞光辉映，晃然如玉的明丽景象，但它烟笼雾罩、山岚氤氲的娇羞之态，仍给人一种诗意的美感。缆车十几分钟就把我们送到一个山顶。我们沿着一条木阶栈道，步行前往。蜿蜒进入山区后，越走越深，顿觉冷风刺骨，寒气逼人，我把所有带来的衣服都穿在身上，还冻得瑟瑟发抖。很多游人，都租用红色的棉大衣穿在身上，很后悔，我当时没租上一件。我和先生牵着手，小心翼翼地走在湿滑的栈道上。两边原始森林里长着密密麻麻、高耸入云的松树、杉树。树干上布满一点点、一圈圈或一片片的青苔；层层叠叠的树枝被白雪覆盖着，显得苍老而挺拔。林地上，白雪厚一块薄一块地遮盖着湿湿的黑土，卧倒的古树，横七竖八的枯枝，星罗棋布的树桩，在高大林木的庇护下，几十年、上百年随意而自然地"生存着"。这一切构成了一幅静穆和谐的画面，使人联想到古远和沧桑，让人肃然起敬。

　　木栈道在一大片厚厚的雪地上，环成一圈，周边围有粗陋的木栅栏。雪地的四周，是望不到边的杉树林，银装素裹，分外好看。导游告诉说，"这就是云杉坪，你们今天运气好，上午这里下了雪，很漂亮，往常这季节很难看到这么厚的雪。"

远望玉龙雪山

听后大家都觉得很幸运，为不辜负如此美丽的雪景，一个个拿起相机不停地拍照，深深地呼吸着这里清新的空气。有的人还想绕着栈道再往前走，无奈时间有限，只好停步。返回时，我们听导游讲述了云杉坪的一些往事。过去纳西族的一些青年男女，或因恋爱受阻，或因婚姻难成，为了纯真的爱情，常常相伴来这里殉情。过往岁月，云杉坪演绎了多少纳西儿女凄美的爱情故事，留下了多少血泪的印记啊！看看今天，络绎不绝的游客，雪地旁五颜六色的商棚，穿着亮丽纳西服装的"胖金妹"、"胖金哥"们脸上的笑容，你会明白，云杉坪，这个昨日的"伤心地"，今天已变成纳西族人的"聚宝盆"、"幸福地"。巍巍雪山会将他们的家园滋润得更美丽，会给他们带来福祉，让他们的日子过得越来越甜蜜。

入夜，一场骤雨刚歇，观赏完大型民族歌舞《丽水金沙》后，同来的旅友，急于要回去休息，而我和先生，不甘留下缺憾，执意要去看古城的夜景。在导游的指点下，我们两个人，

美在山水间

冒着天黑路不熟的"风险",从竖着大水车的北门,又一次进入丽江古城。

雨后的夜色湿润而朦胧,古城也显得更加风情万种。站在四方街北边的石桥上,放眼四望,河水静静地流着,河岸内壁镶嵌的防水灯发出幽幽的绿光,给黑黢黢的河面,洒下淡淡的光晕,笼上一层神秘的面纱。不知谁放的河灯,漂在水面上,点点亮光,如暗夜闪烁的星星;岸上人影晃动,河柳轻拂,一串串红纱灯散发着迷离而柔美的红光,点缀着夜色,古韵十足。小河边古老街道两旁,那些飞檐青瓦、古朴典雅的木质阁楼,如今已是酒吧、咖啡馆、茶座、食肆或商店,这时,家家门窗洞开,灯火通明,楼上楼下,宾客盈门,座无虚席。阁楼上,一桌桌美女帅哥,推杯换盏,觥筹交错。欢歌中,他们抛下玫瑰,请岸边的纳西族阿妹对歌;对面楼上几个漂亮的纳西族姑娘,坐在房檐上,放声齐唱,高声拉歌;街上的游客被这种场景所熏染,有的驻足围观,有的和声高唱。一时间,楼上岸边,你唱我拉,此起彼伏,歌声笑语,响遏云天。我听着他们对的歌,既有传统的"刘三姐"、纳西族民歌,也有流行的网络歌曲"两只蝴蝶"、"老鼠爱大米",更有老歌新唱,如"东方红"、"我是一个兵"之类,听后让人忍俊不禁。歌声有时委婉如诉,有时激昂高亢,有时甚至是在声嘶力竭地高喊。想象得出这些四方游客,或是从摩天大楼走出的"白领",或是生活中失意的游子,抑或是受伤的恋人,无论相识或陌生,今天,他们在这灯红酒绿的景致中,在这浪漫迷人的夜色中,尽情地释放着压力,恣意地挥洒着激情。相信,当他们走出丽江古城,明天会以舒展轻松的心怀,去面对新的工作和生活。

被桥下的热闹所召唤,我们也不由自主地走到河边,融入欢乐的人流,加入合唱的队伍。歌声中,一天旅途的疲惫,顿时烟消云散。深夜,怀着欢快、新鲜与感激,我们走出古城。当我又一次走过四方街光滑的彩石路时,我似乎明白了这座"高原姑苏"令人心仪的缘由,心想,如果有机会我会再来丽江,那时,我将细细地品味这荣为"世界文化遗产"的丽江,那深层的美丽与独特的魅力。

5

壮哉！黄果树瀑布

雄伟的黄果树大瀑布

　　有一年仲夏，我到美国东部旅行，有幸目睹了世界上最大的瀑布之一——尼亚加拉大瀑布，亲身感受到它的雄伟与壮观，面对它震天的轰鸣和飞泻的巨浪，感慨不已。回国后，在时时回味它的同时，还萌生了要去看看我国最大的瀑布——黄果树瀑布的念头。随着时间的推移，这种急切的心情与日俱增。而这次云贵之行，让我的夙愿终得以偿。

　　游完云南，将要去黄果树瀑布，不巧，在昆明我突然感冒发烧，心里特别紧张，很担心和这个梦寐以求的大瀑布会擦肩而过。赶快服药、降温，谢天谢地！出了一夜汗，烧竟退了，我放下忐忑的心，怀着期待，登上了前往贵阳的列车。

　　凌晨，到了贵阳，早餐后，我们马不停蹄地坐上中巴车，向150公里外的黄果树风景区奔去。黄果树风景区位于贵州省安顺市镇宁布依族苗族自治县境内，景区以黄果树瀑布为中心，风景秀丽、气势壮观、气候宜人。

　　中巴车在高速公路上飞驰，一路上，看不尽贵州连绵起伏的绿色山包，欣赏不够一间间苗族风格的石头房，听不完导游风趣动人的苗家故事。车行两个多小时，中午，快接近黄果树

青山绿水自多情

游人争相走过黄果树天星桥数生石

风景区，老远就隐隐听到水流声。到了黄果树瀑布公园的大门，我按捺不住激动的心情，急于想看到大瀑布的雄姿，就匆匆向前走去。当我们乘坐三百多米长的扶梯，下到崖底，来到河边时，巨大的轰鸣声震人心魄，清澈的河水卷着浪花，从游人的脚下哗哗地流过。再向前走，开阔的绿色山崖间，黄果树瀑布的雄奇身姿，一下子扑入我们的视野，那样高大，那样壮阔，那样蒸腾，给人一种惊心动魄的震撼。定神细观，只见在那高高的崖顶上，被绿树怀抱的白水河，咆哮着从七十多米高的悬崖绝壁上奔泻而下。飞瀑撞击着崖壁上的岩石，溅起漫天的水花，如大雪纷飞，遇到凹进去的岩洞，有的直冲过去，有的团起一个旋涡，聚拢力量，又狂奔而下，以雷霆万钧之势，直泻崖下的犀牛潭，搅得碧绿的潭水，腾起一片水雾。瀑水裹挟着团团雪浪花，继续向崖底的河道冲去。汹涌澎湃的流水，在这里碰到一道道石岩，又留下一层层大小不一白浪翻卷的瀑布，如万马奔腾，蔚为壮观。

我们来时，正当仲春，不是黄果树瀑布水量最大的时候，但"中水"时的瀑布，亦有它绝妙之处，那飞泻的瀑水分成轮廓分明、形态各异的四支，如股股白练，从八十多米宽的峭壁上腾跃流下。这四股瀑水，有的水势小、水流细，显得纤巧秀气；有的水流粗大，带着呼啸直灌而下，极尽豪壮之气；有的瀑水披散开来，如美女的秀发，妩媚而浪漫；有的水流，如一道宽宽的幕幔，垂落下来，跃过崖石，隐隐露出山石的绿苔，

瀑水成河碧如玉

大瀑布水帘洞

空蒙而神秘。午后，在蓝天映衬下，瀑布激起的水沫白雾，被彩虹照得色彩缤纷、变幻莫测。此情此景，正如"观瀑亭"上对联所描述的："白水如棉不用弹弓花自散，虹霞似锦何须梭织天生成"。黄果树瀑布这种瀑水分明的美丽景观，是独一无二的。

　　黄果树瀑布还有别于世界其他名瀑的最为独特之处，那就是它神奇的水帘洞。水帘洞自然贯通大瀑布，位于悬崖半腰四十多米的高处。从山脚沿着石阶蜿蜒上行，慢慢就会走进瀑布，在瀑布里面穿行，感到非常奇幻和刺激。走过一个个洞厅，会看到瀑水如倾盆大雨般地泻下，在眼前形成一道雨帘，透过帘幕，会朦朦胧胧看到水雾缭绕、云蒸霞蔚的景象，伸手触摸飞溅的水花，沁凉舒适，顿感神清气爽。此时，真有如临仙境之感，人仿佛置身于传说中花果山的水帘洞一般。在134米长的水帘洞中行走，被大瀑布揽于怀中，融于它的水汽之中，可以全方位地欣赏它壮美的姿容，倾听它雷鸣般的巨响，尽情赞美它赋予天地的雄奇与壮观，那种感觉，真是棒极了。我想它毫不逊色于尼亚加拉大瀑布。

　　黄果树瀑布的壮美景色，历来为我国古人所赞赏。四百多年前，明代杰出的地理学家、旅行家徐霞客，就曾赞誉它"水

壮哉！黄果树瀑布

瀑布公园内的徐霞客塑像

由溪上石，如烟雾腾空，势其雄厉，所谓珠帘钩不卷，匹练挂遥峰，具不足拟其状也。"今天，以黄果树瀑布为主体的黄果树风景名胜区，早已成为国家4A级旅游区，是我国"西部最具魅力的旅游景区"、"中国最美丽的地方"。未见黄果树瀑布，你体会不出它为何声名赫赫、魅力无穷；当你地走近它，和它亲密接触后，会由衷地赞美它不愧为"中华第一瀑"，会大声地赞叹："壮哉！黄果树瀑布！"

阳朔 "世外桃源"

第二章

广西游记

1

最美广西

德天跨国大瀑布

通灵瀑布美景

嘉和城温泉风光

2007年秋，我和先生及学校的几十位老师随旅行社，愉快地度过了八天的广西之旅。第一天，从北京西站乘T5次火车，经过27个小时漫长的旅程，首站到达广西首府南宁。翌日，即乘旅游大巴车前往靖西通灵大峡谷。一路上的绿树红花，满眼蔗田，欣赏不够。沿途十里画廊，峰回路转，溪水潺流，景色绝佳。大家兴致勃勃地在充满野趣和原始风味的中国最绿的峡谷——通灵大峡谷游览，这里峡谷、悬崖、洞穴、钟乳石千奇百怪，暗河、溪流纵横交错，珍稀的远古植物比比皆是。180米高的亚洲单级落差最高的瀑布——通灵大瀑布，更与周围的景物交相辉映，美不胜收。当晚我们在大新县的"德天山庄"留宿，第二天一大早，就步行去观赏气势浩大的亚洲第一大跨国瀑布——德天大瀑布。它横跨中越两国，宽达二百多米，看着它雄伟而神奇的三级跌落，我们欣喜不已，叹为观止。之后，我们到距南宁不远的嘉和城温泉，在异国风情、南国美景的拥抱中，尽情地享受着温泉的洗涤和冲泡。

洗去几天旅途的风尘和劳累后，我们到南宁下榻和游览。多次乘坐旅游大巴车，近观或远眺碧绿的邕江穿城而过。大巴

壮族阿妹唱山歌　　　　　　　　　　　　　　　"绿城"南宁一景

　　车缓行在民族大道，透过路旁层层叠叠葱茏的林木，可见幢幢
大楼在绿荫的掩映下，美丽而庄严，那种"半城绿树半城楼"
的景象尽收眼底。徜徉在南湖公园，盘桓在青秀山风景区，那
满眼的绿，更是让人陶醉。这时你会由衷地叹服，南宁真不愧
为"绿城"的美誉！

　　告别南宁，我们乘坐了四个多小时的火车，来到了向往
已久的风景名城——桂林。在导游的指引下，先去欣赏著名的
桂林市徽——象鼻山。远观这座平地拔起酷似大象的山体，它

走近桂林象鼻山

青秀山塔影

佤族小伙表演歌舞

伸出一条长长的"象鼻"，扎入浅浅的漓江水中，极像是大象
在汲水。大自然的神工巧手，竟能造出如此惟妙惟肖的景象，
不能不让人拍手称奇。游完榕杉湖风景区、七星公园后，夜幕
降临，大家回到酒店养精蓄锐，期待着第二天桂林之旅的重头
戏——游漓江。

叠彩山上俯瞰桂林

漓江山水美如画

　　漓江是世界上风光最秀丽的河流之一，古往今来有多少文人墨客为她吟诗作画，有多少中外游客倾慕她、向往她，为她歌唱，为她倾倒啊！我们有幸登上"泰和号"游船，零距离地亲近漓江，亲历她的秀美风光，心中无比兴奋和激动。船开启后，从桂林到阳朔，百里画廊中一幅幅碧水青山的水墨画渐次呈现在眼前。两岸挺拔峻峭、形态万千的山峰；前方清澈见底、倒影连绵的江面；水边郁郁葱葱的翠竹林木，让人目不暇接。几点竹排，几朵游船，给缓流的江水增添了几许韵味、生气和活力。我们的游船在微波中漂荡前行，白色的细浪拍打着船舷，耳边不断地播放着导游对每个景点的介绍，随着她的引导，大家对那些富有诗意的景点，如杨堤烟雨、浪石仙境、黄布倒影等，都怀着极大的兴致，互相指点着、昂首眺望着。到了"九马画山"前，争相做智者的热望，更是提起大家的兴趣，人人极目远望，努力地寻找那隐藏在山石中的九匹马，可惜江水太浅，游船不能近前，人们只能望洋兴叹，远观而已。

人常说"桂林山水甲天下"，可到了桂林，不去阳朔，那不算真去过桂林，因为"阳朔山水甲桂林"啊！到阳朔，我们畅游了漓江后，又泛舟游览"世外桃源"。缘溪前行，桃林夹岸，芳草鲜美，穿过一道石洞，眼前一片开阔，青山绿水，浓墨重彩，显得比漓江还要好看。环顾两岸，刚收获的稻田，一片金黄，寨前屋后一块块菜畦，碧绿可爱，低头吃草的耕牛，荷担劳作的农夫，怡然自得，一派美丽安详的田园风光。岸边丛林里身着佤族服饰的小伙子不时地蹿出，用原生态的歌舞欢迎你，侗寨里热情的主人用美酒和笙歌迎接远方的客人，姑娘们摇动着古老的纺车，滑动着织机上的竹梭，展示着她们传统的生活和文化。在这如诗如画般的仙境里，我们感受到了陶渊明笔下那令人神往的"世外桃源"之境，心灵一时得到了陶冶和净化。

下了船，前行一段，到了遇龙河景区，我们一行五十多人分为七八个小组，分别登上竹筏，在河上游弋。壮族导游阿

船上阿妹对歌

43

妹，在船上放声和各船对歌，一时间，影片《刘三姐》中那些
熟稔的对歌，在河面上此起彼伏，在空中回旋飘荡。我和同船
的老师们也兴味盎然地和阿妹对起歌来，我还幸运地得到阿妹
抛来的一枚花绣球。阿妹人漂亮歌唱得好，简直是活脱脱的一
个刘三姐再现。那甜美的歌声，真像是刘三姐的歌声在耳畔回
响，再看看其他船上的阿妹，也和她一样，原来美丽的"刘三
姐"还在她的故乡，她的歌声永远在家乡流传着。

在竹筏上看过鱼鹰捕鱼的精彩表演后，我们进入了榕树
公园，观赏久负盛名的大榕树。在这棵树下，电影中的刘三姐
曾向她的阿牛哥吐露心声，传递爱情。多少年来人们一直传颂
着这个美丽的故事，也牢记着这棵传情的大树。南来北往的游
客都会怀着美好的心愿赶来观赏这棵大树，围着这棵大树走一
走。相传这棵树植于隋朝，历经千年沧桑流变，至今仍枝繁叶
茂。其树冠遮天蔽日，覆盖面积达一百多平方米，同来的老
师，都没见过这么大的树，纷纷举起相机为它拍照，绕着它走
上一圈，祈求健康长寿。暮色中，我们路经月亮山，其山峰上
有一穿洞，因空明正圆，如一轮明月而得名。我们在车上随车
行方位的变换，可见它圆缺变化，妙趣横生，惹得大家下车时

郁郁葱葱大榕树

妙趣横生月亮山

芦笛岩"雄狮送客"

"刘三姐印象"图景

都争相伸出长臂，托起这细细的弯月留影。白天在阳朔，我们领略到它诱人的山水风光之美；星光下，步行在热闹的西街时，满眼异国情调的酒吧，往来熙攘的中外游客，又让我们感受到这个旅游城镇的现代与洋气。

从阳朔返回桂林，已是旅程的最后一天，旅友们游兴未减，仍然精力充沛地在桂林游览芦笛岩、叠彩山等景点。芦笛岩荣为国宾洞，是国家领导人和外国贵宾常要光顾的重要景区。其为喀斯特地貌，洞深府阔，岩幽景奇，路径崎岖，各种石笋、石花、石柱、石钟乳千姿百态，配上五彩缤纷的灯光，梦幻迷离，璀璨夺目，置身此间，宛如进入"大自然的艺术之宫"。芦笛岩要下到洞中游览观赏，而叠彩山则是要攀缘登高的。我们部分老师因腿脚不便，登上了半山，站在风洞口，观赏层峦叠翠、群峰参差的景象。我和一些朋友，鼓足勇气，拼力向山顶冲锋。当我们气喘吁吁地爬上山巅，站在拿云亭向下俯瞰时，蜿蜒秀丽的漓江，烟波浩渺的湖面，雄奇苍翠的峰峦，高楼林立的街市，万般美景，一览无余，这时你会发自内心地赞叹"桂林山水甲天下"，也才会体验到当年陈毅在此题写"不愿做神仙，愿做桂林人"的深层含义。

2

德天归来唱赞歌

美丽的广西德天大瀑布

德天跨国大瀑布

从黄果树瀑布归来后，我曾满足地说，中国乃至世界有名
的瀑布，如惊险的壶口瀑布、秀美的九寨沟诺日朗瀑布、壮美
的尼亚加拉瀑布，加上这次雄奇的黄果树瀑布，我都亲历过，
目睹过，今后再也不会有什么瀑布能吸引我了，从此，我的瀑
布梦可以休矣，为瀑布的歌唱也可就此打住啦。没想到，去广
西旅游，当我走近宽阔的德天跨国大瀑布时，这种"自信"一
下子消弭了。原来天外有天，世界之大，瀑布之多，不是我能
"一网打尽"的。在自叹目光短浅、井蛙之见后，我不由自主
地再次敲起键盘，为这个美丽而独特的瀑布唱起了赞歌。

德天瀑布，隐在我国西南边陲中越交界的崇山峻岭里。它
犹如一位藏在深闺中的俊俏女子，许久未能与众人谋面，而当
它神秘的面纱被揭开后，人们才发现它惊人的美貌。于是四方
游人不远千里万里，赶来追寻它，欣赏它，很快使这里成了一
个旅游的热点。而我却孤陋寡闻，对它的芳名也是近些年才听
说，正巧这次单位组织广西旅游，我们有幸和它亲密接触，零
距离地观赏到了它的芳容。

从北京乘车到南宁，游览通灵大峡谷后，我们登上旅游大

德天瀑布源流

巴车，向德天大瀑布奔去。天渐行渐晚，晚饭后，已是夜幕笼罩，四围景色一片黑暗，但从我们下榻的宾馆可听到阵阵的流水声，当时不知住地离瀑布还有多远。第二天，当导游带我们向瀑布走去时，才知道原来宾馆就在德天瀑布的近旁，它的名字就叫"德天山庄"。很遗憾昨晚没有走到瀑布跟前，去看看夜幕下它神秘的身影，去听听夜色中它震人心魄的声响。

晨光中，当我们走近它，站在大瀑布观景台凭栏眺望时，一派开阔秀美的景色跃入眼帘。远处，层层薄雾在兀立的群峰间飘逸缭绕，青山显得多情而温柔；近处，一潭碧水烟波浩渺，岸边水面停泊着点点蓝篷的竹排，显得静谧而富有诗意。在山岚水色间，一束束、一股股白色的水流，从一道又高又宽的绿色山崖上飞泻而下，这就是横跨中越边境有名的德天大瀑布。导游指着左前方的景色介绍说，"那是越南境内的瀑布，叫板约瀑布。"我定睛细看，也许是深秋的缘故，这组瀑布，

归春河上竹排待航

水流丝丝缕缕显得纤细舒缓，悠然而下的瀑水如素绢垂挂，又如美女飘动的秀发，苗条而灵秀，让人感受到一种小巧玲珑之美；右边的，则是我国广西的德天大瀑布，它水势宽阔浩大，股股倒挂的银练，从绿树簇拥的三叠山石上一阶一阶奔涌而下，欢跳着跌落到碧绿的深潭，翻卷起层层白浪，如朵朵雪莲盛开，又如闪亮的珍珠满天喷洒，给人以雄奇壮美之感。面对此景，我们的眼前，好像挂着一幅绿底白色图案的大壁毯，又如一幅硕大绮丽的山水画，令人赏心悦目，流连忘返。大家情不自禁，异口同声地赞叹道："真是太美了"！

从观景台下来，沿着一条修砌平整的水泥路，向大瀑布的腹地走去，路的两边，草木掩映，古树参天，紫荆花开得红艳，有的枝条上还挂着长长的绿荚。步行半个多小时，途经一个边贸市场，本想在这里看看中越边境线上的53号界碑，然后再到瀑区去观景，不巧的是，近期因故暂停过境，我们只好遗憾地折回，沿山路的台阶下去，一步步向大瀑布靠近。据说德天瀑布是穿过中越边界的归春河，从广西靖西群山流出，抑或

向船工学撑篙

惬意地在竹筏上漂流赏景

是山中的泉水汇集成河，遇断崖形成的一道高七十余米、宽约二百米的跨国大瀑布。奔腾咆哮的水流在这里上演了惊心动魄的一幕后，又婉转向远方流去。

我们先走到瀑布的顶上，看到峭立的群峰中，一片山水相连的景象。河水溪流在乱石中穿行翻卷，大大小小长满绿苔的岩石在清流中嬉戏。行走其间，耳畔响着哗哗的流水声，脚下踩着湿湿的石头，感觉心旷神怡，如在仙境一般。顺山路追随瀑布下行，可见巨大的水流追赶着浪花向前奔涌，撞到山崖边，翻江倒海似的呼啸而下，跌落到绿色的山岩上，发出雷鸣般的轰响，激起遮天蔽日的白浪飞沫，形成大瀑布蔚为壮观的第一跌。身在其中，深为这雄伟瑰丽的景象所感染、所震撼，心境不由也开阔起来。此后，边下山边观赏瀑布的二跌、三跌，也都被它壮阔非凡的气势，变幻多姿的独特魅力所吸引、所陶醉，以至于走到瀑布底部，美丽的归春河边时，抑制不住要投入它怀抱的激动。在征得导游同意后，我们和友人，毅然登上了竹筏，请船工撑篙，划到了河心，循着瀑水在河面上游弋、漂荡。

　　壮族小伙子船划得极好，又热情好客，边撑船边给我们自豪地介绍这里的景点和风土人情。大家谈笑风生，怡然自得。放眼四望，素湍绿潭，美若仙境；山青林茂，如诗如画。坐在竹筏上，任飞溅的水花如细雨般打湿我们的衣衫，让清冽的瀑水恣意地抚摸我们的脸庞，听涛声和浪花在耳边纵情地歌唱。置身此景，我们感觉和山林、瀑水、河流已然融为一体，在与大自然和谐的拥抱中，体验到极大的快乐和惬意。这时，我从心底里庆幸此次能来德天大瀑布一游，更为自己先前的浅识感到汗颜。此后，我会告诉朋友，如果你还没见过大瀑布，那就去看德天瀑布吧，它可是世界知名、亚洲第一的跨国大瀑布啊！

归春河秋色

美
在旅游中

3

"绿城"印象

南湖公园一景

52

人在美景中

　　过去印象中，南宁是一个并不太起眼的城市，虽为广西首府，但远没有同在广西的桂林那样声名显赫，到广西旅游的人常常是脚步止于桂林。但这些年，却大不同了，"南宁国际民歌艺术节"、"中国—东盟峰会"、"联合国人居奖城市"、"中国绿城"等炫目的活动和美称，让南宁的出镜率逐年攀升，名气越来越大，加上它周边的景点，诸如"德天大瀑布"、"通灵大峡谷"的走热，让国内外的游客更多地关注起南宁，向往南宁，争相奔往南宁。而我是在学唱了谷建芬的《绿水青山都是歌》后，一下子对它着了迷，每当唱起"一条邕江穿城过，一座青山城中坐……"时，心中总会撩拨起一种激情和冲动，憧憬着那里的山山水水，渴望有一天，也能走进南宁。正巧，单位组织去广西旅游，首站就是南宁，我拉着先生毫不犹豫地登上了南行的列车。

　　秋冬的北京已是叶落枝枯，寒意阵阵。出发那天，北风呼啸，寒气袭人，我们穿着厚厚的棉衣，还冷得直打寒噤，可坐了二十多个小时的火车，第二天傍晚到南宁下车时，顿时春风扑面，眼前一片绿色，真感到春意盎然，暖意融融。此时的南

欢快的迎宾曲

宁如同北京四五月间的气温，温暖舒适极了。

　　第二天早上，我们乘车前往通灵大峡谷。路经南宁市区时，看到大街小巷，花花绿绿的摩托车飞驰而过。听导游说，南宁市内一百多万人，就有七十多万辆摩托车。无怪乎，一路上，摩托车主宰了这里的道路交通，构成了南宁市一道独特的风景线。我想，摩托车的快捷、便宜，可能是南宁人首选它的主要缘由吧。大巴车向前行驶，我的眼睛紧贴着车窗向外眺望，只见路两边高大的桉树，枝叶婆娑，擎起一排排绿荫，绿荫下，一丛丛红花、黄花，不时地从眼前闪过。忽然，一条静静流淌的河水出现在我们的视野里，河面上行驶着大大小小的船只，我正疑惑它是不是邕江时，导游的话证实了我的猜想。看到了心仪的江水，我喜出望外，车行到桥上时，凝神观望，宽阔的江面在晨光中泛着金波，丰沛的江水，一路歌唱着穿城而过，又安适地向东蜿蜒流去。这条碧绿的江水，千百年来，滋润着这座城市，养育着这里的人民，让城市灵秀，为百姓造福。它是南宁市的母亲河，是南宁人永远的福祉和骄傲，愿这条美丽的江流永远唱着绿色的歌，欢乐的歌。

　　从德天瀑布归来，我们又到南宁市区游览。这天，大巴车载着我们在民族大道缓行，车窗外层层叠叠错落有致的花草树木，把这条街道装扮得像一条画廊，又宛若一个大花园。路边低矮的朱槿花，花大色艳，为这条大道涂上了第一层绚丽的色彩。它是南宁的市花，在南宁广为种植，一年四季，常开不败，成为南宁人的最爱。穿过花丛，可看到一株株树冠如盖的阔叶乔木——扁桃树，这是南宁的市树，它不但树美花香，四季常青，而且每到收获季节，累累果实挂满枝头，给南宁人带来甜美和芳馨。在阔叶乔木的后面，林立的楼房前，是一排排高大挺拔的槟榔树、棕榈树、椰子树等热带树种。这里，现代化建筑与花草树木自然地融为一体，构成"半城绿树半城楼"的和谐景象，让人赏心悦目，不由时时回眸观望。导游看到大家如此留恋，高兴而神气地说，"别急，我还会带你们到我们南宁更多好看的地方呢。"

　　我们跟着导游来到南湖公园，听说，本年度"南宁国际民歌艺术节"就在这个公园举办。一进园门，满目翠色，宽阔的

南宁市街景

半城绿树半城楼

　　草坪一眼望不到边，草色水灵葱绿，娇嫩得让人不忍触踏，草地上各种名木美树，或疏或聚地插在其间。那状如花瓶的"瓶树"，散散落落，犹如绿毯上摆放着几尊优雅的大花瓶；那腆着大肚皮的"大王椰"，一个个活像弥勒佛，憨态可掬；那挺秀的槟榔树、棕榈树，青翠娇美，宛如亭亭玉立的少女；那些经园丁精心修剪的草木，新颖别致，精巧美观，引得大家争相与它们合影。走过草地，眼前是一泓澄碧的湖水，湖的四周草木葱茏，繁花似锦，蓝天白云下，对面高楼的倒影，给湖面增添了一抹黛色，平添了几许诗意。我们本想走上桥头，去细细观赏南湖的湖光水色，不巧的是，横跨湖面的七孔拱桥正在维修，不然，我们会看到长龙卧波、湖水潋滟，秀美无比的景象。

　　略带几分缺憾地走出南湖公园，大巴车又拉着我们向青秀山奔去。途经东盟会展中心时，我们下车参观这座圆形的美丽建筑。它矗立在一个大型广场上，风格独特，造型别致，是近年为东盟峰会的召开而修建的，现已成为南宁市的地标。它的四周悬挂着中国和东盟各国的国旗，高高的穹顶上，是一朵巨大的银白色朱槿花造型。组成"花朵"的12片美丽的花瓣，代表着广西12个民族，寓意深刻，气势恢弘。它的侧旁，有一个漂亮的花园，偌大的草坪上，点缀着或大或小的花坛、盆景，花草葳蕤，姹紫嫣红，绿茵茵的草坪和一道又宽又长的斜坡相连，在绿色的坡地上，用花草组成的"欢迎各国朋友"的中英文字样，醒目、大气，营造出一种热情友好的氛围。从花园远远望去，苍穹下的东盟会展中心，光彩熠熠，显得更加宏伟壮丽，气度非凡，不愧为南宁市的标志性建筑。

南宁东盟会展中心

南宁青秀山秀色

　　去青秀山之前，导游曾告诉我们，青秀山风景区，常年
翠绿，它犹如一颗碧绿的翡翠，镶嵌在南宁大地上，被誉为南
宁市的"绿肺"、"巨肺"，是国家4A级旅游区，是来南宁
观光的必去之地。听他这么一说，大家都迫不及待地自掏腰
包，奔往青秀山。当我们进入青秀山的大门时，已是午后，园
内游人渐少，显得很幽静。大巴车沿着不高的山路缓行，车窗

外，果然林木青翠，空气清新，风景宜人。每过一处景点，导游就热情地介绍说，这里是世界上最大的"苏铁园"，那里是"翠竹园"，前边是"禅院"，旁边是"泰国园"，真让人有些目不暇接。大巴车在山上行驶了约二十分钟，停在山头上的天湖畔。我们顺山路拾级而上，准备登临山顶的龙象塔，以体验"青山塔影"的美感，俯瞰南宁全城的美景。可惜赶到时塔门已关，只好绕着塔的四周向下观看，但因草木浓密，略无缝隙，只可看到一片遮天盖地的绿色和远处高高的楼顶。天近傍晚，下到湖边，我们沿湖漫步，穿过浓绿的棕榈园、槟榔园。茂密的热带、亚热带雨林风光，让我们这些长居北方的游客，大饱眼福，在此久久徘徊。当我们返回湖边时，一轮红艳的夕阳，高挂在西天，给秀媚的湖水镀上了一层金黄，龙象塔的倒影，在金光中微微荡漾，有人惊喜地喊道："这不就是'青山塔影'吗？"沉浸在美景中如痴如醉的我们，好像突然醒悟过来，忙不迭地拿起相机、摄像机，拍下这最美的一刻。

走出青秀山，夜幕降临，城市华灯齐放，一片辉煌。回望秀拔雄奇的青秀山，远望缓缓流淌的邕江，耳畔回响着壮族阿妹动人的歌声，切身感受着南宁人的热情和好客，我在心中不由得又唱起谷建芬的那首歌，"江水不息唱新歌，青山不老幸福多，绿城处处放光彩，山山水水向你诉说……"

4

桂林的山呵，漓江的水

漓江山水

桂林市徽象鼻山

　　"云中的神呵，雾中的仙，神姿仙态桂林的山！情一样深呵，梦一样美，如情似梦漓江的水！"这是诗人贺敬之《桂林山水歌》中开篇的诗句。年轻时，每次朗诵这首诗，我都会被深深地打动，也感动着我的学生和朋友。此后，桂林的山水就像梦一样，总在我的心头萦绕。对桂林的渴慕，成了我心中几十年挥之不去的情结。可惜，这个梦直到今年才成真，晚是晚了点，但毕竟美梦成真是美好的，是值得庆幸的。

　　深秋季节，我们乘火车从南宁北上桂林，一路上看景说笑，四个多小时的路程，竟不觉一晃就到了。午餐后顾不得休息，就急匆匆地跟着导游梁阿妹，去看梦寐以求的桂林山水。桂林市地方不大，许多景点都在市内，车没开几分钟，就到了象山公园的门口。有道是，桂林之旅，要从象山公园开始，因为它是桂林山水的代表，是桂林市的象征，被称为桂林市的市徽。不到象山，不算来过桂林。之前，尽管我常在图片或荧屏上看到象山的身影，但真正走到它的跟前，还是兴奋难抑，跑来跑去，总想找个最佳位置去观赏它。象山，又称象鼻山，坐落在漓江与桃花江的汇流处。我站在岸边的高处，举目远望，山上长满绿茸茸的草木，好像给山石穿上了一件绿衣。偌大的山形从头到尾，从上到下，酷似一头大象。它有着敦厚壮实的身板，长长的鼻子伸进浅浅的水里，悠闲而自在地吮吸着江水，栩栩如生，慈厚可爱。面对这奇特的画面，我感叹造物主的伟大，竟能"秀出"如此神奇的山岩，让世人观赏不尽。再向前看，在象鼻与象身之间，有一个圆形的孔洞，漓水穿流其间，阳光照进洞口，空明透亮，如一轮明月浮在江面，其名为"水月洞"。这种"象山水月"的奇景，历来为文人墨客所吟诵、所描绘，如宋代曾有诗赞曰"水底有明月，水上明月浮。水流月不去，月去水不流。"形象地描绘出象山水月相映、天上洞中交辉的奇妙景象。岁月如流，多少年过去了，象山依然，水月仍美，它吸引着成千上万的中外游客纷至沓来。当我在岸上看到"月宫"中络绎不绝的人流时，真想登上山路，踏入洞中，体验一下水月画中的美妙感受，无奈，导游的催促声让我失去了这份诗意的享受。

从象山出来，导游带我们来到榕杉湖公园。这里湖水澄清，小桥连连，环湖游览，可见古榕参天，杉树绕岸。远处楼房参差，塔影巍然，高耸的日月塔，在阳光下一座金光闪烁、一座色彩斑斓。双塔美丽的倒影，直插明澈的水中，形成水上水下两塔相连，光华四射的瑰丽景象，引得游人争相拍照。走到一座玻璃桥前，近观桥上建筑，典雅别致，玲珑剔透，晶莹明亮，阳光下熠熠生辉，宛如一座传说中龙王的水晶宫，或是美丽的童话王国。导游阿妹说，这座桥的确是一座水晶宫，它完全是由合成水晶建成的。看来此湖中有了这座不同寻常的建筑，确实增色不少。无怪乎，商贩看中了商机，特意在此撑起一个摄影棚，亲热地招揽游人留影拍照，我和先生拗不过他们的热情，买下了他们抢拍的一张和玻璃桥的合影。

榕杉湖日月塔

玲珑剔透玻璃桥

　　循湖游览中，见湖面的船只往来不断，梁阿妹骄傲地告诉我们说，"这些大大小小的游船可以载着游客，顺着两江四湖环城水系，观赏我们桂林优美的自然风光，感受我们桂林深厚的文化内涵。"嗬！竟这么棒。原来这个水系，是桂林市政府近年斥巨资，花大力气，将漓江、桃花江与榕湖、杉

迷人的漓江风光

湖、桂湖、木笼湖，这两江四湖，打造
成集自然山水、历史文化、生态环保于
一体的城市公园，形成了能与威尼斯水
域以及巴黎塞纳河、阿姆斯特丹运河相
媲美的独特的水上游乐景观。我曾有幸
去过以上国家，亲身体验过那些水上景
观的美丽，听她一讲，再目睹桂林这水
上景色，对比之下，感到特别的亲切和

江上艄公与鱼鹰

漓江之畔凤尾竹

自豪，不能不佩服桂林政府的大手笔，不能不赞叹桂林人的创新与大气。只可惜，此次我们来不及登上游船去领略这条黄金水道的迷人风光，下次若再来，一定要坐上游船沿两江四湖环城水系美美地转上一圈。

走出榕杉湖公园，上车还没坐稳，就到了位于漓江东岸的七星公园，传说园内的七座山峰是天上的北斗七星坠地而得名的。园内桂树成行，山水、洞石、文物荟萃，其中的骆驼峰令人称奇，远观近看，都宛如一头巨大的骆驼，昂头静卧在一片苍翠之中，其形其神栩栩如生，惟妙惟肖。此时天色渐黑，虽看不到"驼峰赤霞"的胜景，但暮色中的骆驼峰依然显示出它的雄姿与神秘。骆驼峰前有一片绿茵茵的草坪，上面还留有克林顿来桂林七星公园演讲时的石台，也许这位美国总统当年因钟情于这块风水宝地，才在此演讲吧。

游了城里的几处景点后，第二天清晨，我们开始了期待已久的漓江之游。漓江是中华锦绣山河中一颗耀眼的明珠，是

桂林山水的精华，早已闻名遐迩，著称于世。千百年来有多少
文人雅士、丹青高手，为她倾倒，为她赋诗作画，又有多少游
客，不远千里万里赶来观赏她。今天当我们真的走进她的怀
抱，用整个身心和灵魂去欣赏她的美景，感受她的美妙时，那
种激动和兴奋是难以名状的。上午九点多，我们从杨堤码头登
上游船，启程后就驶入了青山绿水的簇拥中，一路风情，两岸
秀色，让人目不暇接，饱览不尽。江边茂密青翠的凤尾竹，舞
动着她飘逸的枝条，好像在欢迎游客；远处江滩上的水牛悠闲
地在低头吃草；江面上点点渔舟游来划去，一派恬静和谐的水
上风光。我们的游船在蜿蜒的江流中缓缓前进，眼前的漓江，
水流柔美舒缓，江水清澈一碧，水底青草卵石清晰可见。站在
甲板上，凭栏眺望，两岸山峰不似我们见惯了的北方山峦那样
连绵起伏，如波涛汹涌，这里的许多山峰虽也不乏伟岸挺拔，
层峦叠嶂，但刚中有柔，有连有断。一座座奇山异峰平地拔
起，特立独行，姿态万千，山上草木葱茏，山体一片翠绿，让
人目不转睛，百看不厌。走进漓江，这如诗似画般的景色，真
如唐代诗人韩愈所赞美的那样"江作青罗带，山如碧玉簪"。

　　一路走来，游船的导游不断地给游客介绍两岸的景点，
一会儿让大家抬头看前面那座"童子拜观音"山，一会儿问大
家右边那座山头像不像个大苹果，一会儿鼓动大家争作智者，
去数"九马画山"上的九匹马。可惜秋冬时节，江水太浅，游
船不能近到山前，许多游客，失去了"中状元"、"成智者"
的机缘。后来也未能欣赏到前面"兴坪佳境"的绝美，但我觉
得，能看到两岸青山群峰的倒影，就很欣慰，毕竟她是漓江最
独特，最让人流连忘返的景观。这些美丽的倒影，在水中缠缠
绵绵，迁延不断，她清晰动人的身影，总跟在游人的身边，有
时在平静的水面下仪态万方、端庄娴静，有时在微波中轻轻荡

"九马画山"

漾，有时被渔舟游船搅乱，模糊中不见倩影，混沌一片。我们的游船在倒影中穿行，如同在青山顶上行走，给人一种如梦似幻，真假难辨的感觉，这时我好像找到了贺敬之笔下那种"如情似梦漓江的水"的感觉，有一种饱餐秀色、沐浴江风后，飘然欲仙的惬意。

被漓江的青山绿水洗礼后，我们依依不舍地从阳朔乘车返回桂林，第三天，大家又兴致勃勃地去登叠彩山、伏波山和芦笛岩。没去过这些山，光听山名就很诱人，如芦笛岩，是因洞口近处的芦荻草可以做笛而得名。进入这个喀斯特地貌形成的著名山洞后，宛如进入一座富丽堂皇的"大自然艺术之宫"，

芦笛岩"原始森林"

　　那些由石笋、石幔、石花、石钟乳等，天然形成的各种景观，
诸如"红罗宝帐"、"高峡飞瀑"、"原始森林"、"水晶
宫"、"花果山"、"狮岭朝霞"等，形象逼真，活灵活现，
加上彩灯的照射，更是栩栩如生，璀璨夺目。常言道，桂林
"无山不有洞，无洞不有奇"，听说像这样美丽壮观的岩洞还
有不少，真是"桂林归来不看洞"！

　　叠彩山，则是取名自唐代元晦《叠彩山记》中所写的"彩
翠相间，若叠彩然"的文义。上得山来，满目堆绣，如彩锦相
叠，果然名不虚传。穿过半山的风洞，沿着临江小道爬上山顶

叠彩山上俯瞰桂林城景

的拿云亭，清风拂面，心旷神怡。俯瞰桂林全景，千姿百态的山峰、水明如镜的湖面、蜿蜒如带的漓江、高楼林立的城区、车水马龙的街道、熙来攘往的人流……面对这一切，我们既为桂林无与伦比的美丽山水纵情高歌，也为她朝气蓬勃、蒸蒸日上的今天和明天发出由衷地赞叹。

　　傍晚，我们一行，将乘机飞回北京。当飞机启动后，我知道，此刻我们还在桂林的山水之上飞旋，很快将会离她远去，内心虽有一丝的不舍，但更多的是满足，因为我那曾经遥远的梦想，已化为切实的记忆。此后桂林的青山秀峰，将成为我心

叠彩山巅观美景

中珍藏的瑰宝，那漓江的微波将永远在我的心中荡漾，我相信，当我再次朗诵起《桂林山水歌》时，一定会更厚实，更深情。

巧手织布女

从锦绣谷看庐山险峰

第三章

闽赣之旅

1

难忘的闽赣之旅

武夷山九曲溪风光

武夷奇秀

　　2009年4月份，小儿子送我和先生到达北京西站，我们将乘火车，随旅行社，开始11天的闽赣之旅。

　　到车站后，才知此团是由散客汇集而成，队伍十分庞大，人数达80人之多，且多为老年客人，而旅行社只派了一位首次带此路线的瘦弱女导游作全陪，一路上，在享受旅行的美妙和开心时，多少还有点忐忑，生怕路上照应不周，安全难保。好在11天平安度过，顺利回到北京。回想此次旅行，给我们留下了许多值得回味和难忘的美好记忆。

　　我们此行的首站是武夷山市。其间沿途经过河北、山东、河南、安徽、湖北、江西、福建等省市，行程约一千七百公里。旅途中，一边听着隆隆的火车声，一边透过车窗欣赏沿途风光。出发当晚，我在有节律的颠簸中，似睡非睡，时醒时寐地度过了一夜。清晨，睁开眼时，车窗外，已是满目青翠，一片清新而美丽的南国景色。武夷山火车站还未到，同团的旅友们早就迫不及待地收拾起行李，想等车一到站，就马上下去，好第一眼看到期盼已久的武夷山。列车经过15个小时的快速行驶，顺利到达武夷山市。下车后，地接导游小薛，顺利地接上

景区运送游客的"小火车"

　　我们，80人分乘两辆旅游大巴车前往云龙宾馆，大家急匆匆地把行李放在宾馆的前厅后，就马不停蹄地开始了武夷山景区的游览。

　　在武夷山，第一天上午攀登虎啸岩。在山上领略了武夷山秀美的自然风光后，即乘游区独特的小火车，游览武夷宫，感受这座文化名山深厚的文化历史，后又参观了新建的中华茶文化博物园，对福建的茶文化有了一些了解，尤其对武夷山特产的大红袍茶，多了一些感性的认识，因此大家都乐于品尝和购买。第二天我和先生，因执着和坚持，有幸在武夷山九曲溪漂流，尽情享受在这条被誉为中国最美溪流上漂流的浪漫和惬意，阅尽武夷山迷人的风光和景色。

　　武夷山两天游览后，我们即登上火车，奔赴福建省省会福州市。一路上美丽而宽广的闽江陪伴着我们，让人倍感亲切和旖旎。在福州只作半天停留，匆匆游过市内有名的西湖公园后，即去参观林则徐出生地，在那里，我们了解和感受到历史

福州市西湖公园

伟人的不朽功绩和对社会的巨大贡献，心中充满了敬意。中午，即乘大巴车沿高速公路，向泉州进发，仅两个多小时，很快就看到了泉州山顶上郑成功高大的塑像。泉州是福建著名的武术之乡，也曾是遍地寺庙的"佛国"。在这里我们依次游览了南少林寺和享誉海内外的开元寺。开元寺内的双塔为我国有名的古塔，亦为古代建筑的奇迹。园内百年古榕，高大婆娑，

泉州市开元寺景色

75

厦门鼓浪屿郑成功塑像

　　另有一株古桑，历经千年，虽然曾折损为三截而牵连不枯，至今仍郁郁葱葱，令人叹为观止。

　　在泉州留宿一夜后，第二天早上，我们乘车前往厦门。跨过集美大桥不久，就看见厦门市美丽的环岛路，遗憾的是，天不作美，滂沱大雨下个不停，我们只好在雨中游览了南国名刹南普陀寺，又冒雨攀登上虎溪岩的石级。翌日，雨霁天晴，碧

登上日光岩俯瞰厦门海域

永定土楼民俗文化村牌楼

空如洗，大家兴致勃勃地登上豪华游轮，畅游金厦海域，远望台湾岛，近观金门岛上绰绰人影，不禁唤起同胞亲情。下午游览鼓浪屿，我和先生登上日光岩再次远眺海峡对面，想到今日两岸和平发展，人民友好往来的情景，心中涌起温馨和美好的情愫。当我们从筼筜湖公园走出，向厦门告别时，祝愿随着两岸交流的不断加深，这个与台湾隔海相望的花园城市会越来越美丽，越来越富有魅力。

大巴车离开了繁华的城市，从平坦的高速路驶过，攀上层层盘山路，送我们到闽西永定县的客家土楼群。这些被誉为"世界建筑奇葩"的土楼群，或圆或方，或大或小，藏身在偏远的深山幽谷中。一样的奇特，一样的坚固，历经百年，岿然不动，今天依然美丽绝伦。面对它，中外游客不能不齐声赞叹中华民族的聪明与智慧。

参观土楼后，当晚在龙岩住宿。第二天上午自由活动时，我和先生没有和旅友们去逛商店购物，而是寻觅当年闽西革命的踪迹，去瞻仰革命烈士纪念碑，缅怀那些长眠在这块土地上的英烈们。当我们从闽西革命烈士陵园走出，看到龙岩街头的

九江1998年抗洪纪念塔

繁荣景象时，深切感到和平幸福生活的来之不易，今天，多么值得我们珍惜啊。

结束了福建的八日游，我们一行人，从龙岩赶赴江西九江，按行程将由此去登庐山，开始此行的最后一站，也是我最期待的一程——登庐山。

庐山位于九江市南36公里，北倚长江，南傍鄱阳湖，有"匡庐奇秀甲天下"之美誉，是国家级重点风景名胜区，是有名的"世界文化景观"。登庐山，是我们长久以来的梦想，此次美梦成真，自然十分高兴，无论是在花径、锦绣谷游览，还是在含鄱口观景，抑或是参观历史旧址，都全身心地投入，细细领略庐山奇妙的山水之美，尽情享受它的慷慨赐予，真切感受它丰厚的历史文化。一路登山，赏心悦目，收获颇丰，茫茫雨雾中和它告别时，依依不舍，说实话，真想再来。

下山后，大巴送我们到九江九八抗洪广场。雨幕中，仰望高高的1998抗洪纪念碑，缓行在重修的长江大堤上，远望

连绵起伏的庐山诸峰

一轮红日渐渐升起

　　滚滚东去的长江，感慨万端，为我们伟大的民族发出真诚地赞叹，为我们伟大的国家由衷地骄傲和自豪。

　　返京的列车飞快地向前奔驰，清晨，窗外一轮红日慢慢升起，东方越来越亮，当列车渐渐驶入北京，西客站美丽的轮廓在视野中显现时，我知道这一旅程将要完美的结束。在站台，我看到了儿子追赶车厢迎候我们的身影，心中充满温馨、感动和满足。以后，我将会带着这一程丰美的收获，美好的心情，开始新的生活，也会一如既往地将我的足迹、我的情怀、我的感受，敲进键盘，永存记忆，更愿把这难忘的旅程与亲人朋友们共同分享。

2

闽赣之旅诗六首

庐山牯岭景色

登庐山

游山观景

游车攀援四百旋，
稳坐赏景不觉险。
云端牯岭繁华世，
一样美景别样山。
锦绣沿途叠翠峰，
花径漫步吟诗篇。
索道跨山探银瀑，
幽谷深处见飞泉。

（注：锦绣谷、花径为庐山景点）

庐山山间索道

第三章
闽赣之旅

夜听山雨声

山岭小住夜雨声，
嘀嗒声响如银铃。
推窗四望雾朦胧，
唯见灯光点点明。
声声伴我入幻境，
梦中雨霁好风景。
林木增润花添丽。
山色更秀水澄清。

感怀

美庐宫里看一看，
世事沧桑知巨变。
历史波澜曾几时，
王朝倾覆换新天。
伟人多次来此山，
大气笔墨盖前贤。
昔日旧址多风云，
当惜今日开放年。

（注："旧址"即当年三次庐山会议旧址）

庐山会议旧址

81

武夷山九曲溪漂流

一条碧溪蜿蜒流，
两岸青山层叠幽。
艄公笑解异趣事，
竹筏轻荡柔波游。
大王威武众山首，
玉女俊俏群峰秀。
世间最美溪流漂，
绝尘仙境乐悠悠。

（注：大王、玉女皆为山峰名）

武夷山九曲溪

从游轮上看厦门海滨

厦门游

昨晚雨霁鹭岛艳，
金厦海域乘游船。
高楼渐远大桥长，
咫尺金门在眼前。
日光岩上望台湾，
骨肉亲情涌心间。
可喜今日海波平，
两岸和谐共发展。

观闽西客家土楼群

跋山涉水探奇迹，

客家土楼难思议。

历经百年风火雨，

岿然不动天地立。

奇巧设计工精细，

楹联家训子孙续。

振成福裕众奇葩，

青山绿水环"世遗"。

（注：振成、福裕为土楼名。世遗，即客家土楼群为世界文化遗产）

土楼王子"振成楼"

3

游武夷山风景区

武夷山景区

武夷山虎啸岩之巅

　　武夷山风景区位于福建省武夷山市南郊，是我国首批国家重点风景名胜区之一，为著名的游览胜地，素有"奇秀甲东南"之美誉。它既是一座自然风景名山，又是一座历史文化名山，十几年前就被联合国评为"世界文化与自然遗产"。长久以来，享誉国内外，慕名而来的中外游客，源源不断。早年，我从各种媒体和亲友的介绍中知道了它的美丽和神奇，对它向往已久，遗憾的是几次单位组织福建游，未能赶上，错过了亲历武夷山的良机。欣慰的是，今春夙愿得以实现，自己报了旅行团，高高兴兴地和老伴登上了福建游的列车，首站就是武夷山。

　　到了武夷山风景区，第一个游程就是登虎啸岩。导游说此山不高，没有回头路，大家都可以爬。我们毫不犹豫地跟着她，踏上了登山的石级。山路很窄，全是台阶，开始我还爬得起劲，看着沿路繁茂葱绿的林木，听着导游对各个山峰的娓娓讲解，兴味盎然。可后来越爬步子越慢，呼吸也急促起来，眼

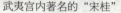
武夷宫内著名的"宋桂"

游客络绎的仿宋步行街

看着后边的游人一个个超越了我们，只好一步一挪地尽力向上攀爬，慢慢追赶队伍。当我们气喘吁吁快爬到山顶时，抬眼一望，一堵陡峭的大石壁挡在面前，上面没有植被，光秃秃的，只有一道弯曲窄细的山路，通向高高的山巅，路旁矮矮的褐色扶栏，远看也显得单薄、稀疏，让人生畏。抬眼望着高处那些弯着腰，扶着栏杆，一点点在山路上，艰难向上攀爬的身影，我不由得脚下发抖，双腿发软，无奈地和几个旅伴坐在了路边的石台上。听导游说我们停脚的地方叫"好汉坡"，心想我能上到这儿，已经是"好汉"了，足可聊以自慰，于是就和大家在此坦然地歇脚聊天，放松地等候上山旅友的归来。

从虎啸岩下来，已是午后，大家都十分疲劳，下午导游还要连续安排去游览天游峰。尽管天游峰有不少奇峰仙境，但因力不从心，大家也只好放弃，遗憾地失去了一次登山俯瞰九曲全景、纵观云海奇观的良机。不过后来改去参观武夷宫，在其中的古代名人馆，与大师名家"对话"，与当年朱熹亲植的桂树合影，和大诗人柳永"对酌"，鉴赏吴越书画苑的精品之作，漫游仿宋步行街，从这些悠远的历史掌故、著名的人文景观中，让我们真切地感受到这里厚重的文化积淀，倒也获益不

武夷山茶博园新景　　　　　　　　　　　　期待到最美溪流去漂流

　　少。之后又游览了中华茶文化博物园，大家对这座创意新颖，集文化与自然景观为一体的新园林，也饶有兴趣，从而对武夷山作为我国重要的茶文化基地有了更深入的了解，以至于在品味和购买武夷特产大红袍茶时，对它深厚的文化内涵，多了一份鉴赏和珍视。

　　在武夷山第一天的游览中，我总惦记着九曲溪漂流的事，听说这些日子正是旅游旺季，自费漂流票很紧张，听后我心一直悬着。晚上，导游告知没买上漂流票，我一下子失望到冰点，感到此番白来了。要知道这次到武夷山我主要就是冲着九曲溪漂流来的，亲自感受一下那浪漫的一漂，是我期盼许久的梦，这里其他再好的景点也没有它更吸引我。导游看出了我的

竹筏穿行在激流丛林间　　　　　　　　　　泛舟山水之间

大王峰

穿过激流向热带雨林进发

着迷和执着，答应第二天再去争取争取。第二天清晨，雨过天晴，我们一行二十多位决意漂流的旅友，在导游的带领下来到漂流码头等候买票。经过一番苦等，一沓漂亮的船票，终于到手了，真是苍天不负有心人，我们太幸运了！接过这张来之不易的船票，我喜不自禁，忙不迭地和老伴等五人，乐滋滋地登上了一张竹筏，开始了渴慕已久的武夷山九曲溪漂流。

九曲溪源于武夷山景区黄岗山西南麓，全长六十多公里，其中一段河流蜿蜒自如，折为九曲，长约九公里，称为九曲溪。其曲曲含异趣，湾湾有佳景，为武夷山水之精华。此番当我真的登上竹筏，坐在竹椅上，抬眼细看，两岸青山起伏连绵，一望无边，低头看一条碧水蜿蜒曲折，不见尽头，心情的愉悦和满足真是难以言表。船启动了，艄公拨动竹篙，竹筏在澄碧的水面上缓缓前行。因昨夜下过雨，溪水大涨，水流湍急，个子不高戴着眼镜的艄公师傅稳掌舵，慢划船，让一幅幅美丽的山水画卷，渐次在我们的眼前展现。他识广而风趣，每到一处佳境，就指给我们看，把巍峨的大王峰、秀美的玉女峰、厚重的武夷精舍、奇妙的双乳峰等景点的传说故事，讲得生动而神秘，有时还加上几句幽默的调侃，逗得大家一阵阵地欢笑。

一路漂来，竹筏一会儿在弯道小心慢行，一会儿轻快地驶过宽阔的水面，一会儿悠悠地穿过丛林。小小竹筏在溪水上漂荡，我们在水面上摇晃起伏，水流拍打着竹筏，水花飞溅到我们的身上。漫上竹排的溪水洇湿着我们的鞋袜，不感湿冷，只觉清爽和惬意。当看到我们的竹筏划过一处处弯道，岸边的青山、绿树慢慢往后退去时，我的脑海里突然闪现出电影《闪闪的红星》里的画面，那山、那水，和这里的景象，多么相似啊。这时我不由得放声唱起"小小竹排江中游，巍巍青山两岸走……"随即后面竹筏的游客也应和起来，并很快地赶到我们的竹筏旁，高兴地招手致意。一时间，歌声、笑声飘荡在溪水的上空，与水流声、桨声交织成一首美妙和谐的交响曲。放眼望去，弯弯曲曲的水面上，一排排竹筏，来来往往，川流不息，游客橘红色的救生衣，点缀着溪面，宛如一簇簇盛开的鲜花。艄公们或刚劲或潇洒的身影时时在眼前闪过，一位穿着蓝底白花蜡染上衣，裤脚伸进高腰蓝色雨靴里的女艄公，撑篙的身姿矫健而优美，特别引人注目。远处一对新人在溪水边，拍摄婚纱照，新娘雪白的纱裙，如轻雾飘拂在翠绿的山水间，轻盈而妩媚，给这道秀美的溪流增添着柔情与画意。我兴致勃勃地举起相机，远远地为他们，为那些勇敢的艄公们，为每一处景点按动着快门，让一幅幅美丽的画面定格在我的镜头里，让九曲溪，以及像九曲溪一样美的生活镌刻在我的心里。

一个多小时的漂流中，山水在我们的眼前流过，我们在山水的怀抱里愉悦，我们已然和山水融为一体。那种美妙，那种浪漫，不来漂流是绝对体验不到的。无怪乎有人说，到武夷山不去九溪曲漂流，就等于没到武夷山。漂过，我真的有同感，我真的无遗憾。

4

福州、泉州两市掠影

开元寺"古桑"

福州市美丽大气的市树——榕树

　　武夷山九曲溪一个多小时的漂流，在意犹未尽中结束，下午两点多，我们即乘列车前往福建省福州市。我有幸坐在窗口的座位，一路可尽赏窗外景色。列车飞驰，满眼绿色。远处层层茶山错落有致，路旁块块稻田星罗棋布，尤其让人着迷的，就是那条一直陪伴着我们的福建人民的母亲河——闽江。它河面宽阔，河水清澈，缓缓流淌，蜿蜒向前。一路上，火车飞快地奔驰，河水、火车不离不弃，在两岸连绵青山的陪衬，点点民居、巍巍高楼的点缀下，构成一幅幅绝妙的自然与文明交织的风情画。我趴在窗口百看不厌，倦意全无。

　　车行近六个小时，晚上八点多才到达福州，我们入住金鸡汕快捷酒店。第二天早上，我们就去观赏福州市容。市内，映入眼帘的全是高大的榕树，大路旁、小道边、公园里、庭院中，到处可见它的身影，故福州有"榕城"之称，榕树即为她的市树。榕树树干粗壮，树冠遮天蔽日，枝繁叶茂，独木即可成林。那特有的气根，丝丝连连，垂挂枝干，看上去宛若美女长长的秀发，又如古戏中关公的美髯，甚是奇特漂亮，引得人们争相拍照。还有道路两旁浓绿的芒果树，也引起我们这些北

91

芒果熟了

秀丽的福州西湖公园

方游客的好奇。导游说这里的芒果树很多，每到成熟季节，满树黄澄澄、红艳艳的芒果，非常好看，人们可以自由采摘，随便品尝。大家听了都感到很新奇，没想到在北方较为稀罕的水果，在这里竟满眼皆是，随手可摘，可见植物的地域差别有多大。

当日，我们在微雨中游览了西湖公园。它是福州最大最美的公园，以湖光山色、树石桥榭为其景观特点，是市民重要的休闲娱乐场所。清晨，当我们进入公园时，看到许多当地的老人在晨练，也有不少人在散步游玩。公园门口的几棵英雄树，高大挺拔，红艳艳的英雄花挂满枝头，亮丽耀眼。园内绿树成荫，湖水荡漾，湖四周高楼林立。在繁华城市的中心，有这么一方绿色园地，实为城市添美，为百姓造福。

从公园走出，迎着习习凉风，我们来到林则徐的出生地参观。福州人杰地灵，人才辈出，许多我们耳熟能详的名人就出自这里。清代著名的禁毒英雄林则徐在这里出生，并在这里度过了他的青少年时代。今天，福州市还特意在他的出生地建起了居所，以作纪念。一进院门，一块灰色的石碑矗立在小小的园中，上面雕刻着林则徐的头像和小行星林则徐星命名的证

福州林则徐出生地

书，林则徐星的命名正是为了纪念我国禁毒和反对毒品犯罪运动的先驱者林则徐。在这个不大的院落里，我们了解到这位历史名人早年的生活轨迹及其从政的不朽功绩。当我看到他亲笔题写的那两句诗"苟利国家生死以，岂因祸福避趋之"时，颇有感触，由衷地敬慕那些历代为国家和民族利益义无反顾、不惜赴汤蹈火的仁人志士，英雄豪杰。面对这位当年的禁毒英雄，我不禁感叹在我国早已绝迹的毒品，今天又沉渣泛起，毒

林则徐星命名纪念碑

93

害社会，残害生命。多么盼望，我们的青少年，珍爱生命、远离毒品，永远生活在一个洁净、清新、绿色的环境中啊！

在福建短短的半日游览后，我们乘坐金龙大巴车经莆田等地，向泉州进发。车行不到两个小时，远远地就看见一座山顶上，有一人骑在马上的塑像，高大威武，气势凛然。导游说那是郑成功的塑像，泉州是他的故乡，泉州人以出了郑成功这位民族英雄而骄傲，为了纪念他，在山上建了这座39米高的塑像，让过往泉州的人都能仰视他，崇敬他。

泉州市道路两旁，有很多新建的楼房，还有不少屋脊翘起的别墅、房舍，上面刻有龙凤等装饰。市内的行道树多为刺桐树，听说，该树种最早从国外引进，现已普及，为泉州市的市树。刺桐树高大繁茂，每年夏季开花，花红似火，明艳美丽，象征着红红火火，吉祥富贵。泉州和台湾隔海相望，是我国有名的侨乡，据说台湾的汉族同胞中很多都是泉州祖籍人。改革开放以来，泉州经济飞速发展，经济总量连续数年名列全省第一，是福建省的经济中心，也是全福建最具经济活力、最富裕的地区之一。我想，其中就有不少台胞的贡献吧！

泉州历史文化积淀丰厚，曾为"海上丝绸之路"的起点，东西文化交汇之处。这里名胜古迹比比皆是，车行途中寺庙随处可见，宋代朱熹曾有诗云："此地为佛国，遍地皆寺庙"。我们这次去游览的寺庙——开元寺，就是其中最有名的一座。

开元寺，始建于唐代，为全国重点文物保护单位，全国4A级旅游景点。寺内规模宏大，构筑壮观，环境幽静，景色优美。这里古树参天，名树很多，那盘根错节、威武厚重的古榕，给人以沧桑悠远之感；那一树折为三段历经千余年仍郁郁葱葱的桑树，格外引人注目。走进寺内拜庭两侧的广场中，看到在绿树环绕中耸立着两座相距约二百米的古塔，高大宏伟，

开元寺寺庙一景

开元寺古榕的巨大树根

泉州开元寺名塔

别具一格，导游解释说这两座塔称为"东西塔"，距今已有七八百年的历史，是历史文化名城泉州的标志。东塔高48米多，叫"镇国塔"，西塔高45米多，叫"仁寿塔"，都是八角翘檐、五层楼阁式仿木结构的石塔，为我国四大名塔之一。它们曾历经多次大地震，至今仍保存完好，为我国古代抗震建筑的奇迹，也显示出当时高超的建筑技艺。这时，我抬头仰望蓝天白云下，高高耸立的这两座美丽的宝塔，不禁赞叹我国古代人民的灵巧和智慧，赞叹它不愧为我国古代石构建筑的珍宝。

[5

鹭岛情思

厦门鼓浪屿日光岩

在泉州小住一夜后，翌日晨，我们的大巴车即向南开往厦门。厦门市是我国东南沿海的一座港口风景城市，为我国经济特区之一，其文化教育繁荣、经济发达、环境优美，素有"花园城市"之美誉。

厦门之旅是我多年的愿望，而久负盛名的鼓浪屿更是我久久渴慕和决心要去的地方。现在当我行进在奔向厦门的路上，想到马上就会看到这座期盼已久的城市，心中的喜悦和激动是难以言表的。泉州距厦门很近，一个多小时大巴车就驶入市区，很快就上了集美大桥。集美大桥是连接厦门岛内外的一座跨海大桥，全长10公里，2008年7月1日竣工通行，其间用了18个月即建成，创下了我国建桥史上的奇迹。

大巴车在细雨中从大桥上缓缓行进，不久就上了环岛路。当车行至金厦海滩时，望着蓝色的大海，我们一车的旅友不顾雨水淋洒，匆匆从车上下来，像一群撒欢的孩子一样，恣意地向海边奔去，有人还情不自禁地放声高唱起"大海啊大海，就像妈妈一样……"导游说这个海滩是人造沙滩，沙子都是从别处运来的。我们踩在细细的沙滩上，软绵绵的，舒服极了。沙滩不远处，人头攒动，彩旗飘扬，原来那里正在进行全国沙滩排球赛。这么重大的赛事，能选在这里举办，可见这里的海滨有多美，沙滩的质量有多高！在海边，透过雨幕，远望浩瀚的大海和海面上来往的点点渔船，心情畅快。导游指着对面影影绰绰的海域对我们说,那就是金门。啊!那竟是台湾地区,真是近在咫尺呀!翘首向远海望去,不由唤起我对祖国宝岛台湾悠悠的情思。

雨越下越大。到市里还未停歇,吃过午饭,导游就带我们冒雨来到南普陀寺游览。南普陀寺位于市区五老峰下,是厦门著名的古刹。进入寺门,一座座宏伟的殿堂楼阁,依傍山势而建,层层托高,气势磅礴,尤其是大雄宝殿,肃穆威严,展现出闽南佛殿的诸多特点。寺外新建的两座富有南亚佛教风格的万寿塔,在雨中巍巍耸立,层层塔檐上停着不少躲雨的鸽子,它们或梳理羽毛或咕咕地欢叫,给庄严的寺庙增添了几许生气与情趣。今天虽然大雨滂沱,但进出寺庙的人流仍络绎不绝,香火依然很旺。我学着他人的样子,在许愿池、莲花池,也投放了几枚硬币,许下自己的心愿,祈望一切吉祥如意。在大雨中,我们从南普陀寺走出,又撑着伞,吃力地登上了虎溪岩,山上许多不同造型的小和尚塑像,栩栩如生,非常有趣,那座高大的观音塑像,端庄美丽,慈眉善目,让人不由驻足膜拜。

淅淅沥沥的雨还在下着,夜半望着窗外,企盼天公作美,明天能有个好天气。果然,老天非常眷顾我们这些远道而来的客人,早晨真的雨住放晴,一出宾馆的大门,就看见蓝天白云,碧空如洗。大家喜出望外。一路上怀着对上天的感激,兴致勃勃地登上了"成功游"6号豪华大轮船,开始了金厦海域的游览。

游轮驶出海湾,厦门大学那中西合璧式的教学楼、鼓浪屿上郑成功高大的塑像、厦门海岸鳞次栉比的美丽建筑,渐渐地离开我们的视线,那长长的白色大桥也随着游轮的远去,慢慢地从我们的眼前消失。游轮在海面上缓缓前行,海浪拍打着船舷。极目四望,一片茫茫大海。我知道在海的对面,就是我

排队等候上船的游客

在"成功游"6号豪华游轮上

国的宝岛台湾。此时，船上的人们，眼睛紧盯着对面，在广播
员的引导下，急切地寻找那些名字熟悉，但却从未靠近过的地
方。一会儿，一片朦胧的黑色岛屿出现在眼前，"快看！那就
是金门岛。"过一会儿，又有一些小岛依次出现，"那是大担
岛"，"二担岛"，"我望见了"，"我看到了"，激动的话

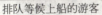

游轮在金厦海域航行

鼓浪屿西式建筑

语此起彼伏，照相机、录像机不停地按动着，船上一片沸腾。大家都为能这么近距离地看到大、小金门等岛屿而兴奋，更为今天两岸的和平发展感到欣慰。我们知道，此前已有许多大陆同胞有幸直飞宝岛，亲历宝岛风光，感受骨肉亲情。听说我们这个旅游团里就有不少旅友来前已经办好赴台手续，回京不久就要启程飞往台湾，也有旅友说还要再到厦门来，乘豪华游轮先到金门上岛看看，再去台湾。看来两岸同胞你来我往已成寻常事，过去那句"金门厦门门对门，何时才能去串门"的哀叹和期盼，已经变为"金门厦门常串门"的美好现实。至此，也不由唤起我日后定要去台湾看一看的念头。

从海上归来，已是中午。昨天大雨淋得人冷飕飕的；今天的太阳又烤得人热辣辣的。尽管如此，我们的游兴一点未减，吃完午餐，又顶着骄阳随导游乘轮渡，来到鼓浪屿。

鼓浪屿素有"海上花园"之称，早已美誉天下，说实话，

鼓浪屿金色的海滩

　　我来厦门很大程度上就是被它吸引的。前些年，我在几个合唱团，都唱过《鼓浪屿之波》这首有名的歌曲，每当唱起"鼓浪屿四周海茫茫，海水鼓起波浪，鼓浪屿遥对着台湾岛，台湾是我家乡……"的歌词时，心中总是难以平静。动人的歌词，优美的旋律，唤起我深深的思念之情，也激起我有朝一日，一定要到鼓浪屿，登上日光岩去看一看的期望。今天当我真的置身于这个美丽的海岛时，有一种想要拥抱它的激情，在观赏了它风格各异的万国建筑，旖旎的海滩风光后，我和先生径直去找登日光岩的山路。不知何故，导游并未安排同团游客去登日光岩，只让大家在岛上自由活动或去商店购物。我知道日光岩是鼓浪屿的最高点，是饱览海景的最佳地，来鼓浪屿如果不上日光岩，那等于白来，将会抱憾一路。事先我和先生已说好，不

我们终于登上了日光岩

日光岩古寺华美的飞檐

管自费多贵，山多高，都要上。当我们辗转找到景点入口，扶着栏杆，一步一艰难地登上日光岩顶峰时，只见海阔天空的壮丽景观，顿觉疲累尽消，心旷神怡。四面望去，山海奇观、城市美景，尽收眼底；远眺大、小金门岛，在海面上隐隐约约、朦朦胧胧地浮现，我不由得唱起："登上日光岩眺望，只见云

日光岩上俯瞰厦门全景

海苍苍，我渴望，我渴望，快快见到你，美丽的基隆港！"如果说前些年唱这首歌时，绵绵的思念之情充溢心间；那么，今天再唱它时，心中涌动着的是欣慰的情愫和对未来美好愿景的期待。

　　当日傍晚，一位厦门朋友小林开车来看望我们，并热情地载着我们去游环岛路。他是我大儿子大学的同窗好友，20年前毕业分配来厦门工作，现在是一个私企的老板。20年来，他见证了厦门的变化和发展，了解它的过去和现在。在车上，他如数家珍般地给我们介绍环岛路上的每一个景点，每一条路，每一座桥，言谈之间流露出厦门人的热情与自豪。在他的感染下，我们目不转睛地观赏着这条滨海走廊上美丽的亚热带风光，尽情享受着习习海风所带来的惬意与清新。

　　这条环岛路，是随着厦门经济特区的飞速发展，在厦门市"临海见海，把最美的海滩留给百姓"的建设宗旨指导下，建起的一条市民休闲观景的黄金地带，一条重要的海景旅游干道。我们的小车在这条全长约四十多公里的滨海路上缓行，窗外，宽阔的道路两边，一边是波浪起伏的大海、银色的沙滩、

与厦门朋友小林在一起

103

厦门环海路上的巨幅标语牌

环海路上漂亮的船型建筑

长长的绿地；一边是各种造型新颖的楼房酒店、特色雕塑、五彩车流、绿树鲜花。一路清新自然的空气，高雅别致的品位，让你深切地感受到这座沿海城市的现代化气息，由衷地赞叹它不愧是一座美丽的花园城市。当车行至黄厝路段时，"一国两制 统一中国"的巨大红色标语，吸引了我的视线，小林适时地将车停在路旁，带我们到跟前去观看、留影。"一国两制 统一中国"是邓小平倡导的解决台湾问题的原则和指导思想，显示中华民族走向统一的趋势，是两岸人民的心愿。今天当我们站在这幅大标语牌前，想到近年来两岸关系的和谐发展，两岸同胞的友好往来，就更深地理解了邓小平这个原则和思想是多么的伟大与英明，也坚信这个伟大思想在不久的将来一定会实现。

车慢慢开行，夜色渐渐笼罩着海面。海浪轻轻地拍打着海滩，远处一艘艘游轮闪耀着五彩光华，一根根银色的光柱，闪闪发亮，把海天照得如同白昼。从车窗看去，路旁耀眼的灯光，为形态各异的高楼勾勒出清晰绚丽的轮廓，岸边点点灯光像是给海滨的夜空镶上了一条流动的白练，而那些被各色光源装扮的多座桥梁，更是好看，夜空中有的宛如巨龙飞跃，有的

厦门街景一瞥

如银带舞动，给环海路迷人的夜色，增添了灵动、时尚与魅力。我们坐在车上被这海上夜景所陶醉、所吸引，久久不愿返回。听说这里还有乘船游览海上夜景的旅游项目，可惜我们时

美丽海滨

白鹭洲公园里的白鹭女神塑像

间有限，我想，那一定是充满诗情画意，浪漫梦幻的。一个多
小时的环路观赏，让我们带着满足，也带着依恋，向远处的茫
茫大海、向美丽的环海路告别，也向我们热情的厦门朋友致谢
和告别。

　　第三天早晨，在告别厦门前，导游带我们来到白鹭洲公园
游览。这是一个欧洲台地式建筑风格的公园，据说园内的筼筜
湖原来是厦门的八景之一，湖水洁净，风景秀丽，但后来受到
严重污染，湖水变脏，四周臭气熏天。近二十年，厦门政府不
惜投入巨资，花大力气，全面治理该湖及其周边环境，化腐朽
为神奇，使这个昔日人人掩鼻而过的臭水沟，变成一座面积广
阔、风景秀丽，集休闲、游乐、购物为一体的城中公园，成为
厦门市民及中外游客喜爱的一个景区。

我们沿小径进入公园，脚下绿草如茵，身边繁花似锦。抬眼望去，远处矗立着座座漂亮的楼房，有宾馆、酒店，还有咖啡馆、茶馆等，其中一个巨大的白色圆球，在晨曦中熠熠闪光，非常壮观，导游说那是厦门有名的天文台。再往前走，穿过椰树林，一眼就看到波光粼粼的筼筜湖，湖水清澈，四周绿树环绕，背后衬托着现代化的建筑。这时，一些老人在湖边晨练，推着童车的母亲在悠闲地散步，散散落落的游客在游玩拍照。走近湖畔，那尊从清波中出水的白鹭女神塑像，分外夺人眼目，她面容娴静，身姿优美，优雅地跪坐在一块岩石上，两只手正在轻柔地梳理刚刚用湖水清洗过的丝丝长发，她的左肩上停着一只小白鹭，安闲地望着这位美丽的女神，那种美，那种和谐，令人感动。在此，也让人联想到厦门这个城市有关白鹭的许多古老而美丽的传说。据说很久以前，一群白鹭飞到厦门岛上，它们世世代代在这里繁衍生息，这里就成了它们永久的家园。岛上的人们喜爱这些美丽纯洁的生灵，就用它们的名字给自己的家园取名叫"鹭岛"，从此人们把厦门又亲切地称为"鹭岛"。

眼前，湖水中这位美丽的女神就是白鹭的化身，就是鹭岛的象征。当我们走在厦门市的大街小巷，到处都可看到以白鹭命名的街道、学校、酒店、商场……在超市的柜台上处处可见带鹭字的商品、商标……可见厦门人对白鹭的偏爱。它不仅给这块土地带来了生机和美丽，更带来了繁荣和富裕。当我们挥手向白鹭女神告别时，也正是向这个美丽的花园城市作别，相信这个有女神守护的城市，有白鹭翩飞的大花园，在加快海峡西岸建设的进程中，会越来越漂亮，越来越富裕，越来越有魅力。

6

永定客家土楼奇观

土楼隐在深山秀水中

　　向美丽的鹭岛、温馨的花园城市厦门，依依作别后，我们即向龙岩进发，准备去参观闽西南特有的客家土楼群。说实话，这土楼，我还是近几年，从摄影作品或荧屏介绍中看到它的样子。初见，感到很新鲜，好奇它是怎么建的，人在里边如何居住和生活，种种疑虑时时在我的脑际闪过。此次旅游，看到这条线路有参观客家土楼群的行程，很高兴，觉得有幸一睹它们的真容，能亲临实地探寻它们的秘密，真是求之不得的好事，相信那些有关土楼的谜团在观赏中会一一解开。

　　大巴车从厦门出发后沿漳州高速公路前行，不久就行驶在通往龙岩市永定县的盘山路上。路两边青山绵延，水流潺潺，河岸修竹簇簇，蕉香阵阵，一派山区田园风光。车行途中，眼前突然会有一座座圆形或方形的小土楼掠过。同车的旅伴，惊喜不已，指的指，说的说，兴奋异常。导游看到大家欣喜的样子，很自豪地说："别急！等会儿你们还会看到最典型、最漂亮的土楼呢！"说得大家喜笑颜开，迫不及待地想立刻亲近它们。客家土楼群，隐匿在偏僻的崇山峻岭之中，大巴车在山路上，行驶了近两个小时，才到达它的藏身地——永定洪坑村。一下车，一座镌刻着"永定客家土楼民俗文化村"的白色牌楼，矗立在眼前。在一座大型的土楼里吃过客家饭后，导游就把我们交给一位地道的客家导游小林姑娘。我们在小林的带领下开始了客家土楼群的参观游览。

土楼王子"振成楼"

　　沿溪上行，远望依山临水而建的座座客家土楼，高低错落，参差有致，形成一个蔚为壮观的土楼群。我们依次参观。首先闯入眼帘的是一座被誉为"土楼王子"的圆形大土楼——振成楼。在蓝天白云下，这座土楼显得格外宏伟、壮丽，那厚实的黄色围墙上盖着一圈古朴的青色屋顶；灰色的瓦楞，线条清晰，凹凸有致；屋檐向外伸出，轮廓优美。如此的土楼再衬以坚实的大门和四面围墙上端密布的窗户，宛如庞大的古堡，显现出奇特、厚重、大气的磅礴之势。面对它，游客深感震撼，不约而同地发出赞叹。此时我犹如初次站在威严的天坛祈年殿前，又如首度走进意大利雄伟的古罗马竞技场时的那种震惊，真没想到在这么偏僻的深山老林里，竟然深藏着这么一颗耀眼的明珠，这么一朵艳丽的民居建筑奇葩。为了让这难得一见的形象永存在记忆里，我拿起相机忘情地为它拍照，并把它和我永远地定格在一起，是留念，也是荣耀。

　　"振成楼"的外观如此诱人，不知里面是什么样子？我怀

游客参观土楼厅堂　　　　　　　　　　　土楼完美的内部结构

着好奇，购票走进楼里参观。一进大门，眼前的情景更让人称奇。抬头仰望，里面的房屋足有三四层楼高，一层一层的楼房源于一个圆心，以不同的半径逐次向外展开，环环叠加，精密而规范。每层楼的廊道，均装有木栅或金属装饰，上雕花鸟虫草，精巧美观。全楼以厅堂为核心，每层有许多间房子，房外有廊道贯通，层层有楼梯上下相连。楼内水井、库房、浴房、饲养房等设施一应俱全，防潮、防火、防盗、抗震等设计完善周密，俨然一个构思精巧、结构严密、科学实用的堡垒。我原以为一座土楼就只是一家人居住的几间房，没想到规模竟如此庞大，布局如此井然，造型如此华美！听导游说，这么大的房子，都是客家人的本姓本家，几十家、几百人聚居在一起，共同生活，共享富贵，共渡难关，共御外敌，是典型的具有聚族而居特点的民居。它承担着生活居住的功能，而且为了使祖祖辈辈在这里更好地生存和发展，振成楼的先辈们还特别重视教育，曾经在这里自办学校，教育子孙后代，以至这个家族世世代代贤人、名人辈出。听说现今一位中科院院士，就是这个土楼的后代。我们从土楼厅堂上那众多的楹联和匾额题词中，如"振乃家声好就孝弟一边做去，成些事业端从勤俭二字得来"、"从来人品恭能寿，自古文章正乃奇"、"言法行则，

111

可爱的小土楼"如升楼"

福果善根"等，还可真切地感受到往日这个家族严格的家教和浓厚的书卷气息。

从振成楼走出，循着路标，我们又依次参观了气势恢弘的"府第式的方形土楼"——福裕楼，壮丽的"布达拉宫式的土楼"——奎聚楼。最后在溪水的对面、小桥的一侧，观望可爱的"袖珍圆楼"——如升楼。如升楼是这个土楼家族里最小的成员，楼的直径只有17米，麻雀虽小，但五脏俱全，建造同样精巧，功能依然完善，年代一样久远。

导游小林告诉我们，这里的几十座土楼大都有上百年的历史。真不可思议，这些当年就地取材，以粘土作墙，以竹条作墙盘，建造起来的土楼，在历经百年风雨侵蚀，水火考验，战争摧残后，今天，仍能坚实地傲立在天地之间，这不能不说是世界民居建筑史上的奇迹！身处其间，你会由衷地赞叹客家人高超的智慧和灵巧的双手，会为中华民族有如此宝贵的建筑奇迹，如此灿烂的文化，感到自豪和骄傲。我相信，客家土楼

方形土楼"庆云楼"

群，这世界上独一无二的神话般的民居建筑、宝贵的世界文化遗产，会越来越受到世人的瞩目，会越来越放射出绚丽的光彩。

土楼"朝阳楼"景区一隅

7

龙岩红色之旅小记

闽西革命烈士陵园

闽西革命烈士纪念碑

从奇妙的土楼群走出，我们即乘车前往福建龙岩。

说到龙岩这个地名，最初我还是从毛主席1929年写的《清平乐 蒋桂战争》这首词里看到的，其下阕中"红旗跃过汀江，直下龙岩上杭。收拾金瓯一片，分田分地真忙。"的诗句里就有龙岩、上杭两个福建省的地名。当时，红军攻占了龙岩、上杭等地，闽西革命根据地得到巩固和扩大，当地军民开展了轰轰烈烈的土地革命运动，之后，又在上杭的古田召开了有名的"古田会议"。在我的记忆里，闽西是我国著名的革命老区，曾有许多革命烈士，如瞿秋白、何叔衡等就牺牲在这块红色的土地上。我们有机会来到龙岩，很想到这里寻找一下当年战斗在闽西的革命者的足迹，去缅怀先烈们的英雄业绩。

当天晚上入住龙岩宾馆。第二天上午自由活动时，我和老伴就四处打听有关信息，听说城西的虎岭山上有一座革命烈士纪念塔，我俩就即刻乘出租车前往。出租车穿过几条繁华路段，我们下车又走了十几分钟坡路，就到了一座公园的门口。

今日龙岩街景

　　听当地人说，这就是闽西革命烈士陵园。进入园内，只见松柏茂密，林木蔽日，空气清新，环境幽雅，有一些老人在林间锻炼，小径上零散的游人在漫步。

　　我们沿林荫道向前走去，不远处，一座雄伟的纪念碑，矗立在眼前，看上去有二十多米高，碑身由多种不同规格的大理石构建，我感到它的形状和天安门前的人民英雄纪念碑有些相似。我们循着纪念碑四周观看，碑的南北两面刻有由陈丕显同志题写的"闽西革命烈士纪念碑"九个大字，碑座四周镌刻着邓子恢、张鼎丞等老革命家的题词，碑的正下方，两行金光闪闪的"革命先烈　永垂不朽"的题字，特别醒目。碑的顶部饰有月亮云彩图案的浮雕，碑的四周雕有花岗岩栏杆，庄重而大气。纪念碑旁的一块大理石横碑上刻有文字，概括地介绍了闽西革命斗争的历史，高度赞扬了烈士们的革命精神。

　　离这座纪念碑不远处，我们看到有一座由中共龙岩市委和龙岩市人民政府建造的较为精致的墓园。黑色大理石墓碑上镌刻着"郭滴人同志之墓"，我们从简介中得知他是闽西革命根据地的创始人之一，很受当地人民的尊敬和爱戴。当听说我们是北京人，特意来此拜谒这些革命先烈时，几个晨练的老人很热情地走过来，主动地给我们讲述郭滴人等英烈们的故事，言语间流露出老区人民的淳朴与自豪。

仰望高大肃穆的纪念碑，走过林木掩映的光荣亭，听着烈士们的英雄事迹，崇敬和缅怀之情油然而生。中国人民不怕牺牲、前赴后继、英勇斗争，中国革命波澜壮阔的许多画面，顿时在脑海里浮现，令我们久久地在这里伫立和沉思。

当我们告别陵园，漫步在龙岩市区时，从高楼林立的街道，来往奔驰的轿车、摩托车，着装时尚的年轻人，看到了这个城市的迅速发展，感受到了它的现代化气息，顿觉喜悦和欣慰，从而更对这块红色的土地充满敬意，更深刻地理解当年那些烈士们无私奉献、英勇献身的伟大意义。

闽西革命烈士陵园内的光荣亭

8

登庐山记

山石嶙峋远景逶迤

庐山世界地质公园大门

　　结束了九天难忘的福建之旅，我们又登上了从龙岩开往九江的列车，奔向渴慕已久的旅游避暑胜地——庐山。

　　庐山之美，我早已从历代文人墨客的名诗佳句中得知，后来在给儿子或学生讲读李白的《望庐山瀑布》，苏轼的《题西林壁》等诗句时，眼前总会浮现出庐山峰峦叠翠、飞瀑流泉，云蒸霞蔚的雄奇景象，不由得对它心驰神往起来。近代，庐山成为一些著名历史人物常去的度假之地，加之在那里发生过的历史事件更让我深切地感受到它和时代、和我们生活的密切关联，由此觉得它更加神秘。很久以来有种想要去探寻旧地，了解历史的渴望。20世纪80年代初，一部《庐山恋》的电影，更让庐山特有的秀丽和浪漫，形象地扎根在我的心中。此生一定要去一趟庐山，就成了萦绕在我心中挥之不去的一个梦。如今，我终于乘车登上了庐山的盘山路，有种夙愿得偿的满足，我非常珍视这个机会，也相信怀着向往和期待、做好了功课的我，一定会将庐山游得有情趣、有兴致、有收获。

119

庐山花径公园

花径公园与两位导游合影

　　大巴车在山路上行驶，我们从车窗望去，满眼都是郁郁葱葱的山林，弯弯曲曲的山路。导游说我们走的这条盘山路，正是毛主席当年上山的路，毛主席那首著名的《七律·登庐山》中，就有当时情景的描述。说着，还给大家风趣地介绍了当年毛主席用火柴计算"四百旋"的故事。听着，我随即吟诵起那句诗来"一山飞峙大江边，跃上葱茏四百旋"。想着我们一路攀登"葱茏"，马上就要跃上这"四百旋"的顶端，兴奋和激动不能自已。

　　大巴车送我们来到牯岭，我们把行李放在"云龙宾馆"的大厅后，就马不停蹄地开始了第一天的庐山之游。行走在牯岭街上，四面望去，风格各异的别墅、酒店依山而建，高低错落，优雅别致；大大小小的商店、餐厅鳞次栉比；车型不一，牌号各异的各色车辆，纵横驰骋；大街小巷，人来人往，热闹非凡。如果不是盘山而上，不往下看那重重叠叠的山峦，还真以为这里就是平地上的一个城镇呢！没来之前，我原以为庐山的山顶也和我去过的泰山或峨眉山一样，除了一些庙宇、殿堂和相应的建筑外，地方并不会很大，此次亲临没想到在一千多米高的庐山顶上，竟然出现这么一座天街云市般的桃源仙境，真是别有洞天，非同一般哪！牯岭，这座山中之城，不仅是庐山旅游接待、疗养的中心，而且还是通往各景区、景点的交通枢纽，这两天，我们到各个景点去游览，都要从这里或步行或乘景区的旅游车出发。

这天上午，我们首先来到离牯岭不远的花径公园游览。相传唐代诗人白居易被贬任江州司马时，曾来庐山游览，观赏桃花，在此留下"人间四月芳菲尽，山寺桃花始盛开"的著名诗句，并在一横石上手书"花径"二字。后人为纪念这位伟大的诗人，称此花径为"白司马花径"，并在此处兴建了景白亭和石牌坊，后来还建了白居易草堂及陈列室，草堂前耸然竖立着一尊两米多高的白居易雕像。倘徉在这繁花似锦、风景如画的山间园林，仰望着诗人潇洒的身影，回味着这一段文苑佳话，不由得在观景中感受到这座名山的文化韵味。

从花径走出，我们沿着石级山道游览锦绣谷。锦绣谷是一段长约1.5公里的秀丽山谷，为庐山新辟的一处著名的风景区。我们一行老年旅友，踩着高低不平的山路，攀着参差交错的山石，小心翼翼地向前慢走。身旁是怪石嶙峋的山崖，对面

下瞰庐山锦绣谷美景

121

是奇峰怒拔、巍峨壮观的绝壁，谷中花团锦簇，绿树芳草，一片翁郁。一路走来，美景险峰，目不暇接。走在半途望见对面山上，乱石簇拥中有块凸出的巨石，凌空架起，宛如一座天桥，十分险要。传说当年朱元璋逃到此地，忽现一座石桥，救他脱险后旋即断开，此后就留下这座断桥。断则断矣，今天依然可见其险峻的身姿，不失为锦绣谷一奇特景观。再往前走，什么"人头石"、"幸运石"等有名无名的怪石奇岩，数不胜数。当我们颠簸来到险峰金锁关时，踩在一块大石上，看见石板的边缘画有警示的黄线，不免心惊胆战，腿也微微发软，要知道脚下就是深不可测的山崖深渊哪！听说这里即为毛主席"无限风光在险峰"诗句中所描绘的景象。我站稳四望，确实险峻无比，雄伟壮观，我为自己竟然能站在这么高、这么险的山上，感到非常欣慰，不由得伸开双臂，向高山表达我的敬意，向山谷倾诉我的自豪。

从险峰下来，不知不觉就走到山谷的南端，抬头看，一拱形的山门，立在眼前，门楣上的"仙人洞"三个大字分外惹眼。大家惊叹不已，为自己终于能来到仙人洞，观赏庐山这个有名的景点，激动不已。走过拱形门不几步，即见在一参差如佛手的山岩下，有一山洞，进得洞中，看到深幽处有清泉滴流，洞壁上刻有"洞天玉液"的题词，洞中央供有吕洞宾的石像。传说吕洞宾曾在此修道成仙，此后这里就成为道家的洞天福地，取名"仙人洞"。我们这代人之所以熟知其名，是缘于毛主席"天生一个仙人洞"的著名诗句，有幸来到这里，谁也不会错过留影的良机，一时间，在洞左侧镌刻有"仙人洞"的月亮门前，就会聚起争相拍照的人流，在快门频频的按动后，人们心满意足地离开仙人洞，来到了庐山会议旧址前参观。

庐山会议旧址，位于牯岭东部的山麓，四周林木茂密，溪

庐山仙人洞留影

参观庐山会议旧址

水蜿蜒，环境秀美。它是一座石木结构的两层楼房，四周墙上装有高大的铁窗，楼前三个半圆形的门框，显得宽敞气派，整个建筑有中西合璧的风格。走近旧址可见门首刻有"庐山人民剧院"几个金色大字，再上面是书写着"中国共产党中央委员会庐山会议旧址"的红色横幅。从门口向里看，门厅中央红色背景前竖立着毛主席的金色铜像，大厅里依然还按当年开会的情景布置着。看到这里，不禁让人回想起二十世纪中后期，中共中央曾在这里召开过三次重要的会议。岁月悠悠，那曾经的历史沧桑、风云变幻，都离我们远去，但往日的经验和教训，却让我们永远深思和铭记，让我们更加珍惜改革开放的今天，更加坚定地走未来的路。

这天下午，天气晴朗，导游说"庐山天气变幻莫测，别看现在天气这么好，说不定明天就天阴下雨了，那时再去含鄱

庐山含鄱口石坊

商家占据的庐山最高峰摄影点

口，雨雾中山水模糊一片，景致大不如晴天。"听后大家一致
同意临时改变行程，趁天气晴好，先去含鄱口。"含鄱口"为
庐山观日出的最佳境地，也是游人赏景览胜的必到之处，它的
雄伟、瑰丽和奇妙，早已驰誉天下。在导游的带领下，我们在
较为宽阔的山路上缓缓而上，不一会儿，就来到含鄱岭。这
里地势较高，视野开阔。仰望天高云淡，晴空万里，远望如
鱼脊般的山岭，莽莽苍苍，气势磅礴。南面的大汉阳峰，海
拔1 474米，巍峨高耸，绵延起伏，为庐山主峰；北面的五老
峰，陡峭挺拔，劈地摩天，五座山峰并列叠连，望去宛如云中
的五位仙翁，故称"五老峰"。它海拔1 436米，虽略低于主
峰汉阳峰，但其雄奇瑰丽却更胜一筹，历来为人们所称道，唐
朝诗人李白曾赞颂它"庐山东南五老峰，青天削出金芙蓉"。
下瞰山谷，林木掩映，苍翠葱郁，水天云海，一望无涯，只见
远处的一泓水面银光闪烁，如镜如月，虚幻缥缈，导游说那就
是鄱阳湖。原来鄱阳湖就衔在两岭之间，形成"千里鄱湖一岭
含"的气势，这时我一下子明白"含鄱口"之所以得名的奇妙

意义了。

而后，漫步岭上，抬眼可见一石坊，坐落在山岭的南端，石柱搭成的大门门楣上，镌刻着"含鄱口"三个大字，左右两侧门上分别刻有"湖光"、"山色"字样，醒目地表明这里湖光与山色交相辉映，柔美与雄奇相互依存的精妙。穿过坊门，拾级而上，山顶上有一座伞形圆亭，为"含鄱亭"。登亭四望，湖色山景，绝妙佳境，一览无余。听说当年毛主席在庐山开会，常喜在此游览赏景，《登庐山》一诗中"冷眼向洋看世界，热风吹雨洒江天"的诗句，大概就是他站在庐山峰巅，居高远望所发出的感慨吧。在这里，只见当地的商户，在最好的景点置一藤椅，旁立木条，上书"庐山最高峰"字样，以此吸引游客借椅留影，赚取小利。我从旁观看，他所占之地确为摄影最佳点，不过，我不想造作地借用那藤椅，还是坐在山边的一石条凳上，拥入大自然的怀抱，惬意地和美丽的湖山合影。

在含鄱口流连忘返直至午后，当大家恋恋不舍地向植物园走去时，我和一位旅友小曹却对瀑布情有独钟。听说"大口瀑布"是近几年才开发的新景点，我们兴致很浓，觉得不去，会遗憾，来庐山"不看庐山水，不算庐山客"嘛！在导游的同

与旅友小曹在含鄱亭合影

在含鄱口处背倚群峰小憩

125

乘缆车下山去看大口瀑布

雨中游览庐山植物园

意下，我们两人即乘坐索道，到山对面去探寻大口瀑布。下了
缆车，沿羊肠石阶山路向下走了几十米，来到幽谷深处，隐隐
听到哗哗的水流声，循声找去，望见一处陡峭的山崖上，一道
银流飞奔而下，流瀑虽没有"飞流直下三千尺"那样壮阔的气
势，但水花飞溅、白浪翻卷的股股泉流，也让人有"疑是银河
落九天"的赞叹。走到近前，只见狂泻的瀑水注入一池绿潭，
搅乱了水面的宁静，给柔美的画面，增添了动感与活力。正待
要俯身用清凉的潭水洗手，以求好运时，忽见水面泛起圈圈涟
漪，抬头看点点雨滴落下，天色也有些昏暗，再看四周，空旷
幽静的山谷只有我们两人，心中顿时感到有点发怵，赶忙招呼
小曹返回。刚要起步，豆大的雨点啪啪地砸下。雨中，小曹搀
扶着我，气喘吁吁地攀上山路，匆匆赶到索道旁，当我们下了
索道，和大部队会合后，长长地舒了一口气，既为我俩安全返
回放松，也为我们独特的赏景经历感到快慰。

　　庐山的天气，果如导游所说，真是瞬息万变，刚才还是春
光明媚，不一会儿就大雨滂沱。晚上，下榻牯岭宾馆。一夜，
头枕山岭，听雨声拍打树叶，嘀嗒、嘀嗒，像节奏优雅的音
乐。推窗望去，崇山峻岭黑黢黢一片，透过朦胧雨幕，可见近
处昏暗的灯光，光晕在雨中微微摇曳，给人以迷离梦幻之感。

此时想到竟能在一千多米的庐山之巅，听夜雨呢喃，看雨夜景色，真是一种诗意的享受，想着想着，睡意全无，心中不由涌出几句诗来，随即打开台灯，记在本上。现特录于此文：《夜听山雨声》山岭小住夜雨声／嘀嗒滴落如银铃／推窗四望雾朦胧／唯见灯光点点明／声声伴我入梦境／想见雨霁好风景／林木增润花添丽／山色更秀水澄清。

清晨，大雨未住，整个山峦，烟雨茫茫，远远近近的岩壁沟壑，水流如注，真有"山中一夜雨，处处挂飞瀑"的景象。早餐后，我们穿上雨衣撑起雨伞，踏上崎岖不平的石径小道，到黄龙寺山门前，去观赏大名鼎鼎的"三宝树"。听说三宝树

庐山大口瀑布飞流直下

127

烟雨茫茫三宝树

有许多传说故事，明代徐霞客在其游记中也有关于它的记载：
"黄龙寺畔，树大三人合围，非桧非杉，枝头着子累累"。为
此，大家都怀着好奇与期待，冒雨来到它的跟前。走近一看，
果然名不虚传，三棵树擎起了半边天，盖住了大块地，个个参
天耸立，树干粗壮，树冠婆娑，枝叶浓密。经大雨浇灌，它们
绿意更浓，腰板更挺，看上去，少了几分沧桑，多了一些生
机，云雾笼罩下，有一种威武中不失美丽的韵致。这三棵树
中，两棵是柳杉，各高四十多米，都有六百多年的历史，另一

大雨朦胧看美庐

棵是银杏，高约三十米，已是一千六百多年的活化石了。因它们长在黄龙寺山门前，有"庙堂之宝"的美称，所以叫"三宝树"。今天这三棵宝树，更是名副其实的宝树，已被铁栅围拢，重点保护起来，人们想要走近合围它们，断不可能，但它们会伸出双臂，欢迎更多的游客观赏它们，为它们拍照，与它们合影。

从三宝树景点返回后，我们来到了"美庐别墅"参观。这是一栋精巧的英式别墅，是当年蒋介石和宋美龄的旧居，新中国成立前几乎每年夏天他们都要来此避暑居住。进入别墅，只见它的庭园很大，园内绿树环绕，泉水淙淙，雨水注入，水流更大。主楼宽敞、端庄，步入楼内，眼前是中西合璧装饰的会客厅，墙壁上挂着宋美龄的一些半身照片，走廊的橱窗里，摆放着蒋介石及宋美龄在不同历史时期的照片。客厅旁是宋的卧室，那张英国木质的白漆床，显得高贵而雅致，二楼是蒋介石的办公室兼卧室，其左边有一宽阔的阳台，上面摆放着一张圆形藤桌及几把椅子，夏日可在此乘凉，恬静而安适。毛泽东那

庐山观妙亭

首著名的《七律·登庐山》，就是他在此处书写的。
今日，在这个别墅里，还展有毛主席当年在庐山工
作生活的照片和实物。庐山，见证了中国现代历史
的重大变革，它不愧是一座政治名山。

　　此日下午两点，我们将在大雨中告别庐山，看
到雨雾重重的山林，想到大客车将在湿滑的盘山路
上行驶，不免有点担心，但看到司机师傅信心满满
的样子，大家也就放心大胆地登车上路了。大巴车

在能见度只有三五米的山路上缓缓前行，车窗上雨水纵横，透过模糊的窗口向外观看，雨水倾盆而下，天空阴云密布雾气蒸腾。路边的柳杉，只见一根根粗壮的主干，不见独立的树形，雨雾把它们的枝叶笼裹得严严实实，成了混沌的一片。远处山形迷蒙，如烟似海。一路上，大巴车像是在茫茫雾海中航行，我们坐在车里，没有淋漓之苦，却能观赏到雾庐山的别致之美，上车前的那种担心早被享受美景的乐趣所替代，以至当司机把我们安全送到山下，来到九江抗洪广场时，有人还沉浸在对庐山的依恋中，迟迟不肯下车。

舍不得你啊，可爱的庐山！永远会记着你啊，美丽的庐山！

曾经碧水荡漾的庐山如琴湖

131

9

九江抗洪广场记怀

九江'98抗洪展厅

滚滚长江东流去

九江长江抗洪大堤

九江1998抗洪纪念塔

　　大客车把我们一行游客送到九江的抗洪广场，因雨，我们要在这里逗留多时。之后，旅行社的大巴车将再送我们去火车站，然后乘列车返回北京。

　　雨越下越大，旅友们无法外出赏景，心中有些郁闷和无奈。为抓紧在九江这难得的停留时机，我和先生打着伞，冒雨在广场周边漫步游览。这个广场，是九江市为纪念1998年的抗洪业绩和颂扬伟大的抗洪精神而修建的。广场很大，它的中心矗立着一座方形的纪念碑，碑身从上到下四面镂空雕刻着1998的字样，意在让人们永远铭记这个历史年代。广场周围，筑有水池，水面微波荡漾。纪念碑的倒影，因雨水滴入，时清时散。池水与大堤之间建有一座驳船型的庞大建筑，据说这是一艘大型运煤船的形象，是为纪念当年因堵住长江决堤立下汗马功劳的大型运煤船而建的。这座建筑内展出了二百多幅形象、生动而又震撼人心的抗洪图片，一百多件珍贵的抗洪文物。我们走进展厅，依次细细地观看每张照片和每件文物。

　　看着这些感人至深的图片和实物，仿佛又把我们带到十

九江军民伟大的抗洪精神永存

再见九江，再见英雄的城市！

多年前，那惊心动魄的抗洪救灾的日日夜夜。1998年夏季，我国南方的一些地区连遭暴雨袭击。洪水肆虐，江河横流，水涝成灾。英雄的灾区军民，顽强不屈，奋起抗洪抢险，全国人民万众一心、众志成城、全力以赴赈灾救灾，谱写出一曲中国人民抗洪救灾的伟大史诗。当时的九江地区，正是抗洪救灾的前沿阵地。记得媒体曾报道，九江永安段的长江大堤，在特大洪水冲击下决堤，中央领导亲临抗洪前线视察指挥。英勇的解放军官兵为保卫九江人民的生命财产安全，不怕牺牲，顽强拼搏，日夜严防死守，终于堵住了大堤，取得了抗洪斗争的胜利，创造了人类历史上的奇迹，铸就成伟大的抗洪精神，为全国树立了光辉的榜样，为后代留下了宝贵的精神财富。今天重温那段历史，依然让人心潮澎湃，激动难抑。

我们怀着崇敬的心情，从展厅走出，缓缓登上当时溃决、后来重建的九江长江大堤。堤坝高筑，坚固宽敞。站在堤上，举目望去，此段长江开阔壮观，江水滔滔，滚滚东去，江面上大小船只，往来穿梭，一派祥和繁忙的景象。再回头看在当年决堤处所建起的这个抗洪广场及纪念碑，不禁让人联想起前一年全国人民在抗击南方雪灾，"五一二"汶川抗震救灾中所表现出的大爱无疆的伟大胸怀和民族精神，这显示出的民族生命力、凝聚力，让我们不能不由衷地为我们伟大的民族喝彩，不能不更加热爱我们伟大的祖国和伟大的人民。

黄山风光

第四章

皖浙赣纪行

徽风皖韵醉人心

徽风皖韵

歙县棠樾牌坊群

皖南古镇别有情韵，黄山天下奇秀，前几年因病因事，游览之愿，始终未能成行。今年一入春，我和先生商定，待天稍暖即择日启程。于是，我早早地就从网上联系好旅行社，约来在西安的小妹，三人结伴，开始了期盼已久的皖南之旅。

我们乘火车前往黄山市。火车一路飞驰向南，途经河北、山东、江苏、安徽等省市，第二天清晨即到达黄山市。安排住定后，时间尚早，看景心切的我们，不顾旅途劳累，当即乘坐旅行社的一辆小面包车，开始了我们此次出游的第一站——歙县。

歙县为古徽州府的府地，也是"徽学"的发祥地，是一座省级的历史文化名城。可此前我只知"歙砚"很有名，却对出产它的地方"歙县"，知之甚少，此日是怀着好奇与探求，去造访她，走近她的。一进县城，一种厚重的文化氛围，扑面而来。那挺立在一片金色油菜花中，宏伟高大的棠樾牌坊群，那座座历经风雨依然严整完好的古祠堂，那高高矗立在街市中心、坚实华美的许国名坊，还有那随处可见的极具徽州特色的古民居，无不令人感到震惊和赞叹。我们漫步在鹅卵石铺就的

歙县棠樾牌坊群旁金色的油菜花

渔梁街，观赏着街道两旁那些门窗高耸的古店铺，望见那些木色已呈绛红或栗色的门槛、梁柱时，仿佛可以触摸到那久已逝去的历史痕迹，可以想见明清时期那曾经的商业繁华；我们伫立在宏伟的渔梁石坝之上，近观柔美的浪花漫过坝上或远眺江水翻腾，心中漾起对我国古代劳动人民无限敬仰的情愫。走过歙县高大的古徽州城楼时，只见华丽典雅的"仁和楼"上悬挂

黄山市屯溪老街街景

歙县"仁和楼"

着一条红色横幅，才知此时正在歙县召开2011年中国历史文化名城规划学术委员会的年会，可见歙县是一座多么有影响力的历史文化名城啊！这时我羞赧于自己的孤陋寡闻，竟对这么一个有文化有历史的名城缺乏了解。为了弥补自己的无知，我不是走马观花，而是怀着敬意，认真地去欣赏她，品味她。

黄山，亿万年来，巍然耸立于徽皖大地，孕育出古老的徽文化，庇佑着世代的黄山人。她是中国的骄傲，安徽的瑰宝，国内外旅游者心驰神往的地方。我们说了多少年要上黄山，可迟迟未能动身，不知不觉就拖到了古稀之年，再不上，恐怕此生难矣，这次下决心非要上山不可。来黄山的次日，稍事休息，即开始从后山攀登，在缆车的助力下，我们来到了黄山的北海景区。在这里环顾黄山诸峰，见奇松挺拔，云海漫漫，心境无比开阔，深为造物主之神奇，祖国河山之壮美而慨叹。当我和先生，步履蹒跚地登上始信峰山巅，坐在接引松下的山岩小憩时，望四围群峰峭拔，深壑险峻，心中不免有些惊惧之感，然身边缭绕的白云，轻抚的春风，又给了我一种夙愿得偿

黄山北海景区诸峰

我们终于登上了黄山始信峰

　　的满足与惬意。说实话，年逾七旬的我们，能攀上黄山，站在祖国的名山之巅，尽情观赏她的雄奇秀丽，感受她的神韵与纯净，真是一种难得的浪漫，超逸般的享受，我为祖国山河自豪，也为自己叫好。

　　如果说登黄山，对我们来说是一种豪迈雄奇之美的感受，那么在皖南古镇宏村小住的几日，所游、所见，就是一种情意缠绵、如梦似幻的婉约之美的体验。

　　宏村、西递，过去并不被人们所熟知，随着国内旅游热

宏村村口风光

的升温，这些年，这两个深藏在皖南僻远之地的古镇及周边景点，一下子火爆起来。我们在友人的热情相邀下，也带着新鲜感，追梦到这里，并有幸在宏村的友人家小住了几日，能够较为轻松地欣赏村落的古雅之美，感受她独特的情韵与魅力。

宏村、西递，远在宋代就早已建村，虽时光久远，但因遭受战乱和灾祸较少，今天依然保存着古老的风貌，成为我国首批"世界文化遗产"、"国家5A级旅游景区"。走进牛形布局的宏村，满眼都是白墙黛瓦的古民居和曲曲折折、穿堂绕户的人工水系。碧波荡漾的月沼、南湖，滋养着一代代的宏村人，给这个古村落增添了特有的秀丽和别致。清晨，一排排高低错落的房舍倒影，鳞次栉比的马头墙，映在静静的月沼池面上，华丽空灵，看上去宛如一个艺术的宫殿或神话的王国，极具视觉冲击力。春雨中的南湖，远山朦胧，云

宏村"月沼"沉静之晨美

南湖风光宛如画

烟氤氲；湖畔柳烟袅袅，桃红点点；湖面弯弯的画桥、长长的栈道上，手撑雨伞的游人在缓步慢行；湖边古屋的倒影被点点雨滴和层层涟漪划拨得散乱迷离，看上去，简直是一幅极美的水墨山水画。在如此古朴秀丽的诗情画意之中，人不醉倒才怪呢！

之后，我们还特意去观赏卢村的志诚堂，据说它的创建，仅木雕一项，就由4个木匠用了25年的时间才得以完成，是我国现存为数不多的一座精致之极的木雕楼，堪称"徽州第一木雕楼"。走近一看，真是美得让人惊艳。其中门窗、梁柱、栏

卢村木雕楼"志诚堂"　　　　　　　　　　　"木坑竹海"民居

142

雨中游览西递祠堂　　　　　　　　　　　　宏村民居一隅

杆等处雕刻的花鸟鱼虫、风景典故，惟妙惟肖，意趣横生。雕刻技艺真是到了炉火纯青、精美绝伦的地步，志诚堂真乃木雕的灵魂，艺术的精华！

　　雨中，走在船形古村西递那纵横交错的石板路上，跨进一座座高门大院、祠堂古宅，观赏那些精美的石刻、砖雕，细看那些栩栩如生的木雕图案，品味那些意蕴隽永、教益深邃的字幅楹联，人宛若穿越了历史，走进了过去的年代，深切地感受到徽文化的精深与魅力，不能不让人由衷地赞赏皖南人的聪明与才智。

　　在皖南旅行的这些日子，无论是观景游览，访朋会友，还是品味美食，啜饮香茗，总被浓浓的徽文化所围拢，所感染。新奇的景观，令我陶醉；新鲜的感觉，总在心中涌动。一路上，我们把眼中美好的瞬间，心中的感动，记在日记本上，摄进镜头里，回京后整理成文，集结成册，作为我们此行的记录，也是对令人心醉的徽文化的敬礼与永远的记忆。

143

2

初识历史文化名城——歙县

登楼俯瞰鲍家花园

　　此前，歙县对我来说，是一个很陌生很遥远的地方，除了知道那里出产有名的歙砚外，其他一无所知。这次因要到皖南来，才做了点功课，但终究是纸上谈兵，很肤浅，很模糊。一踏进县城，走了一圈，一个真切的、形象的歙县出现在眼前。没想到，它竟是这么一个有特色，值得人们细细品味的历史文化名城。

　　歙县在古代为徽州县首，现为黄山市下属的一个县，距黄山市很近，车行约半小时就到达古城区。司机先带我们到鲍家花园、棠樾牌坊群景区参观游览。鲍家花园，系春秋名相鲍叔牙后裔，清乾隆嘉庆年间著名徽商的私家花园，为当今最大的古徽州私家园林。走进园内，奇花异草，高乔矮树，千姿百态的盆景，令人目不暇接；假山异石园中巧布，楼台亭榭层层叠叠，小桥流水，曲径通幽，让人宛若置身于苏州园林之中。特别出众的是，这里有几个超大的盆景，堪称园林一绝。那座名为"江山如此多娇"的大型树石盆景，长达二十余米，集树木之精华，揽中华名山之秀，气势恢弘，大气磅礴。那盆"徽州人家"，将古徽州山水人文，构建得和谐工巧，惟妙惟肖。还有那盆名为"南国风情"的古榕树，历经百年风霜，至今仍枝繁叶茂，郁郁葱葱，它曾是昆明世博会上的金奖作品，为此园的镇园之宝。

威严耸立的棠樾牌坊群

歙县"棠樾牌坊群"街景

　　从鲍家花园走出不久，来到一片油菜花地。黄灿灿的油菜花开得正艳，在这片金色的大地上，矗立着几座祠堂和一排牌坊，即"棠樾牌坊群"。牌坊，为古建一绝，在歙县随处可见，歙县被誉为"牌坊之乡"。位于棠樾村的这个鲍氏"棠樾牌坊群"，则是歙县最具代表性的牌坊之一。一眼望去，那七座规模宏大、气韵轩昂的灰黑色石牌坊，呈弧形排列，在一片金色油菜花的映衬下，显得更加威严高大。据说，明清时棠樾古村在外经商者颇多，有的功成名就。为了光宗耀祖，流芳百世，这些巨商，回乡大修宗族建筑。牌坊即是他们最能显示家族荣耀的作品。在此，仰望牌坊上镌刻的题字，如"鲍象贤尚书坊"、"鲍逢昌孝子坊"、"慈孝里坊"、"乐善好施坊"等，即可看出鲍氏家族被明清两代皇朝旌表"忠、孝、节、义"的荣誉和名望。这牌坊记录着这个家族四百多年间，为政为商，显赫几世的神话。我们在牌坊群中穿行，在黄花田里徜徉，顿感历史文化与自然风光，在这里和谐交融，构成一道典雅美丽的画廊，而川流不息的游人，则为画廊添上了一抹灵动的色彩。

　　走出这个景区，导游带我们来到了徽商之源——渔梁古埠参观。这里最让人震撼的莫过于"渔梁坝"，它是新安江上游最古老、规模最大的一座石质拦河坝，初建于唐代，距今已

和妹妹在棠樾牌坊群前留影

渔梁大坝景色

有一千四百多年的历史。当年随着徽商的崛起和不断发展，渔梁逐渐发展为古徽州重要的水路码头。明清之际，这里曾商贾如云，樯桅毗连，船舶沿练江进入新安江，可直达杭州，是当时一条著名的黄金水道。渔梁坝就是为适应当时水上运输的发展而修建的。岁月悠悠，时光已过去一千多年，今天，这座大坝，依旧安然地横卧在新安江上，发挥着自己的功效。我们沿江边岔口的石阶，相携而下，走到坝上，只见坝面全部用清一

鲍氏家族祠堂

渔梁坝上浣衣妇

色的花岗岩大石条垒砌而成，石条之间用石键如钉般紧紧连接，千余年石面历经水流、风雨磨蚀，仍完整坚实，连接处依然紧密牢固。站在坝上，脚下泛着浪花的水流漫过，流入坝下的河道。坝下，水面较为宽阔，停泊着几只待航的游船。坝上、江边，几位村妇或挥动着棒槌洗衣，或在竹竿搭成的衣架上晾晒衣被。听导游说，这个大坝垒砌的建筑方法十分科学，大坝的高低有一定的落差，随着江流的大小、水位的高低采用逐层拦水的方式。当时坝上的老乡，还形象地给我们演示江水流经坝上的情景，我们觉得异常巧妙，非常神奇。此刻我不禁想到，前些年，我曾到过四川都江堰，站在水流奔泻的岷江之畔，看到二千二百多年前，李冰父子带领民众修筑的这项伟大的水利工程，今天依然发挥着巨大的作用，感到十分震撼，由衷地赞叹我国古代劳动人民的聪明才智。今天看到这座渔梁坝，也有同感，正如专家们所说，渔梁坝的设计、建设和功能，均可与横卧岷江的都江堰相媲美，它被人们称作"江南都江堰"，确是实至名归啊！

从渔梁大坝拾级而上，来到古镇的渔梁老街。渔梁老街依山傍水，环境优美，至今保存完好，是典型的徽派民居布局。古村蜿蜒曲折，窄窄的路面，用鹅卵石铺就，石条镶边。街两旁的民居，白色的山墙宽厚高大，灰色的房瓦排列有序，房檐伸出，灰色的马头墙造型别致。一些徽式的木楼、古店还保存完好，有些商铺、古庄号的字迹依稀可辨。我们看到，随着古村旅游业的开发，这里不少人家做起了生意，饭馆、旅店随处可见。许多家门口都停放着摩托车，嘟嘟的摩托车载着货物，不时地从村中开过，往日的古村，显然多了一些商业的气息，热闹不少。这天中午，我们就是在村里的一家小饭馆吃的午饭，热情的店主人，还为我们做了几个地道的徽菜。如今，渔梁古村落的保护利用工程正在启动，相信经过整治和开发利用，这个古村落，将会让人们更好地领略当年徽商、古村的风貌，更真切地感受徽州文化的魅力。

歙县渔梁古村街景

"稀世瑰宝"——歙县"许国石坊"

　　之后，我们来到了歙县城内的斗山街，街道狭长悠远，
从道旁那些有名有姓的民宅大院，如杨家大院、许家厅、潘家
大院等，即可知道，这里曾是官宦人家、商贾大户聚集之地。
其建筑气势之恢弘，雕饰之考究，尽显徽州民居之特点。走进
大气典雅的徽园，满眼都是古色古香的民居，各式古楼比比皆
是，不同的商肆、店铺鳞次栉比，铺面、柜台的商品琳琅满
目，尤以歙砚和徽墨为多。走过街市中心，看到一座刻有"许
国石坊"的牌坊，看它的式样很特别，顿有耳目一新之感。据
说这座建于明万历年间的石坊，是当时朝廷为旌表武英殿大学
士许国而建的。它有别于其他牌坊，不是那种平面高耸的形
态，而是四面八柱，呈"口"字形的立体牌坊，八柱间宽大通
畅，可进可出。它的石柱、横梁、栏板等，均是采用非常坚硬
厚重的大块石料筑成，基座的配饰、上面的雕饰镂刻极其精美

细密，各种图案错落有致、丰富多彩，充分体现出徽派石雕艺术的独特魅力。抬头望着这座高大敦实的建筑，很难想象在当时技术尚不发达、运输工具十分简陋的条件下，竟能把如此厚重的石料送到10米多的高空，并严丝合缝地连接起来，完美地建成这么宏大的一项工程！它被看作我国的"稀世瑰宝"、被誉为"东方的凯旋门"、成为"国宝"级的全国重点文物，真是当之无愧啊！

在歙县游览一日，处处感受到徽文化的久远与厚重，不但被那些极具徽派特色的民居、牌坊、古桥、古楼所吸引，被满目的歙砚、扑鼻的墨香所熏染，更对这里自唐宋以来徽商崛起、文风昌盛、人才辈出的古今历史有所认识。我们还在人民教育家陶行知先生纪念馆，观看良久，满怀敬意地向他鞠躬致礼。我和妹妹都是教师，一生铭记着他"捧着一颗心来，不带半根草去"的教诲，为教育事业辛勤工作，无私奉献。已经退休的我们，驻足在这位伟大的人民教育家的巨幅塑像前，一种亲近和敬仰之情油然而生，感谢他的教诲和榜样，感谢歙县以她丰厚的历史文化土壤，培育出伟大的陶行知和像他一样众多的文化名人。

向陶行知先生致礼

3

逛屯溪老街　品徽州美味

黄山市屯溪老街

来！跟老街合个影

　　屯溪老街俗称"老街"，位于黄山市政府所在地屯溪区中心。相传三国时期，吴国的中郎将贺齐为了讨伐黄山地区的少数民族，曾屯兵于此，"屯溪"由此而得名，"溪"即新安江等水流之意。来之前，听导游说，这条老街是唯一的"国家历史保护街区"，特别能体现徽派建筑特色和江南城镇古老的风姿，被中外游客誉为"活动着的'清明上河图'"，因此，先生不顾连日旅途劳累，刚游完歙县，就急不可耐地催着我和妹妹到这里来游逛。

　　走近老街，一座高大的石牌坊，矗立在眼前，它顶层的飞檐，凌空伸展，极有气势，碑座两边用黟县青石精雕的两尊石狮，威武地把守着这条古老的街道。牌楼上方正中，两个镏金的大字"老街"在阳光下熠熠闪光，吸引着四方的客人络绎不绝地赶来这里游览购物。走过牌坊，步入老街，踏上用红褐色麻石板铺成的洁净路面，顿时有种穿越到古代的感觉。抬眼望，窄窄的街道两旁，鳞次栉比的店铺错落有序，每家店铺都

老街处处老字号

是一色的白墙黛瓦，高高的马头墙、长长的房檐整齐伸出，远远看去，整齐规则。不少店家门前还用蓝底白花的蜡染布做成遮阳檐或门帘，古朴漂亮，别有情致。这些店铺一般都是二三层的砖木结构，楼阁精巧玲珑，门窗雕饰精美，门首镌刻或悬挂着金字招牌。每间铺面大门敞开，所售商品，一览无余。一

好大好漂亮的砚台啊！

随游人逛屯溪老街

老街"汪一挑"馄饨馆

路走来，看到不少店铺摆满黄山名茶、文房四宝和其他工艺品，其中以歙砚最多。这些取材于当地、制作精湛的石砚，各式各样、大小不一，十分引人注目。有的砚台雕龙刻凤极尽堂皇，有的饰有花鸟鱼虫美观大方，有的大如车船，有的小得可在手掌之中把玩，这一切都显现出歙砚作为我国名砚的精美与风雅。我们饶有兴味地穿行在老街的每个店铺，感受着这条街道古色古香的典雅风韵，也享受着它的热闹与现代氛围。

　　沿老街慢行，来到一处十字路口，见茶楼、酒肆和饭店齐聚，想想也该吃晚饭了，听说"汪一挑馄饨"店的馄饨不错，我们就径直来到这里。这是一家徽式建筑的两层店铺，玻璃门宽大透亮，门上"汪一挑馄饨"的中英文金字招牌十分醒目，店内中式桌椅摆放整齐，墙面上悬挂着不少字画，店面虽不大，但处处透着干净，服务员也很热情。我们坐定后，每人要了一碗馄饨，想尝尝它与别处有什么不同，同时还点了一盘这里的特色小吃"毛豆腐"。问过服务员，才知道所谓毛豆腐，即是豆腐经过发酵，长出长长的白毛而得名，我想大概和北京王致和的臭豆腐差不多吧，不过，这毛豆腐闻起来并无那种扑鼻的臭味，吃后，口感还不错。至于馄饨，果然皮薄馅大，汤

一碗馄饨几个小菜也不失为一顿美味

鲜味美，真是名不虚传。就餐时，我和妹妹好奇地嘀咕着，不知该店何故叫"汪一挑"，又为何能"火"起来，疑惑间，只见一位四十岁左右，穿着蓝花布上衣，留着小胡子的男子忙碌地招呼着顾客。听说他就是这个餐馆的老板，名叫"汪一挑"。之后，我们即从挂在店内玻璃镜框里的文章和照片中，找到了答案。

原来"汪一挑"名叫王自立，他生活在屯溪老街，自小受徽文化的熏陶，肩挑祖传的担子走街串巷卖馄饨。做生意时，他自觉地在小小的馄饨里融入厚重的徽文化，不单单是在经营着馄饨买卖、发展着他的事业，还在传播着深远的徽文化，让"汪一挑馄饨"成为屯溪老街的招牌小吃，成为黄山市唯一以自己头像和文字注册商标的小吃，受到当地人的喜爱和四方游客的青睐。从那些媒体报道的文章中我们了解到，他创业的艰辛和坎坷，他对徽文化的执着和坚守，他经营理念的先进和对未来的设想；从他和诸多国内外名人合影的照片中，也看到了他的自信和热情。从餐馆走出，再看一眼门口那古旧的馄饨挑子和"汪一挑"那极有特色的头像，相信"汪一挑馄饨"会越来越受到人们的追捧，这个品牌也会越做越大，生意定会越来越红火。

　　一路游逛，我们还看到好几家店铺外，有几个壮汉站在一口大锅前，手握大木锤，用力地向大锅内锤锤砸砸，不知他们在做什么，我和妹妹好奇地走近去看。原来锅里是一团花生之类的糖糊，听说这是在制作一种当地有名的"木锤酥"。这种糖，是徽州的一种地方特产，做成要经过好几道工序，最后要用木锤在锅内反反复复地砸来砸去，直至变硬变酥，再切块成型，依不同口味包装出售。老板热情地让前来观看的顾客品尝。尝后，我感觉和北京酥糖的味道相近，不过更香甜、更酥脆些，于是就分别买了一些花生、芝麻、核桃等不同风味的"木锤酥"，准备回家送给亲友们分享。

　　第二天傍晚从婺源回来，还没进宾馆，就被朋友小赵堵在门口，非要拉我们去老街吃饭，再三推辞不成，只好就范，于是我们再次来到老街。老街的夜晚，华灯齐放，比白天还热闹。我们就餐的"老街第一楼"，是这里的一家高档餐馆，小赵说，这家酒店的特色徽菜做得很地道，每天都是高朋满座，不事先订座，根本吃不上饭。入座后，服务员端上了一盘此前

看！工人在做木锤酥

屯溪老街夜景

　　我们吃过的"毛豆腐"，又上了几道菜，其中有一盘鱼，两条
鱼各有六七寸长，并排摆着，看上去色香味都不错，服务员介
绍说，这叫"臭鳜鱼"，味道很鲜美。听后我感到很好奇，试
探地将筷子伸进盘内，夹起一块鱼肉品尝，果然鲜嫩好吃，不
一会儿，一盘鱼就被大家一扫而光。事后听说这道"臭鳜鱼"
是皖南地方最有名的特色菜，已有两百多年的历史。相传，鳜
鱼是徽州人爱吃的一种鱼类，当年有不少商人从事贩鱼生意，
但鱼从长江流域长途运来，常中途腐烂变质，只好丢弃。一次
一位商人见自己桶装的鲜鱼已有些变质发臭，他不舍得扔掉，
灵机一动，让人煎制，尝试后，觉得别有风味，即回家开了家
"鳜鱼馆"，专卖这道"臭鳜鱼"，结果生意火爆，大发其
财。之后，"臭鳜鱼"也就成了一道徽州人喜欢吃、家家都会

烧的地方菜肴。流传至今，它已成为徽菜的一个特色品牌。我想，随着美食文化的不断传播，社会需求的不断增长，"臭鳜鱼"这道徽菜将会更完善，更可口，喜欢品尝它的人将会更多更多。

尝过美味，口留余香，我们再从老街街道走过，观赏它美丽的夜景。这时各个店铺灯火通明，逛街的、购物的人，摩肩接踵，熙熙攘攘。穿过街道，我们来到滨江路，沿着新安江畔，缓步前行。江两岸，火树银花炫目璀璨，五光十色的灯火把高楼大厦装扮得绚丽多彩。望着静静流动的江水和江面上微微荡漾的五彩光影，有一种神秘而浪漫的感觉。这种宁静和老街的热闹，交织成一种和谐的美，构成多姿多彩的徽州生活画面。

我喜欢老街的古朴热闹和美味，也喜欢夜色下新安江的静谧与浪漫。

新安江两岸夜色璀璨

[4

到婺源去看油菜花

婺源春光无限美

婺源李坑村口风光

　　一开春，各种媒体、旅行社的广告铺天盖地："到中国最美的乡村婺源去看油菜花"，电视画面上频现的黄灿灿的油菜花田也直逼人眼。

　　我是个经不起忽悠的人，每当看到这些，就心驰神往起来，原打算四月去黄山旅游，顺道去看看婺源。但我生怕错过婺源油菜花盛开的时节，不顾北京还未脱去冬装，南方也仍春寒料峭，赶忙从网上联系好旅行社，3月底，就催促先生和妹妹，一起乘车出发。

　　婺源是江西东北部的一个历史悠久的古县，与浙江、安徽毗邻，曾属古徽州的一部分。她有着丰富的人文资源和秀美的自然风光，被誉为"中国最美丽的乡村"。一路上，我们怀着好奇与兴奋，尽情欣赏着她的美丽，感受着她的魅力，特别期待看到她那独有的油菜花。我们游览了"小桥流水人家"般的李坑景区；观赏了被誉为"建筑艺术宝库"、"江南第一木雕"的汪口俞氏宗祠；穿行在天人合一的生态家园"晓起"；漫步于乡村的石板路；游走在长长窄窄的老巷；跨过一座座石拱桥……那种古朴的田园风光，那种浓烈的文化气息，令人油然而生纯净脱俗之感，让人时时沉浸在悠远与美丽的遐想中。

161

李坑水乡人家

　　午后，游赏完江湾景区，大家兴致勃勃，以为就要去看油菜花，可导游说要返程，我们这条旅游线路不去江岭看油菜花。听后，一车人炸开了锅。说实话，不少人就像我一样是冲着婺源油菜花来的，而一路上，大家只看到零零散散的一小片、一小块的油菜花从窗外掠过，根本没看到电视画面上那么壮观的景象。这消息，像是给大家浇了一头冷水，让人失望到谷底。导游见大家情绪难抑，无奈下征得领导同意，让每人再额外补钱，安排去江岭。旅友们看花心切，顾不得计较，一个个也都慷慨解囊，随中巴车向江岭奔去。

　　车行不到20分钟，就到了江岭。一下车，眼前的景象让大家惊异得齐声赞叹，旅友们不顾一切地向山上奔去。原来婺源最美的油菜花，是种在江岭的一片山麓下，远处群山苍茫，高高低低地环抱着偌大的一块梯田，梯田层层叠叠，曲曲折折，排满整个山坡。我们来的正是时候，满山的油菜花开得正艳，它们依山势重叠弯转，高低错落，金黄一片，阳光下更是黄得耀眼，美得惊艳，真是一派独特的田园景色，一幅亮丽的山景画卷。

　　我和先生、妹妹，每人手持一台相机，沿着田垄、山路，一层一层地攀援观赏。抬头向上看，一层黄花接着一层黄花，一直攀到了山坡顶上，与周边的青山相拥相连，看上去，俨然是镶着绿边的金色山峦；向下望，一块接一块的明黄绒毯，向山坡、川地铺展开来，绵延不断，就像浪花起伏的金色大海。远处，星星落落的白色房舍，恰如正在金色大海上航行的游轮，或者停泊在码头的船只。走近田垄一看，一株株油菜花，枝壮叶茂，花瓣大而肥厚，色彩黄而艳丽，给人以特别茁壮丰美之感。看到如此壮阔的景象、这么漂亮的油菜花，我一下子找到电视或摄影作品中婺源油菜花的感觉，也就明白了为什么这里那么出名，为什么全国各地的游客会千里迢迢专程赶来这里。同时，我还特别庆幸我们全车旅友的坚持，否则此行不成，油菜花不看，将会留下多大的遗憾呀！

满山遍野菜花黄

　　来此赏花的游客络绎不绝，人们徜徉在美丽的山岭或流连
于金色的花海中。蜿蜒的人流增添着花海的动感，欢声笑语热
闹着这片金色的世界。游人多彩的外衣，点缀着黄色的画面。
姑娘们那一条条轻盈的头巾伴着花浪一起飘动，让花海显得分
外绚丽和灵动。今天，我和妹妹特意穿上红色和紫红色的毛
衣，站在花丛中，四围是一片烂漫的金黄，人被花映得光彩照
人；坐在田埂上，身前背后黄花摇曳，花被人衬得更加明艳。
先生是一位摄影爱好者，他端着厚重的相机，爬上爬下，面对
如此光艳壮阔的美景，他生怕错过每一个美的瞬间。他在花海
中追寻着花的倩影，在蜿蜒的人流中捕捉着游人的笑脸。高兴
时，还让我和妹妹摆个"POSE"，咔嚓一下，摄进镜头，简
直忙得不可开交。我和妹妹忘情地在花畦间走动，亲密地和花
枝相拥，陶醉地闻着清新的花香。这时，我们像是欢快的孩

人在画中游

我们和婺源油菜花在一起

层层梯田金灿灿

太美了！忙坏了七旬摄影师

人花相映美

童，全然忘记自己已是六七十岁的老人。真的，大自然让我们沉醉，让我们变得活泼，变得年轻。

走出油菜花景区，突然在路旁看到一个广告牌，才知道这片油菜花，原来是"农业部油菜万亩高产创建示范片"，由婺源县及溪头乡等单位具体实施。看后，不禁叹服婺源人的经济头脑和商业眼光。本来是普普通通的山地，是人们在田间路旁司空见惯的油菜花，可婺源人硬是把它打造成一个旅游胜地，一个生财的宝地。他们在发展生产的同时，充分利用了本地资源，给人们营造出一个亲近自然，享受生活的好去处。相信随着婺源油菜花的越开越盛，婺源这个"中国最美的乡村"会越来越美丽，婺源人民的生活会像油菜花一样越来越甜蜜。

美
在旅游中

5

登黄山始信峰

黄山奇松险峰

166

教学时，曾多次给学生讲析我国明代著名旅行家徐霞客的《游黄山记》。每讲一次，眼前都会浮现出黄山的雄姿，也总会激起我亲临黄山的欲望，可十几年过去了，夙愿始终未能得偿。

如今，我已是古稀之人，很担心再不启动，双腿会不听使唤，黄山之行将会成为泡影。为了这个未了的情结，春天，我早早地就从网上联系好安徽的旅行社。3月末，开始了"伟大"的黄山之行。

若按徐霞客的游山路线攀爬，我们三位老人肯定体力不支。友人建议我们坐缆车，从后山攀登，说此线路好走，当日即可往返，亦能饱览黄山秀色。我们欣然应诺。翌日晨，我们乘坐黄山景区的专用中巴车进山，到云谷寺索道站后，即乘缆车上山。

坐上缆车，我们兴致勃勃，透过玻璃窗，尽情观赏着一路风光。缆车开行七八分钟，感觉不是很快。悠悠地翻过一座青山，又缓缓地越过一道翠谷，无论是仰望还是俯瞰，总是一派千山万壑，茫茫苍苍的壮观景象。到了白鹅岭站，下了索道，即沿着山路步行登山。这里的山道像是刚修整过，水泥地还是新的，上下台阶较为平整，扶手设施也还完善，走起路来不觉得太吃力。路旁山石嶙峋，苍松挺秀，沿路可见不少花木的介

绍牌，如金缕梅、茅栗、黄山木兰等，但大都是裸露的枝干未
长出新叶。山上最多的是杜鹃花，一树挨着一树，高大粗壮，
不似北方所见盆景那样娇小。可惜我们来得早点，花期未到，
枝上只有星星点点的花苞，听说再过半个月，满山遍野的杜鹃
花和其他各种山花将会依次开放，可以想见，那时烂漫的山花
定会把苍翠的黄山，装扮得更加美丽迷人。

上上下下，走过一道道弯弯的山路，我们来到一处高山
开阔地。它位于黄山光明顶与始信峰、狮子峰、白鹅岭之间，
海拔一千六百米左右，称为北海景区，为整个黄山景区的腹
地。这里峰石和松云等各色奇景汇集，是黄山天然的风景窗。
站在此处的散花坞观景台，翘首四望，诸峰林立，奇松秀丽，
山石翠松，相映成趣，展示出一幅幅美丽的山景画卷。由西向
东，峰峦叠嶂，各有妙意，如右侧那亭亭玉立的一座孤峰，像
笔尖朝上的毛笔，峰顶上兀立着一株青松，远观如奇花绽放，
称"梦笔生花"。传说当年诗人李白曾来黄山，见此处奇峰竞

黄山北海宾馆前"老外"热情相邀合影

北海景区观景台看黄山"梦笔生花"、笔架峰

秀，便诗兴大发，趁酒兴奋笔疾书，写毕便将毛笔顺手一扔，那毛笔从空中翻转落下，直插土中，之后毛笔化成一座山峰，笔尖幻化成一棵松树，后即取名曰"梦笔生花"。它的侧前另有一座山峰，顶上分为五岔，状如笔架，称为"笔架峰"，一坞之内，有笔有架，真是造物主的神奇布局。再看稍远处，那聚集在一起的诸多山峰，如雨后春笋般地竞相插入云天，人们叫它"石笋峰"，实至名归，太形象逼真了。初来时，这里赏景的人还不算多，我们还可静心选景拍照，不一会儿，游客越聚越多，人头攒动，你拥我挤，观景台被围得里三层，外三层，再想要找个摄影佳点实在不易。无奈，我们只好跑到身后北海宾馆前面的露台上去取景拍摄。此宾馆为黄山上较为豪华的四星级宾馆，邓小平视察黄山时曾下榻于此，并做出"要有点雄心壮志，把黄山的牌子打出去"的英明指示。之后黄山即

黄山石笋峰

改制设市，大打旅游牌，城市得以全面发展。

　　上露台不一会儿，天色突变，乌云飘来，天上洒下零零星星的雨点。眼前的山峦和松林，在薄雾的笼罩下，变得朦胧迷离。人们喜出望外，齐赞这雨来得真巧，正好看看山岚云雾中黄山的奇景。可惜还没等雨伞打湿，天公又绽开了笑脸，云雾散去，山峰和奇松又露出了刚才的明丽。我们这些初登黄山的游人，虽未看到那波澜壮阔、云海蒸腾的壮观景象，但有幸看到这瞬间的景色变幻之美，也真是高兴之极，从而更激发我们要"更上一层楼"，去饱览黄山更多美景的热情。

　　在北海景区用过午餐后，我和妹妹沿着陡峭的石阶，向海拔一千七百多米的狮子峰攀登。半途来到曙光亭，据说这里因为是黄山观日出的最佳景点而得名。我俩来时已是正午，当然无缘见到日出，逗留片刻，旋即走到了清凉台。清凉台亦为观日出和云海之佳处。见这里一侧巨石上，不知何时何人留下诸

清凉台旁大石上歇脚观景

如"清凉世界"、"万壑幽邃"、"灵幻奇秀"等石刻手迹，
足见这里的景色清幽深邃，奇幻诱人。我和妹妹坐在附近一块
大卧石上，休息观景。远望对面山上那块"飞来石"，确如从
天外飞来，落在一座峰顶上，看去似与山体分离，有摇摇欲坠
之感，听说1987年版电视剧《红楼梦》片头的顽石，就是在
此采景拍摄的。后来我们在游客的援手下，登上狮子峰一处较
为险峻的山石。扶栏眺望，前方一座小山头上，有一块怪石，
极像手搭额头蹲坐在石上远望云海起伏的猴子，游人说这就是
有名的"猴子观海"。面对这些栩栩如生、惟妙惟肖的景观，
亲眼看到如"梦笔生花"、"十八罗汉朝南海"、"仙人下

远观猴子观海峰

171

黄山"宰相观棋"峰

棋"、"宰相观棋"等灵妙奇巧的怪石，不免使人浮想联翩，
遐思飞越，不能不让人叹服黄山"四绝"之一的"怪石"果真
名不虚传，不能不让人叹服大自然的神谋之力，竟能幻化出如
此神奇的景观！

从狮子峰下来，我们在始信峰景区游赏。这里牵连不断、
名目繁多的奇松，是最吸引人的地方。的确印证了"不到始信
峰，不见黄山松"之说。说到黄山之松，它们多生长在海拔
八百米以上的高山，以山石为母，汲取天然之雨露，顽强地扎
根于石隙岩缝之中。它们或倚崖向上，或倒悬绝壁，或独立峰
巅，或相聚成林；有的树冠如伞，有的削尖似箭，重山险壑之
中千姿百态，尽显韵致。在这里我们依次观赏到，有名的"黑
虎松"、"探海松"、"连理松"、"龙爪松"、"竖琴松"

和"美人松"等，它们或以形态冠名，或以优雅得名，虽没有黄山"迎客松"的名气那么显赫，但依然排在黄山名松之列。我们此次没走前山，虽未能和"迎客松"晤面，但能零距离地和这些名松亲近，已经十分满足。面对它们不凡的气质，高大的身躯，在坚石裂缝中顽强生长、无坚不摧的意志和毅力，心中不觉荡起一首生命的赞歌，油然而生敬佩之情。我们欣然地在竖琴松下留影，我与先生在连理松前携手拍照，让我的笑容与松同在，让青松为我们一生的恩爱作证。

在始信峰景区流连忘返，不觉时已过午，人也有些困乏劳累，望着远处绝壁之上高高耸立的始信峰峰巅和蜿蜒陡峭的石阶山路，不免有点生畏，很想打退堂鼓，但听到有关"始信峰"名字的一些传说，又有些不甘停步。相传明代有一位古人叫黄习远，起初他对黄山之美并不十分相信，但当他游至此峰时，见其峭壁千仞，临空凸起，怪石奇松林立，云蒸霞蔚，亦幻亦真的情景，如入画境，方信黄山风景神奇绝妙，遂为此峰题名"始信峰"。日后始信峰之名渐传，远播天下。听到有关始信峰的这些传说和美景的描述，觉得如若错过，定会后悔。友人和妹妹，感觉实在乏力，不想再动。我心中为自己打气，

我爱黄山竖琴松

黄山探海松

173

瞧！玩得多心跳

站起来迈开双脚，拄上手杖勇敢地踏上了攀登始信峰的山路。先生不放心，背起相机，也紧随我一起向山上爬去。

终到山顶，方知该峰顶部一分为二。首登的山顶小巧玲珑，只有方寸之地，站在山石上，四望群山，满眼奇峰怪松，下瞰悬崖峭壁，深不可测，不禁悚然腿软。我小心翼翼地扶栏走向崖边的接引松，想和它合影，先生恐高，假以拐杖，才颤巍巍地走过来，抖抖地端起相机，好不容易地给我拍下了一张在始信峰最险要处的留影。

之后我们走下石阶，穿过一道石桥，来到另一峰顶。此顶多有巨石，路面虽磕磕绊绊，但不那么逼仄，在此可以较为放松地饱览山景，惬意地享受它独步天下之美。这时，当我攀上了山顶，看到黄山的奇特美景后，突然想到王安石在《游褒禅山记》中的一句话"而世之奇伟、瑰怪之观，常在于险远，而人之所罕至焉，故非有志者不能至也"，我为自己今天的勇气和志气，能攀上险远之顶，感到非常欣慰和欢心。先生也很欣喜，不时地抓拍着每一个美的画面，兴之所至，还让我斜倚在刻有"始信峰"三字的石壁栏杆旁，为我拍照。这时我仰望蓝天，下临万丈深谷，玩得的确有点心跳，但也有几分兴奋和自豪。有时我们并排坐在山石上小憩，有时手挽手相互扶持缓行。高高的峰顶上，只有我们两个白发老人，因而引来身旁不少年轻人的关注，一对情侣主动要为我们拍照，口中不断地说着，"像你们这么大岁数的老年人，能相伴牵手登上这么高的山顶，真不容易，多幸福啊！"听到他们的赞赏，我们也真的意识到了自己的幸福，同时也衷心地为他们祝福。

我想，年过七旬的我们，此生能亲历黄山，登上始信峰之巅，尽管今天所游之地，只是黄山一隅，但足以让我们领略到我国这座名山的雄奇峻秀之美，感受到生活的恩赐与浪漫，心中充盈着满满的幸福与快乐。

徐霞客当年游黄山后，曾留下"五岳归来不看山，黄山归来不看岳的"感慨与赞美。今天，我可以骄傲地说，我已从黄山归来，中国最美的山已牢牢地扎根在我的心田，今后，有关看山的事情我已经无憾了。

牵手始信峰之巅

175

6

宏村小住手记之乐山书屋印象

"乐山书屋"临于宏村月沼之畔

宏村"乐山书屋"雅致小院

　　几年前，儿子就力荐我们去皖南古镇宏村、西递看一看，说那里古雅别致，很有情趣。今年，开春不久，我和先生，约上了小妹，一起出发先去黄山，然后去宏村小住了几天，近距离地感受到了两个古镇的别样风情。

　　这天，亲戚家住在宏村的小赵，陪我们从黄山下来，然后驾车送我们去宏村。宏村位于黄山西南麓，距黄山六十多公里，车行近一个小时。抵达时，天色已近傍晚，朋友老佑来接我们。购票进村后，首先映入眼帘的是两棵枝叶繁茂的大树，老佑介绍说一棵是白果树（银杏树），一棵是红杨树（枫杨树），它们是宏村的地标。我看这两棵树很像是两尊威武的守护神，高高地守望着这个偏远的古村。

　　老佑带我们沿着村中小路，东拐西折地来到了小赵亲戚家。这家主人姓汪，半年前老夫妇去北京暂住，家就交给老佑代管。她也就成了这里的主人。得知我们要来，她早早地就收拾好房间，准备了一桌丰盛的晚餐。饭后，我们饶有兴味地参观和欣赏着这个不同凡响的民居。

"乐山书屋"月亮门

　　刚到时，我们是从后院的月亮门进去的。一进门，不由让
人眼前一惊，这小小的庭院竟这么出奇的雅致和秀丽。院中细
高的紫玉兰、罗汉果树盖过了房顶，半空疏疏落落地铺展着一
片葫芦藤蔓。前一年冬天留下的金色葫芦，高低错落地垂挂在
藤架上。地面青石与鹅卵石交错的小路旁，绿草茵茵，情意绵
绵。一条溪水从水池弯弯流出，水草遮掩着溪水，溪水脉脉地
流着；水池不大，池水清澈，可见几尾小鱼游动。池边溪畔，
种有茶花、兰草，筑有小山、岩峰，放置着古瓶、盆景、石凳
之类，玲珑精巧，给人以幽静古雅之感。小池之上筑有一座水
榭，精致的"美人背"木栏，围拢着小榭，闲坐其上，舒适惬
意。水榭置于层叠的楼房之中，上下层楼古朴典雅，各种雕
饰、吊件精美讲究。

　　一眼看去，小小院落，真有"小桥流水"的诗情画意之
美，让人感到，这是一个有品位、懂生活的人家。果然，从参
观整个院落的布局、建筑的特色、厅堂的摆设、主人的书房，
尤其从那些独特的"双龙戏珠"木雕、各种花式镂窗、双面门

楼，以及厅房中各种条幅、楹联、古玩收藏、历代名人字画，及主人的诗文作品中，可见其家学渊源、家风严谨。从中可以感受到一种"书香门第"的风范，体验到一种浓厚的文化氛围。主人为此居取名曰"乐山书屋"，我想不独是取"仁者乐山，智者乐水"之意，更在于体现主人热爱生活、传承文明的美好情愫吧！

几天来，我们主要活动在水榭，即"剑琴榭"下，它独具匠心的建筑和布局，与自然融为一体的感觉，让人情有独钟，多有眷恋，它充分展现出主人深厚的文化底蕴和高远的意境。原来，这座古宅始建于清嘉庆年间，是主人家的祖屋，它历经

倚坐在"剑琴榭"美人背木栏休憩

"乐山书屋"老式门楼

百年沧桑，几经修缮仍保留了原屋的传统风格和历史遗存。新世纪之初，他们一家兄弟姐妹筹资，重新装修主楼、附楼，还特别精心设计、倾力修建了这座水榭，以使古宅亭楼相映、围塘相生、山水相依，让它既保有古民居的风格，又融入现代人的生活理念。小小水榭建成后，为它取名"剑琴榭"，既为纪念辛劳一生的父母（因父名下有"剑"、母名中有"琴"二

"乐山书屋"厅堂

字），亦寓为人立身行事、养性修身之道，当文武并重，动静互掣，刚柔相济。水榭两侧的题联："平康塘前思剑气，三英月下寻琴声"，正是这种意蕴的体现吧。

今日的楼榭，清流入院，亭阁傍水。坐在小榭，或饮茶小憩，或凭栏赏景，享绿荫之宁静，观游鱼往来之怡乐，真有桃花源中人的闲情与雅趣。由此，这所民居招来不少过往游客流连、观赏，引来许多文人雅士闲居作画。我国当代著名画家吴冠中先生，就曾来此园休闲作画，欣然为小院题名"掌中榭"，并亲笔题写匾额。今日，这帧小小的匾额，还醒目地镶嵌在楼前的花墙上，一进庭院，即可看到。

水榭四围和家中厅堂悬挂着名人手迹和字画，光照下，熠熠生辉。既为这所山水庭院，增光添彩，也让这座古宅老屋享誉宏村，声名远扬。

艺术大师吴冠中题赠的"掌中榭"匾额

7

宏村小住手记之宏村古镇览胜

雨中月沼

皖南古村落——西递和宏村被列入世界遗产名录

　　昨晚宿在宏村"乐山书屋"。第二天凌晨五点，天刚蒙蒙亮，我和先生就蹑手蹑脚地走出月亮门，想把宏村最静谧的清晨摄进镜头。这时，整个古村还在酣睡中，周围一片静寂。弯弯的石板路上，只有我们两个人的身影，只听到我们轻微的脚步声。起初，因天黑路不熟，我们不敢远走，就围着月沼，走来走去。

　　"月沼"是村里的一弯半月形的池塘。据说当初开挖池塘时，很多人主张挖成圆月形，但一位世祖夫人坚决反对，她认为"花开则落，月盈则亏"，只可挖成半月形。于是，今天我们就看到了这个半月形的月沼。想想，这位夫人还真是有独到的见地。她想以花未开，月未圆，来告诫人们万事不要太完美，莫为儿孙想周全，要为他们留下自己发展的空间。这其中蕴含的哲理，在今天依然还是有警示意义的。

　　月沼傍泉眼挖掘，引清流入塘，进出活水流畅，清澈见底。历来的民居围绕着它布局、建造，形成湖光水色与层楼叠院，交相辉映；自然景色与人文景观，和谐交融的徽州古村落

宏村村口两棵标志性大树

俯瞰宏村民居群

宏村民居双月图

清晨，睡意朦胧的宏村"月沼"

的奇特景观。此景，近年来，成了旅游者追捧、摄影者青睐、影视人涉足的热点景区。听说《卧虎藏龙》、《风月》、《徽州人家》等影视剧就曾在此拍摄过。

晨曦微露。我们站在月沼的东面，四周景色，一览无余。这时池水波澜不起，平静如镜，白墙灰瓦、造型各异的民居，静静地伫立在池塘的四围，它们那古朴的造型，砖雕的门楼，微微翘起的屋檐，高高的马头墙，清晰地映在池水里，给人以独特的视觉感受。其中矗立在月沼北畔的乐叙堂最为突出，宽大的门楼，雕饰的牌坊，精美的木柱，无不显示出它的严整与大气。它建于明永乐年间，距今已有六百多年的历史，是宏村的汪氏宗祠。宏村的居民，基本以汪氏家族为主，这个宗祠就是历代汪氏族人祭祖和庆典聚会的场所。

静美月沼

　　晨光轻轻地浮在水面上。岸上这些鳞次栉比、高低错落的房屋，像一座半圆形的城堡，水下的倒影像是梦幻的宫殿，岸上、水下连在一起，如童话世界般的美丽。这时，远处的群山已隐隐露出青悠，早起的白鹅，三三两两地在水面嬉戏，勤勉人家的窗户亮起了灯光，袅袅炊烟慢慢地在空中散去。此景犹如传说中的"月沼春晓"之美。之前，我曾在画册中、荧屏上看到过这种景象，以为是摄影家的特殊制作，没想到此情此景，就在我的眼前。我们激动地端起相机，不停地按动着快门，贪婪地想把它的每一个角落都摄进镜头。

　　随着太阳的升起，游人渐渐地多起来，我们离开了月沼，向村中走去。村中小路，纵横交错，干净整洁。我们沿着青石板路缓缓向前，脚旁有一条溪水淙淙流过，低头看，水流缓慢，水清见底。驻足弯腰，捧起一杯溪水，清凉沁心；伸出舌尖抿一口，清甜爽口。一路走来，常见有村妇说说笑笑，在溪边浣衣洗菜，或者店主伙计用溪水冲洗杯盘。

过去曾去过几处江南水乡，大多是一条河水，两岸人家。独这里与别处不同，房舍大都建在窄窄的道路两旁，河道窄细，水流不深，小小溪流紧贴家家门前墙侧流过，上有石条间断铺盖，迈过小溪或踩在石板上，即可进家。小溪环村穿户，四通八达，形成"浣汲未防溪路远，家家门前有清泉"的特殊水乡环境。听导游说，早在南宋时期，古宏村人为了防火灌田，便利生活，引西流之水入村，匠心独运地开凿了这条人工水系。几百年来，这条堪称"中国一绝"的水系，滋润着古村，养育着村民，让古村秀丽宜人，村民生生不息。又听导游介绍说，宏村是古宏村人规划建造的一座奇特的牛形古村落，它开仿生学之先河，以巍峨苍翠的雷岗山为"牛首"，门口那两棵风水宝树就是"牛角"，前面所说的月沼（就是这个人工水系的重要组成部分）称为"牛胃"，村中庞大的民居群是牛的"身躯"，我们现在所看到的身边这条蜿蜒流动的清泉，则是"牛肠"，一会儿将会看到的南湖，则是这头牛的"牛肚"。

听着这些新鲜的介绍，更撩拨着我的好奇心，跟着导游寸步不离地向每个景点走去。环村而行，可见一座座保存完好的古民居。这些民居，大都是明清时期修建的。许多民居前挂着说明的牌子，多已成为游人参观游览的景点。其中的"承志堂"，为当时最有钱的大盐商的居所，是村中最气派的建筑群。它占地宽广，布局考究，仅大门的设计就极为复杂，有三道保险之多。大门上雕刻着"几百年人家无非积善，第一等好

宏村南湖书院游人络绎

事只是读书"的门联，昭示着这个家族的治家之本和对子孙的教诲与期望。院内砖雕、石雕、木雕精湛细微，其中一块青石上雕刻的四喜闹梅的图案，栩栩如生，十分珍贵。它的厅堂及各个房间都极其讲究，高大气派，富丽堂皇。走进后花园，见古木参天，青藤绕树，亭阁相映。纵观全院，可谓皖南古民居之最，被誉为"民间故宫"实不为过。其他如敬修堂、树人堂、桃源居等，也都各有千秋，或精美绝伦，或朴实端庄，从中即可体味出传统徽派建筑风格之精髓，徽文化之厚重。

　　向南行不远，一泓宽阔的水面，映在眼前，比起月沼来要大了许多，这就是宏村这头巨牛的"牛肚"——南湖。走近一看，湖水澄碧，水波潋滟；向远望，群山如黛，树影婆娑，横卧湖上的"画桥"，如玉带浮动；拱桥长长的栈道，将湖水

坐在南湖书院课桌前体验当年读书之乐

一隔为二，两面景色，一样秀丽。湖畔，桃红柳绿，游人如织。我们随导游走进坐落在湖北侧的"南湖书院"。这是当年专供族人子弟读书之地。书院建筑宏伟高大，庄重大方。厅堂宽敞、开阔，堂前侧柱遍悬孝悌、修身、立志、勤学之类的楹联，堂后悬挂着孔子的画像。厅内整齐地摆放着一排排课桌长

宏村南湖画桥上游人川流不息

南湖春色入画板

凳，意在还原当初学童读书的情景。我和妹妹也仿效其他游
人，坐在课桌前，体会着私塾大宅读书之气氛，感受着湖光山

文化氛围厚重的宏村乐叙堂

快照，多漂亮的木雕啊！

色中求知的快乐。

从南湖书院走出，遇见一位摄影师，闲聊中得知他已在宏村住了半个多月，一直在等待雨天的来临。他说这里下雨天的景色特别诱人，韵味十足。之后，我们也满怀期待，盼望着天公作美，明天来个下雨天。真是天遂人愿，向晚有些凉意，半夜当真下起雨来。我们喜出望外，早晨不等天亮，就撑起伞，向雨幕中走去。

雨，淅淅沥沥地下着。石板路上坑洼处积满了雨水，走起路来发出噼啪噼啪的声响，溅起不少的水花。穿过窄窄的长巷，听着雨声，我的脑海里，突然浮现出戴望舒《雨巷》中的情景。同样是悠长曲折的江南古巷，同样是撑着雨伞在雨中的长巷漫步，不同的是此刻的我们，没有当年作者的寂寥、惆怅与彷徨，多的是愉悦、满足与期望。

浓浓的云雾在天际间缭绕，雨时大时小。我们不顾雨水溅湿衣裤，再次来到南湖景区。放眼望去，湖面笼罩在一片烟雨

191

烟雨茫茫南湖景

氤氲中，雨滴啪啪地落在湖面，泛起圈圈涟漪。弯弯的拱桥、
直直的栈道被雨水打湿，多了几分凝重与恬静；远处的青山、
树影，朦胧迷离；近处的桃林，被雨水洗得一片润泽，桃花红
得更加水灵娇美；湖畔民居的粉墙黛瓦，被阴云衬托得黑白分
明、端庄雅致。这时的南湖，宛若一幅柔美淡雅的水墨画，真
是美极了。趁雨早早赶来写生的、摄影的、赏景的人们，撑着
五颜六色的雨伞，或打开画架坐在民居檐下，或抱着相机游动
在湖畔、画桥上，给这写意的水墨画面，点染着色彩，增添着
诗意。

雨巷

看，坐在当地传统的"火桶"里取暖聊天，多自在！

宏村小住，晨曦中、丽日下她那古朴别致的风姿，让人痴迷；春雨蒙蒙，如诗如画，空灵韵致的景象，更是令人陶醉。我庆幸能如此零距离地和这个"中国画里乡村"亲近，庆幸能在这里真切地感知，宏村作为我国首批"世界文化遗产"、"中国5A级景区"的独特价值和魅力。

青石雕刻的"四喜闹梅"为珍稀之宝

8

宏村小住手记之雨中游竹海、西递

竹林深处有人家

雨中游"木坑竹海"

　　来宏村的第二天，小赵的亲戚小汪，风尘仆仆地从黄山市赶来陪伴我们。她个子高高，白皙漂亮，为人热情大方，声音响亮、语气亲切。中午刚过，她就马不停蹄地领着我们，到宏村周边的江池湾度假村去游逛，到成片的油菜花地去拍照，到卢村闻名于世的木雕楼"志诚堂"去游玩观赏。

　　第三天，黑云密布，大雨将至，她提议要带我们去看烟雨中"木坑竹海"的奇特景象。我是个爱新奇的人，巴不得会有此行。大伙儿也都觉得机会难得，顾不得雨水浇身，二话不说，跟着她就匆匆出发了。

　　刚到"木坑竹海"的景区门口，突然狂风大作，骤雨倾盆，人被风摇得站立不稳，伞被风吹得翻卷过去。不得已，我们在门口屋檐下暂时躲雨。须臾，雨稍稍停歇，即向景区走去。走不多远，耳畔听到刷刷的声响，眼前一片高大茂密的竹林，挡住了视线。小汪说，这里就是当年拍摄电影《卧虎藏龙》的取景之地。抬眼望，苍苍茫茫、无边无际的竹海，在风雨中摇摆舞动，如波涛四起，碧海翻腾，非常壮观。记得前些年，看电影《卧虎藏龙》时，很惊异片中身穿古装衣裙的男女演员，在竹林里舞剑追逐，上下腾跃，竟然那么自如，那么飘

195

万竿修竹耸入天

逸，翠绿的竹林和色彩艳丽的衣裙，交映得竟然那么和谐，那么妩媚灵动，心中很是疑惑。不知导演究竟在哪里找到这么美的地方？没想到，今天我就站在这个美妙景点的面前。霎时，当初电影里的那些镜头，又飘然浮现在眼前，真的像做梦一般。

我们沿着竹林崎岖的山路，拾级而上。路边挺拔的毛竹高耸入云，脚下刚露小尖的竹笋，跃跃欲试地想要顶出地面，微垂的竹叶被雨水清洗得青翠欲滴，整片竹林青幽深远，清香四溢。上下看，潮湿的山路上，只有我们几顶花伞在游动，给幽静的竹林，带来几分灵秀，添了几许清丽的雅意。山路陡峭，我扶着路边的竹栏杆，喘着大气，一层层吃力地迈着台阶，在大家的鼓励下，终于登上了观景台。这时，雨悄悄地停了，天也微微放晴，举目四望，天上阴云飘散，白雾缭绕，整个山峦像蒙上了一层轻纱；远处湖面、油菜花田，影影绰绰，看不清模样；木坑山谷里的排排民居，隐在云雾之中，若隐若现，恰如"白云生处有人家"诗境的真实写照。眼前层层叠叠、起伏连绵的竹海，被雾霭笼罩，雾气蒸腾，碧波荡漾。如此云翻浪涌的山岚竹海景象，像仙境一样，真让人迷恋，久久凝神观

同乡、台胞有缘竹林亭下聚

望，难舍此景，不愿下山！

在观景台小憩时，遇到从山顶下来的几位游客，一问，其中一位姑娘竟是北航的研究生，又是西安老乡。重不重，师生

轻雾缭绕竹山林海

197

情；亲不亲，乡党意啊，能在游人如此稀少的雨中竹林相遇，不能不说是一种缘分。立时，我们一见如故，亲热地握手相拥，并互留电话，相约回校再见。更巧的是说到宏村，她们早上订的旅店，正好是我们之前下榻的汪家。她们说看上了"乐山书屋"的优雅与别致。真是英雄所见略同，情趣相投啊。

正当我们一行要离开小亭时，又从山下上来了一家人，先生主动和我们搭话，说他们是从台湾高雄来的游客，姓黄，随即就热情地送我们台湾硬币作纪念。他们听说老佑会烧地道的徽州菜，当即就订上了午餐的几道菜，如"咸肉烧鲜笋"、"清蒸活鱼"等，准备回去美餐一顿。此时，大家在观景台像一家人一样说说笑笑，合影留念。后来，我们在杭州再遇到黄先生一家时，他们高兴地告诉我，在宏村乐山书屋，吃老佑做的那顿饭，非常可口，说话间满足和喜悦之情，溢于言表。

"木坑竹海"给了我们美的享受，也让我们有幸在这里感受到人间的情意，我会记住它，记住这难得的雨中一游。

从"木坑竹海"走出，小赵即开车送我们去西递。西递与宏村一样，同为皖南古镇名村，二者同年被列入"世界文化遗产"名录。西递位于安徽黟县东8公里，距黄山风景区仅40公里。该村始建于北宋元丰年间，距今已有九百多年的历史，是

西递姹紫嫣红春色美

村外诱人的油菜花地留下了我们的身影

西递古村村口胡氏牌坊

一座以血缘关系为纽带，以胡姓为主，聚族而居的古村落。

车近西递，远远就看见一座高大的牌楼矗立在云天下，很气派。下车后，来到村口，眼前更是一亮，高高的牌楼愈发显得宏伟。它通体用大理石雕筑而成，上面刻有生动的人物浮雕和精美的纹饰。听导游说，这座牌坊是西递村的标志性建筑，叫胡文光牌坊，当初可能是为纪念此人修建的吧。在牌楼的前方有一片清清的池塘，池畔石砌的岸堤，围着一片桃林，粉红的桃花开得正艳，环村的田地上长着金黄的油菜花和绿油油的庄稼；远处山峦起伏，郁郁葱葱，脚下一条宽宽的石板路，通向村里。这里的售票处是一座中西合璧的建筑，比起宏村的售票点显得豪华气派一些。多了一些新颖和古雅，购票方式也更规范、更现代化一些。

进村时，一阵细雨又悠悠飘来，青石板铺就的大街小道被雨水打湿，房舍也被雨丝滋润着。西递的主要街道较为宽阔，小道成辐射状分布。我们手撑雨伞，紧随导游走街串巷，在古巷弄堂里，稍不留神，就像走进迷宫，随时都有可能掉队。这里一排排的民居古宅，大多沿街临水而建。一路走来，我感觉西递虽然没有宏村那样独特的人工水系、那样诱人的月沼和南湖，但它的民居建筑，比起宏村来，显得更为高大、堂皇和精美。据说此村自古文风昌盛，祖上出了不少达官贵人。到明清时期，有些读书人弃儒从贾，经商成功，即回乡大兴土木，建房修祠、铺路架桥，遂将故里修建成极有气派、独具皖南徽派艺术特色的古民居建筑群。它布局结构之工巧，装饰营造之精美，文化内涵之深厚，都是国内极为罕见的，体现了中国明清住宅和人居环境建设的极高水准。直至今日，这些建筑和庭院大都保持着明清时期原有的风貌，被誉为"古民居建筑的宝库"，成为世界文化遗产的瑰宝。

我们随导游依次走进这些造型有别、风格不同的古宅庭院，面对这些精湛的建筑艺术，不时地发出由衷的赞叹。当我们走到这里最大的祠堂——"敬爱堂"门前时，确实被它宽大的门楼，高高翘起的飞檐和那恢弘的气势所震撼。它的大厅分上下两庭，中间有很大的天井，这里曾是当年祭拜祖先、教育

西递雨中街景

西递祠堂

　　后代、举行宗族和宗教活动的场所，今天已辟为"西递民俗展览馆"。平日看电影、电视，常看到过去一些大家族在祠堂举行重大活动，想必祠堂一定是很重要、很尊贵的地方，当然在建筑上也就格外重视，特别讲究。眼前的"敬爱堂"，当是如此吧。

　　之后，我们步入"追慕堂"。这是建于清乾隆年间，为追思胡氏先祖而建的宅邸。它的屋顶亦是凌空的飞檐翘角，那八字形的门楼特别醒目，高大的门框和八字墙都是用整块黟县大理石制成，打磨光滑，做工精细，显得凝重端庄、典雅大方。据说，当时只有那些高官富商、名门望族，才有资格建造"八字门"。

　　建于明代的"尚德堂"，是这里最早的古民居，它就有这

多么精美的砖雕、石雕门楼

样的门楼和石墙，非常壮观。再之后看到的西递历史上官职最
高的清二品官胡某的私邸"膺福堂"，那典型的徽派四合院，
不但有"八字门"，屋内隔扇上莲花状的雕刻等，也都尽显官
商府第的豪华气派。

在西递众多的民居中穿行，被浓浓的文化气息所包围。
一栋接一栋的高堂大屋，让人目不暇接。走过有些厅堂后虽记
忆有些模糊，但那些门楼、梁柱、门窗、隔扇上的雕饰，或石
雕、或木雕、或砖雕，都给人留下非常深刻的印象。它们造型
之独特，做工之精细，实为一件件精美绝伦的艺术品，令人叹
为观止；那些刻有民间故事或皇家传说的雕饰品，寓意隽永，

耐人寻味，让人不由久久驻足，细细观赏。

一边参观，我一边在想，历经数百年，这个身处皖南偏远地区的古村落，至今仍能保存如此完好的原始形态，实属不易。

离开西递时，暮色将近，雨霁天晴，我们的小车风驰电掣般地向黄山市奔去。车窗外，一幅幅皖南春色图飞快地从眼前掠过，眼看着宏村、西递这两个难得一见的古村落和它周边的美丽景色，离我们渐行渐远，心中有些恋恋不舍。但让人欣慰的是，它们那古朴典雅的风韵，别致秀丽的身影，已留在了我们的心底，我会永久地珍藏它。

感谢宏村几日小住开阔了我的视野，带给我新的生活体验和观感，感谢那些热情陪伴、悉心关照我们的友人们！

瞧！这就是村民家中祖传的价值连城的"石书"

9

乘船去看千岛湖

浩渺湖面船舸争流

千岛湖乘船码头

　　游完西递，小赵送我们回到黄山市。当晚住进酒店后，导游小汪即前来和我们联系去千岛湖旅游之事。翌日早，我们乘坐旅行社的中巴车前往码头，准备登船去游千岛湖。

　　千岛湖位于浙江淳安县境内，东距杭州129公里，西距黄山130公里，是"杭州—千岛湖—黄山"这条名城、名湖、名山黄金旅游线上的一颗璀璨的明珠。它是1959年在新安江筑坝蓄水形成的人工湖，即新安江水库。水库蓄水后被淹没的大大小小的山峰形成许多岛屿，这些星罗棋布的岛屿，有1 078个之多，因而新安江水库得名为"千岛湖"，是世界上岛屿最多的湖，比世界有名的加拿大金斯顿千岛湖景区的岛屿还要多。千岛湖为"国家级风景名胜区"，是全国乃至世界各地旅游者向往追慕的地方。这次我们来到黄山，千岛湖近在咫尺，因之，它理所当然地就成为我们的必游之地。

　　乘船前，先要乘车走五十多公里的陆路。中巴车一路风驰电掣，我们的心也随着飞向湖区。到达水路码头时，江边已是人头攒动，一派热闹景象。码头上，举着小旗的旅行团，一队接一队；水面上，装扮得漂漂亮亮的游船，排着队，随时准备抛锚起航，迎送一拨拨的游客。在导游的安排下，我们登上了

游船在新安江上破浪前行

　　"徽源号"游轮，开始了千岛湖的水上之旅。

　　"徽源号"长鸣一声，载着一船欢快的游客，乘风破浪，扬帆顺流而下。来千岛湖之前，我并不知道要走六十多公里的水路，以为乘车即可到达。当得知要乘船前往时，非常高兴，想着能坐船观看新安江两岸的风光，该多么过瘾啊！

　　游轮划开水面，嘟嘟前行。我手扶船栏，专注观景。近看，江面开阔旷远，江水清澈碧透，船头划过平静的江面，激起道道白浪。翻滚的浪花拍打着船舷，船身摇摆不停。甲板上的游客，被摇得晃晃悠悠，大家互相扶持着，也欢笑着。望江两岸，青山起伏，延绵不断，在一片绿色和黄色油菜花的环绕中，常可看到一排排依山而建的白色房舍和星星点点红色的楼房。

　　船行驶到江心，眼前出现了一架弯弯的黄红色桥梁，在湛蓝的天空和泛着白浪的江面间，凌空升起，远看像一道美丽的彩虹。这时，船从桥下穿过，像是进入五彩缤纷的幻境。我久久地伫立在船头，江风吹动着我的卷发，江上清新的空气涤荡着我的身心，沐浴在山光水色之中，感觉像进入纯净的世界一般，美妙极了。船头的栏杆上，插着一面五星红旗，随着船行漫卷飘动，游人争相和它合影，我也趁人少快步走到红旗下，让先生给我和国旗拍了一张合影。镜头中的我，笑容灿烂，满怀自豪，它定格了我此时的心境，亦是我整个旅途心情的最好写照。

　　船在江上航行三个多小时，一路赏不尽如画的风景，不知不觉地就到了岸上。听导游说，"'梅峰观岛'是一座没有人工开发的自然岛，也是观千岛湖全景的最佳处，每天游船要轮换排队登岛，庆幸今天轮到我们的船可以上岛，下船后，大家赶快去排队坐缆车，然后上岛观景。"听后，一船游客谁也不敢稍慢，拔腿就向缆车站奔去。还未到缆车站，远远地就看到蜿蜒曲折的"长蛇阵"，无奈我们只得站到队尾，跟着缓行的队伍慢慢挪动。挨过漫长的40分钟后，好不容易才坐上登岛的缆车。

一道"彩虹"飞架江面

坐在缆车上看山青水绿千岛湖

上了梅峰观岛，本以为就可以痛痛快快地看景拍照，谁知这小小的峰顶，已是人满为患。一队队蜂拥而上的游客，密密麻麻、层层叠叠地聚集在几处观景点。人们伸着脖颈，踮着脚跟尽力地向前看；摄影者将相机高高地举起，越过人头，连续地按动快门，抢拍着远处的景点。我和妹妹费力地挤到了观景台的前面，扶紧栏杆，长长地舒一口气，静下心来，仔细地观赏千岛湖的全景。极目远眺，湖面一望无涯，湖水清澈幽深。在碧波浩渺的水面上，布满赭红色的、大小不一的岛屿，各个岛上长满高低错落的绿树花草。岛屿形态各异，色彩明丽，令人赏心悦目，百看不厌。这些岛屿疏密相宜地排列着，有的看上去分分连连，有的曲曲弯弯，将湖水自然地分隔成弯曲变幻的多种形态。白色的小船在曲曲折折的水面上漂浮，各种舰艇飞快地穿行在各条水道上。站在岛上看下去，湖面像是一个色彩绚丽的万花筒，又像一个神奇变幻的迷宫。我手握相机，环视整个湖面，尽我所能地拍摄下每一个画面，然后挤出人群，把优越的观景点让给其他游客。

很快，导游催我们下山，心有几分不舍，觉得此番赏景并不十分尽兴。下山后，此后的一些景点，如锁岛、鸟岛、珍

镜头齐对千岛湖

千岛湖之美

新安江渡桥

趣园等，跑马观花，匆匆溜了一圈，全然没有多少印象。导游说，因有些游客要到淳安码头，赶乘下午三点多钟的大巴车去杭州，所以必须快走。我恍然大悟，我们不就是去杭州的游客之一吗？听后心态释然，毕竟我们还是上到了山顶，看到了千岛湖的全貌，领略了它独特的魅力，尤其是一路乘船观景，享尽湖光山色，可谓不虚此行吧。想到此也就非常满足，心情愉悦起来。

此后若有朋友去游千岛湖，我会告诉他一定要乘船去，其中的乐趣和千岛湖的风光一样，是受用不尽的。

梅峰观岛上俯瞰千岛湖

209

10

重游杭州西湖

晨曦中柔静的西子湖

　　下午，刚游完千岛湖，导游就急匆匆地催我们从"徽源号"下船，去赶到杭州的大巴车。我们拉着行李，气喘吁吁地赶到淳安码头长途汽车站时，开往杭州的几辆旅游大巴车，已是客满待发，我们好不容易找到几个座位，一坐定，车就启动了。

　　到了杭州，已是万家灯火。杭州旅行社的司机顺利地把我们接上，并送到了旅店，说好明天一早就来接我们去西湖。

　　西湖对我来说并不陌生，十多年前曾和先生首次游过，后来儿子又带我们来过一次。因小妹没有来过杭州，很想看看西湖，这次我们就特意乘车来杭州，陪她一起游西湖，然后同回西安老家。

　　翌日晨，太阳还隐隐躲在云里，众多游客还未赶到，我们就来到了西湖畔。这时的西湖，被轻纱似的薄雾笼罩着，宛若一位从睡梦中初醒的少女，娇羞妩媚。一眼望去，静静的湖面开阔浩渺，蓝绿的湖水，在晨曦下泛着微微柔波；远处，泊船、杂树、楼阁，或隐或现，它们深色的倒影和湖水交融，空蒙迷离，如梦似幻。岸上，晨练的老人在林间悠闲地打着太极拳，零散的游人，或伫立赏景，或信步缓行。西湖早春的清晨，宁静清雅，陶然醉人。初见此景的小妹更是赞赏不已，若不是要赶着去和旅友汇合，一块乘船游西湖，我们一定还会在

从游船上远望雷峰塔

此多停留一会儿，脚步也会放慢许多。

杭州导游小宋，秀美、干练、爽快。她带着我们一团二十多人，来到湖滨公园乘船码头。这时的码头，满眼都是旅行团的各色小旗，操着不同口音的游客，在小旗下挤挤挨挨地排着队，然后按次序登船游览。我们等了约三十分钟，才随导游登上了"西子7号"游船。

一声鸣响，"西子7号"起航，一船游客欢呼雀跃。欢笑声打破了湖水的幽静，湖水拍打着船舷，翻涌的浪花拥着游船，船儿徐徐前行。不多时，就见我们船的前后左右，漂着一艘艘漂亮的游船，船上的游客向邻船挥着手，互相招呼着。西湖，一下子热闹起来。　刚上船，我们坐在船舱，隔窗眺望，远处山丘起伏，山色朦胧。身后杭州城林立的高楼，影影绰绰。眼前水波荡漾，人影晃动。后来我和妹妹挤到了船头，极目四望，湖光山色，一览无余。深吸一口湖面初春的空气，顿觉神清气爽，心旷神怡。

游船一路向西南航行，我们渐渐地望到前方有一座高塔，隐隐约约，再走近看，塔形层层叠叠，塔顶金光灿灿，导游介绍说这就是"雷峰塔"。听后，我有些惊讶。记得前次来西湖，因着"雷峰夕照"这个景点的名气和传说，又因曾给学生讲过一篇鲁迅的杂文《论雷峰塔的倒掉》，我特意去了"雷峰夕照"景区，想寻访它留下的旧迹。不料，那时塔身已无踪影，景区只留下零落的遗址。从湖上看，当然也更不会有它的身影。没想到，十多年后，我再次来西湖，一座新的雷峰塔，竟巍然耸立在对面的南屏山麓上。从游船上，可以清晰地看到它高大华丽的身躯。听导游说，这个新雷峰塔是在原塔旧址上，尽量按原有的形制、大小等建设的，同时还修建和拓展了整个遗址，2002年竣工落成。望着眼前的新雷峰塔，感到它为美丽的西湖又重添了色彩和魅力。相信再走进"雷峰夕照"景区，面对新雷峰塔，定会唤起人们对千年名胜的追忆，重温往事旧梦，品味古塔所承载的历史文化内涵，增加人们游赏的情趣。可惜我们这次无暇游览这个景区，但能如此近距离地仰望新塔，也就心满意足了。

游船向湖心开去，不一会儿，靠近了一座小岛。上岛后，发现各路游船都把游客源源不断地送往这里，小小的湖心岛，人满为患。花径小路，曲桥亭下，游人如织，摩肩接踵。我们绕过人流，走到三潭印月景区。"三潭印月"，又名小瀛洲，是一处湖中有岛，岛中有湖的胜景，是西湖十景中独具一格的景点，也是西湖重要的标志性景点，因为每当看到有关西湖的摄影或绘画作品时，总会看到那被称为"三潭"的三座瓶形的小石塔，挺立在湖面。今天站在岛上，放眼望去，三座小石塔，依然像三位美女一样，在粼粼水波中亭亭玉立，超凡脱俗，令人倾慕。记得上次来西湖，我和先生曾在此流连忘返，久赏不归，觉得只有看到此景才真正是游了西湖。此次小妹也

213

西湖"三潭印月"

有同感，为了满足她的心愿，先生不断地按动快门，多多地让
她和西湖，和"三潭印月"合影。当然，此次来去匆匆，无缘
月夜泛舟，看不到"月光映潭，影分为三"的奇异胜景。如果
以后有机会再来，能看看月色下的"三潭印月"，那该是多么
富有诗意的经历啊！

从湖心岛上船后，"西子7号"继续沿苏堤由南向北航
行。一路上"苏堤十里柳丝垂"、"六桥烟柳"的美丽风光，

从湖心岛赏西湖美景

苏堤石碑

陪伴着我们，让人目不暇接，兴味盎然。苏堤是北宋诗人苏东坡主持疏浚西湖工程时兴建的，当时用湖泥葑草筑成，后人为纪念苏东坡的治湖功绩特将此堤命名为"苏堤"。苏堤长约三公里，是贯穿西湖南北景区的一条风景线。堤上建有六座拱桥，如道道彩虹，架在柔柔水波之上，美不胜收。"苏堤春晓"作为西湖十景之首，是人们赏景游览必到之处。我们此次游赏西湖，正当早春时节，春风轻拂，万物苏醒，堤上绿树夹岸，柳丝垂垂，桃红艳艳，苏堤的湖水胜景，像一幅幅图画，在眼前掠过。这次我们能看到渴慕已久的"苏堤春晓"，还真是有缘啊！

　　船行至苏堤北端，游人纷纷上岸，见桥头有一座刻有"苏堤"的石碑，大家争先恐后地站在碑前，与它合影。这时，我看到不远处的湖边，有一把长椅。

　　走近后，有种似曾相识之感，想了想，一下子唤起了我的

亲历"苏堤春晓"佳境

记忆。原来十多年前，我和先生漫步苏堤后，曾坐在这把长椅上休憩，先生还抓拍了一张我反坐在椅子上，背靠湖水，脚踩苏堤，手托下颌，优雅凝思的照片。回家洗印后，我很喜欢，特意将它放大了一张，摆放在卧室的矮柜上。

记得那次游览，是在夏末初秋一个雨后的下午，空气清新，花木温润。当时游西湖的人不是很多，长长的苏堤上，来往的行人疏疏落落，显得很幽静。后来我们到"花港观鱼"去游览，那也是西湖十景之一。雨后的园林郁郁葱葱，青青的草木上，雨滴晶莹透亮，被雨水洗过的花朵，娇艳无比，大小池塘的五色游鱼在水中怡然自乐，景色十分秀美。也许是向晚时分，偌大的公园，游人寥寥，整个景区一片静谧。我们当时虽觉得有点冷清，但毕竟美景难负，再来不易，更何况这种唯美恬静的景致，不是经常能遇到的，于是就怀着十分珍爱的心情，在湿潮的小路或花径中缓缓挪步，从容地游览每一处景点，悠闲地观赏着游鱼的嬉戏，陶醉地拍摄下许多美丽难忘的画面。多年后，忆起那次游览，或看到那些照片，心中总会升起一种怀念和温馨的情愫，感到那是一次真正惬意的观景旅游，一次奢侈的自然享受。

岳飞庙前人潮涌动

西湖景点游客流连忘返

　　岁月匆匆，十多年后，再要寻觅那样雅致的景观，再有那样闲适而宁静的旅游心境，真是太难了，别说是在西湖这样久负盛名的旅游"天堂"，就是那些偏远的古镇小村，也都十分罕见了。就拿我们在距湖不远的"岳飞庙"所见的情景来说，和我之前的所见所感，大相径庭。那次来时，走进门内，满眼苍松翠柏，绿树遮天，十分安静。来拜谒民族英雄岳飞的人们，在林间静静地迈步，在展厅、石碑前，默默地观看流连。当时，我们驻足在岳飞墓前，穿越时空，回望历史，对伟大的民族英雄充满敬意和缅怀；之后看到秦桧等四个奸人面对岳飞墓长跪的铁像时，对这些背叛民族、陷害忠良的佞臣，心中不由升起憎恶和义愤，为他们永远地被钉在历史的耻辱柱上，永远被世世代代人民所唾弃，感到释怀和解气。这正是人民的选择，历史的评判，正如岳飞墓前望柱的对联所述"正邪自古同冰炭，毁誉于今判伪真"。那时整个墓园，是一派静肃文明的氛围，人们会从中感受到一种厚重的历史感，会在心中荡起一种爱国的情怀。

　　十多年后的今天，按理说适逢清明时节，正是缅怀英烈的日子，但岳飞庙里却缺失了那种凝重的气氛。一进门，人山

217

人海，喧闹无比。岳飞墓前，大殿厅堂里，人流涌动，吃喝吵闹，纷繁杂乱。在这样的景况下，谁又能静下心来去细细体味那英雄的"壮怀激烈"和远去的历史沉淀呢！

由此我不禁在想，这些年，随着国家的发展，旅游业的兴旺，带动了老百姓的旅游热情，这是好事，是国富民强的体现。但每逢大节长假、小节周末，旅游胜地、大小景点，人来车往、熙熙攘攘。有些热点的地方，高峰时，交通拥挤、人头攒动，湖畔山道被堵得水泄不通，再加上有些地方过于浓重的商业氛围，把本来很轻松、很享受的旅游，搞得很疲惫，很浮躁。这样，不但会造成旅游资源的过度消耗，还会大大消减人们旅游的情趣和热望。如果能够让我们的旅游事业，变得更有序更合理，得到良性地发展，让人们在游赏祖国大好河山、领略外面世界精彩时，能够放飞心情、获得美感、陶冶情操、感受幸福，多好啊！

杭州街景

远望渔女婀娜的身姿

第五章

珠海度假之旅

1

初到珠海印象

珠海某小区一景

　　2013年春天我骨伤未愈，北京停暖气后，难耐春寒料峭。为避寒也为躲霾，我和先生来到珠海养病、度假。

　　从弥天雾霾，草枯树秃的北京，乍一来到南方海滨城市，顿觉眼前一亮，神清气爽。满目的绿色，清新湿润的空气，让久憋的心一下子舒展开来，常闭的口终于可以大大地张开，足足地吸上一口新鲜的空气。真是欣喜无比，舒畅无比。

　　刚来第一天，我还一瘸一拐的，就迫不及待地迈出房门，向城里、海边走去。一路上，只见大街小巷的路间或人行道全被绿色覆盖。高大的乔木，浓密的灌木，低矮的花草，郁郁葱葱。

　　坐在公交车上，或是步行在人行道上，抬眼望去，高高的椰子树，树干光洁高挺，围拢在树顶的枝叶像一圈伸展的大篦梳，在空中撑起一把把绿色的大伞，优雅大气，把城市装扮得美丽挺拔。生长在北方的我，过去只在影视画面或高档建筑的装饰中，看见过椰子树，觉得它非常漂亮，常想哪天能见到它的真容该多好。十几年前去海南，在美丽的亚龙湾，第一次看见一排一排的椰子树，真是激动不已，兴奋地抱着它，留下了不少合影。此后只要看到它，我都会有一种亲近的冲动。今

珠海一处人行道

天在珠海再见到它，依然兴奋和激动。人行道上，一棵棵细叶榕树，树冠浓绿，遮天蔽日，像是给道路搭起一条长长的绿色廊棚，阴天可挡雨，晴天又可遮阳。走在"绿棚"下，你会觉得十分清爽惬意。榕树的枝干上长满气根，或纤长或粗壮，远远看去像是一排排垂挂的珠帘，很有特色。有些大路边，挺立

"五一"节热闹的海滨公园

珠海海滨椰风海韵

着一株株高大的木棉树，顶天立地，像昂首挺立的英雄一样，威武雄壮，所以又叫它"英雄树"。它的树叶并不繁密，但一朵朵猩红的大花在枝头傲然开放，仰视它，会有一种尊崇感。即使花朵被风吹落，飘零在地，你也不忍去踩踏，会油然想起"落红不是无情物，化作春泥更护花"的诗句，然后小心翼翼地走开，任它去为母根增添养分。

除了这些树种，还有诸如油棕、龙眼、芒果、紫荆、桉树等北方稀罕的树种，路旁、公园、庭院，到处可见，不足为奇。至于花草灌木，更是品种繁多，恣意生长。我们在北京家中小心莳弄的盆花，园里精心培育的花草，如一品红、紫背竹

珠海情侣路景区

芋、茉莉、吊兰、龟背竹等，在这里的街边、小区院内，俯拾
皆是。随意栽下，就铺成一片绿色，就把周边染得万紫千红。
在这些绿色的包围之中，在如此美丽色彩的映照之下，人会变
得滋润，也会显得年轻漂亮许多。

　　在著名的珠海情侣大道漫步，海风轻轻吹拂，椰林送来阵
阵清香，你会忘情地深呼吸；俯身在海边石栏，看海水起伏，
听细浪拍打海岸的私语，远眺珠海渔女秀美的身姿，心中会涌
起浪漫的情怀和遐思。在海滨公园柔软的草地上缓行，或在椰
树下的石椅上小憩，或走近垂钓渔人的身边闲谈，会有一种身
处世外桃源的闲适清逸之感。这时，北方那遥远的严寒和恼人
的雾霾，早已抛到九霄云外，尽情地享受这生态环境所赋予的
自然之美。

　　住在珠海，除了欣享大自然和城市绿化的赐予外，还为这
个海边城市生活的便利和规范服务，感到舒心。

　　出门看，道路上行驶的小轿车，不像北京等大城市那样密集，上下班时，道路被堵得水泄不通的情景也不常见。这里的公共交通异常发达，公交线路密布全市大街小巷。马路上一辆接一辆跑的常是公交大巴车。我们的住地在香洲新区附近，是近些年才发展起来的地区，门口的公交线路就有十几条之多。出了门，一看站牌，四通八达。凡是想去的地方，几乎一趟公交车即可到达，较远的去处，即使有二三十站，最多倒一次车，就可到达。珠海的公交线路不但多，而且每条线路的车也多，出车的频率极高，等候乘车的间隔时间很短。有些大的候车站，如拱北站、香洲总站等，还设有电子屏幕，随时告知车辆调度情况，乘客可据车来时间的长短，选择乘坐车次，方便省时。

　　不像有些城市的公交车站，十分简陋或藏在不显眼的地方，让人不好找。珠海的公交车站非常醒目、讲究，无论古典式的还是现代造型的，都很漂亮，和整个城市建筑融为一体，甚至可为城市增光添彩。其站内的设施也极具人性化，如房檐宽阔，座椅很多，乘客等车时既可在此休息，亦可避雨、遮

雨中马路两边的公交车站

公交站旁整齐排放的出租自行车

阳。为了适应这里雨多的特点，很多座椅还设置了斜度，以防雨水聚集，影响乘客落座。在珠海乘公交车的人很多，车内大都无人售票，本地老人可享受免费乘车，其他乘客上车自觉刷卡，秩序井然，礼让成风。我们在珠海生活一个多月，外出基本上是乘坐公交车。感到极为便捷又经济、安全，因此觉得出行是很轻松、很快乐的事情。

珠海对公共交通的重视，还可从自行车租用的规范管理看出。初来时，我看见大街上骑自行车的人不少，且大都车型相似，色彩相同，觉得很奇怪。后来才看到在许多公交车站附近，有一排车架，上面整齐地停放着牌号式样相同的自行车。一打听才知道这是市内统一租用自行车的站点。只见每个租车点并无人看管，全是自动化管理。听说用车者事先只需交一定的押金，办个使用卡，租车时在站点旁的刷卡机上一刷，即可开锁出行，特别方便。我在这里认识的一位年轻朋友，每天上班就是从家门口的租车点推上一辆车，放在单位门口的租车点，下班时，又从那里骑车回家，再放回家门口的租车点。每天这样，她觉得不但方便、快捷，还锻炼了身体，一举两得，非常乐意。她说珠海许多上班族，都是这样出行的。

在珠海过马路，心里觉得踏实、安全。这里马路上的人行过道在路中间分为两段，前一段绿灯亮时行人通过，若下段是红灯，可停在中间的"安全岛"，等绿灯放行时再走。每段绿灯的时长都有明显的指示，行人可据其时长，做通行的准备，做到心中有数，从容不慌。而且我感到这里绿灯每次停留的时间还比较长，行人有充裕的时间通过，不像在北京过马路时急急忙忙，总担心人未走过，红灯就开启。我想这也是减少"中国式过马路"的一种可行的举措吧！

总之，初到珠海无论是生态环境，还是人文管理、交通服务，都给我留下极好的印象，让我在这里能够舒心养伤，安心生活，以至一个多月后，我就很快康复，不但能够如常生活，还能坐上公交车或游船去购物和遍游珠海的名胜景区，真是快乐舒服得有点"乐不思蜀"了。

五月初回到北京，当又遇上雾霾天的时候，我真想念在珠海的日子。但愿还能再去珠海！

我喜欢珠海，它无愧于宜居城市的美誉！

行人文明过马路

2

珠海海岛行——三游野狸岛

珠海野狸岛

通往野狸岛的海燕桥

　　珠海素有"百岛之市"的美誉。其浩渺的海域中，百余个大小海岛星罗棋布，姿态万千，异彩纷呈。来珠海若不登岛看看，将会是极大的憾事。因此，在这里居住的近两个月里，我和老伴力所能及地游览了几个岛屿。观赏了海上的旖旎风光，体验到海岛特有的风情和魅力，成为我们珠海之行，最值得回味的乐事。

　　野狸岛位于珠海香洲中心城区，以三百多米的海燕桥和城市连接，成为都市的一部分。它离我们的住处很近，只有七八站路，坐上公交车，半个小时就可到达。

　　第一次登岛，是我们来珠海后的第十天。虽然天气预报说当天阴有中雨，但这并未阻止我们的脚步，我们毅然背起相机出发。走近海岛时，先穿过一道刻有"名亭公园"的白石牌坊，再走过海燕桥，就来到岛上。此岛不大，一眼就可环视全岛。岛的中心有一座小山，看上去不高，山上树高林密，一片葱茏；绿荫下，南、北、东各有一条蜿蜒起伏的登山路；山上

野狸岛海语路

建有"唱晚"、"承曦"两亭，登山者可在此凭海临风，观赏海景，亦可俯瞰城市秀丽风光。环岛修有一条两公里多长的平坦大路，名字很好听，叫作"海语路"。路面用灰红两色砖石铺成平行的两条，路旁隔一段会有明显的里程指示，大概是为健身者特意设置的路标吧！早晨进岛时，我们就看见不少当地人或围山跑步，或手执步行杖沿路快走。真羡慕他们能在如此美丽的海岛公园锻炼，这个小岛的确是珠海人健身和游客们观赏海景的极佳去处。

我们沿着海语路向东走，一边是翠绿的山，一边是宽阔的海；山静谧，水灵动，感觉极好。近看海水灰绿，波涛起伏不大，天上阴云灰白，一片氤氲。透过海面的薄雾眺望对面，城市高楼、路边大树，朦朦胧胧，影影绰绰，不甚清晰。漫步一段后，我们坐在海边石凳休息，近旁遇见一位青年，闲聊中，知他姓秦，是从河南来珠海打工的。当他得知我们是从北京来的两位长者后，极为惊喜和尊重，立刻讨教如何学习和深造，并主动热情地陪老伴登山。我因腿脚不便，只好在山下等候。他们上山不久，天色大变，狂风突起，随后豆大的雨滴，噼噼

野狸岛海滨一隅

啪啪地砸下来，我正着急他们会淋雨时，忽见山路上，小秦搀扶着老伴下山来。见此情景，我立刻放下了心，也感谢小秦的热心相助。大雨中我们和其他游客一起在一商棚下躲雨，看岛上骤雨滂沱，海面波涛起伏；听雨打山林，四方客人用不同的方言聊天，也别有一番情趣。

大雨终止了我们继续绕岛前行的步伐，但环岛赏景的决心未减，我们说好等风清日朗的日子再来。

此后多日，珠海一直阴雨连连，难见晴日。一周后的一个清晨，看天色稍好，我们就毫不犹豫地赶早来到了岛上。这次不再从东边进发，而是先到该岛西南角的海鲜酒楼"得月舫"

朗日下漫步海语路

海语路上浪漫情

231

野狸岛上漂亮的小屋

品尝有名的广东早茶。餐后即沿着海语路向西行走。这天正值清明假日，游人显然较前次多了不少。有一家老小相携漫步的，有情侣们踩着双人自行车飞跑的，还有外地游客赶来看景的……欢快的笑声，年轻的身姿，让昔日的海语路多了一些热闹和浪漫的情调。走不多远，就看见岛的北边，吊车林立，运送土石的车辆往来不断，远处一座建筑的地基已经显现。原来这是珠海歌剧院正在兴建中。听说建成后，它将是全国首个海岛歌剧院。我想，那时人们坐在这个剧院观剧，一定是非常浪漫优雅的享受。

再往前走，一片开阔的海面映入眼帘。我小心翼翼地踩着海滩乱石，走近海边，想和海水亲密接触。这时海风骤起，险些将我的帽子吹到海里，我系好帽带，重回海滩，坐在礁石上，任海风吹拂，看老伴不停地拍照。我们忘情地陶醉于海水

野狸岛畔得月楼

海岛独钓

野狸岛海滨结识两美女

欢歌、白浪翻卷的迷人景象之中。这时，忽然有两位漂亮姑娘走近我们的身边，她们说，"看见你们两位老人这么幸福悠然地享受生活，很受感动，真想和你们合影"。我们欣然应诺了两位姑娘的好意并和她们亲热地攀谈起来。原来她们也都是河南人，本是同班同学，毕业后，一个在珠海打工，一个在深圳工作，清明假日，相约在珠海同玩。交谈中，觉得两个女孩纯朴善良，让人有种信任感，愿意和她们亲近。之后，我们还和珠海的周姓女孩成为朋友，并一起去游淇澳岛呢！

这次登"野狸岛"，我们终于鼓足劲头，环岛游完全程，观赏到岛上各段不同的景致，体会到这个近海小岛颇受人们喜爱的缘由，也深深地喜欢上这个有景有情的小岛。此后，它当然地成为我们的"最爱"，成为我们在珠海期间外出游玩的首选。

快要启程回京了，临行前，我们还是怀着不舍，第三次来到野狸岛，向它告别。这天阳光明媚，是最近以来，珠海难得的朗照日。这次老伴说要轻装简行，没有背他沉重的相机。谁知走到岛的东北角，看到了极像天涯海角的景象：高空蓝天白云，海面辽阔邈远，海水清碧，浪花微翻；累累礁石有的躺卧，有的兀立，散乱在海滩上，静静享受着海水的冲洗；不远处，几个垂钓者站在海石上，撒下钓竿，静等鱼儿上钩。极目四望，海边、路上，山上，游人寥寥，林木幽幽……真是一派柔美宁静的海岛景色。

老伴有些后悔，遗憾不能用他的相机拍下这番美景。不过我们静静地坐在海边，沐着阳光，伴着海风，听着涛声，轻松地聊着天，悠悠地回味和思考着人生，也是一种难得的闲适和怡然。

望海

3

珠海海岛行——漫步淇澳岛

绿波如海红树林

走进珠海淇澳红树林湿地生态园

　　淇澳岛位于珠海香洲区东北部，珠江口内西侧，距我们的住地较远，事先打听要倒两次车。早上九点，我们和小周相约，登上68路公交车，途径二十多站，才到了"唐家湾站"，在此换乘85路车后，跨过淇澳大桥就进到了淇澳岛内。原以为进岛就能径直到达淇澳红树林湿地生态园，谁知下车后还要乘坐私人摩托车或小型观光车，才能进入。一下观光车，门首醒目的蓝底白字"欢迎光临淇澳红树林"的大幅横牌，就跃入眼帘，引得我们快步流星地向园内奔去。

　　来之前从资料得知，早些年，珠海珍稀的红树林已锐减到只有30多公顷。为保护和扩大红树林面积，从1990年开始珠海市大力投入，重建红树林生态湿地。如今人工造林面积已达600多公顷，仅红树植物就有30多种，成为全国人工恢复面积最大的红树林。"广东省红树林保护示范区"，已成为珠海市的一张生态名片，受到珠海市及众多游客的青睐。

　　走过一段林荫道，进入园区，站到湿地高处的台阶上环顾

淇澳红树林湿地景区

四野，满眼都是绿色，宛如一片茫茫绿海。远处一座座高低相
连的小山如绿波起伏，近处道道河汊闪闪发光，似玉带蜿蜒。
无声的河水脉脉地流进树林的深处，滋润着这广阔的湿地，养

与小周漫步湿地园

小雨洗过景更美

育着林木，让湿地永不干涸，使林木永远繁茂。我们沿着通往湿地的栈道缓步向前，弯弯曲曲的小道两边全是高高低低、密密丛丛的树木，有时高处的树枝伸延到半空，好像在迎接游人的到来；有时低矮的灌木铺展在栈道边，宛若为你接风。这时你会感到在绿色的围拢和在爽润空气的拥抱之中。

栈道上游人渐多，各色服饰为大自然添加着色彩，尤其是小周那一袭粉红色的休闲装和我那红色的雨伞，在绿道上缓缓流动，远看如几朵红花，装点着绿林，真是"万绿丛中一点红"，煞是好看！我们边走边看，饶有兴味地读着树木前的说明牌，首次听说了一些树的名称，如海桑、秋茄、木榄、桐花树、海芒果、银叶树、阿吉木、尖叶卤蕨、杨叶肖槿、尖瓣海莲等。一一看清了它们的枝叶形态，还了解了它们的生长环

239

园区外品尝烤牡蛎

三人小憩赏景观鸟

境、属类、习性及用途等，既观景又长了不少见识。

在栈道上迤逦穿行，不觉走到湿地深处的"赏树观鸟亭"，坐在栏杆边休息。听过往的游客说，这里红树林湿地的景观，可随着潮起潮落而变化。若赶上潮起，可见树冠浸浮在波涛之上，碧海绿树、气象万千；潮落，树根纵横，高林茂叶，挺立滩涂，甚为壮观。

此行我们虽未看到此番胜景，能在这个良好的生态湿地景区畅游，呼吸纯净的空气，又在此处看到绿海浩渺、鹭鸟远飞的景象，已是十分高兴和满足了。可以说，来淇澳岛，是一个低碳之游，绿色之游，不虚此行。

4

珠海海岛行——登上桂山岛

桂山海岛风光

俯瞰桂山岛

桂山岛渔港风光

　　走过几个内岛，很想再去外岛看看。听说东澳岛的沙滩很美，回京前的一天，早晨七点钟我们就赶到香洲港客运站，准备乘船去东澳岛游玩。谁知首班船票已售罄，正在失望之时，听售票员说8时40分去桂山岛的船票还有，灵机一动，何不改变行程去桂山岛呢？于是我们当即买了船票，等候去桂山岛的客轮起航。

　　桂山岛，位于珠海口东侧零丁洋畔，面积约十平方公里，距珠海中心城区三十多公里，处于我国四大群岛之一的万山群岛之中，是万山群岛中开发最完善、居住人口最多的岛屿。岛上除自然风光外，还有独特的人文景观，如桂山舰英雄登陆点、桂山烈士陵园、文天祥雕像等。我想此行也一定是很有意义的，因此当客轮在大海上破浪航行时，心中始终充满着期待，盼望着尽快登上海岛。

　　50分钟后，"东区二号"客轮停靠在客运码头。我们上了岛，阵阵海风，吹得人有点站不稳。稍定好，举目四望，岛上道路平坦，椰树婆娑，路旁楼房林立，店铺鳞次栉比，人来车往，和内陆城区没有什么太大的区别。经路人指点，我们向岛右边的山路走去，想探寻桂山舰英雄登陆点。

桂山舰烈士纪念碑

蓝天碧波桂山岛

　　山路上游人渐少，当走到一处较高的山坡时，见林荫夹道，黄花满地，前后阒无一人，我有些胆怯，脚步放慢。走在前面的老伴见一路标，扭头大声告诉我说，看到了烈士陵园。我快步走上前，即见在山顶巍然矗立着一座汉白玉的"桂山舰烈士纪念碑"，其周围绿树环绕，这是一个小小的陵园。走进园区，细看了碑文，上面记录了20世纪50年代初，解放万山群岛战役时，首次海战壮烈牺牲的烈士们的英雄事迹。环顾陵园，周边几个石座上安放着郭庆隆、林文虎等烈士们的半身铜像，铜像下方黑色的大理石上记载着他们的生平事迹。由此我们了解到他们都是桂山舰的指战员，是1950年5月25日在敌人密集炮火下，冲锋陷阵，英勇无畏的解放军战士，是首次登上桂山岛与敌人浴血奋战的英雄，是用生命为后继部队夺取最后胜利开辟道路、为新中国的建立作出不朽贡献的伟大烈士。

　　凭吊英烈后，我们满怀敬仰之情，走下绿树遮掩的台阶，再通过崎岖的山路，来到了海边。在一片蔚蓝色的大海之滨，赫然看到一块高大的山石上，镌刻着红色的"桂山舰英雄登陆点"几个雄浑大字，在阳光下熠熠发光，十分醒目。我和老伴急切地走到大石下，仔细观看大石上刻写的有关说明，深情地为它拍照，与它合影。老伴还特意留下一张站在大石旁庄严敬

桂山号英雄登陆点

礼的照片，以表对桂山舰英烈们的崇敬和致意。正当我们要离开时，只见几个年轻人走了过来，亲切地向我们打招呼，一打听，才知他们是守岛的战士，今天休息，特意陪来岛探亲的亲友游玩。当他们知道我们两位老人是专程远道来此探访当年英烈的足迹时，非常感动，热情地邀我们合影，同游海滨，临走时还搀扶着我俩上山。

专程拜访桂山号英雄登陆点

向英雄致敬

桂山岛海边邂逅年轻朋友

　　走上山崖，回望大海，远处平静的海面上，渔船点点，帆樯交织，舰艇往来，一派和平景象。想想我们能来此遥远的海岛旅行，看看这些小伙子和年轻姑娘们愉快地游玩，感到今天的生活真是幸福无比，由此更缅怀、更感激那些把青春和生命献给我国解放事业的伟大英烈们，更珍惜我们今天来之不易的和平幸福生活。

　　从公园走出，漫游一号观光堤，仰望桂山灯塔后，穿过椰林大道，我们来到了文天祥纪念公园广场。抬头仰望，广场岩峰山上文天祥的巨幅雕像，傲然耸立。他昂首挺立，凭海远

当年英雄地今日纪念园

桂山岛文天祥纪念公园

巍然耸立的文天祥塑像

眺，右臂后扬，左手握卷，宽大的衣袖随风舒展，一派气宇轩昂、凛然威武之势。

据介绍这个广场是为纪念文天祥当年过零丁洋途径桂山岛海域而建的，广场面积达五千多平方米。我们沿着高大宏伟的台阶登到广场之上，面对雕像，不禁追忆起这位南宋时期伟大的民族英雄的崇高气节和英雄气概，心中油然而生敬意，不觉默默地吟诵起他的诗句——"惶恐滩头说惶恐，零丁洋里叹零丁。人生自古谁无死，留取丹心照汗青"。环顾广场四周，竖立着32座石碑，上面镌刻着文天祥的著名诗词及后人对他的颂扬。其诗文或沉郁悲壮，或慷慨激昂，读来令人感佩。这既是对这位民族英雄的缅怀，对他伟大精神的弘扬，亦是对我国古代优秀文化的传承和对后人的激励。

我们本想在此多多停留，细细观看，但因海风四起，雨势渐大，才不得不撑伞离去。随后即在风雨中乘船向珠海驶去。

广场石碑千古颂

5

珠海海岛行——横琴岛展望

从横琴岛看澳门景色

奔向横琴岛　　　　　　　　　　　　　　　　　建设中的横琴岛

　　横琴岛位于珠海市的南部，是珠海最大的岛屿，规划面积一百多平方公里。当前，横琴新区作为国家级新区的建设举世瞩目，是探索粤港澳合作新模式的示范区，为促进珠江口岸地区科技创新、产业升级的先行区。我想，来这里转转，可能对珠海的发展会有新的体验

　　小车载着我们跨过横琴大桥，进入横琴新区。一路上只见运送建筑材料的大车络绎不绝，马路两旁不少灯柱上悬挂着道旗，上面醒目地写着诸如"建百年基业，筑良心工程"、"科学发展，从容建设"、"改革开放新探索，一国两制新实践"等标语口号。蓝底白字的"十字门中央商务区"大幅标牌，高高地耸立在半空。车窗外，林立的吊车臂架、遍布的工地围栏，不时地从眼前掠过，呈现出一派繁忙有序的建设景象。车行中，海湾对面澳门华丽气派的"新葡京"、"银河"、"威尼斯人"等娱乐场馆清晰可见，各式建筑、景点，也都近在眼前，觉得澳门和珠海实在是太近了，简直就在咫尺之间。再往前走，只见一处建筑的伸缩门前站着一位警戒的士兵，他的身前有一排红色的隔离墩，原来我们已经走近中国边检的横琴口岸，若通过莲花大桥，就会进入澳门。

横琴边检口岸

看，前方就是澳门

　　我们就此停车，下来观望。澳门就在身边，和珠海连得更近，就如同一座城市紧邻的街巷。行走在修建中的大路上，脚下砂砾、土石堆积，路旁、路中刚栽的一棵棵新树，还捆扎着保护架，路灯还在安装中。放眼看，海面上运载土石的船只往来如梭，兴建中的楼房正一层层地加高……这一切都昭示着新区的建设正在快马加鞭地进行着。

　　不久的将来，随着新区建设的不断发展，随着珠港澳大桥的开通，建成后的横琴新区将会令世人震惊。它一定会成为珠海最具活力、最具开放性的生态岛屿。它将会为粤港澳合作、珠江口岸的经济发展做出巨大的贡献，也会成为珠海海岛旅游的新亮点。

　　我相信下次再来珠海时，一定会看到横琴新区更新的面貌、更美丽的身姿，也期待去品尝它的特色海鲜——横琴蚝的美味。

江海运输忙

海上沙土如丘

251

美
在旅游中

6

珠海感受梅雨季

烟雨朦胧珠海城

窗外阴云密布

幼时上地理课，听到我国的气候时，"北方大陆性气候，干燥少雨；南方亚热带气候，潮湿多雨。"这几句话，总能背得烂熟。几十年在北方生活，"干燥少雨"倒是深有体验，尤其是北京的冬春，确是如此。至于南方的气候，因没有长期待过，体会不深，说到那"梅雨季节"，就更陌生了。可2013年春天，在珠海度假的两个月，让我真真切切地感受了一把南方气候的特点，才知道"梅雨季"到底是怎么一回事了。

刚从雾霾浓重的北京来珠海，清新湿润的空气，让人能畅快地呼吸，舒心地外出活动，感觉极好，兴奋不已。但不久，大风雷电加上连日的阴雨，让我们对这里的气候有了另一番感受和体验。

来后不久的一天午后，突然窗外黑云翻卷，电闪雷鸣，狂风肆虐。霎时，骤雨倾盆。我们住在25层的楼上，窗户开着，大风穿堂而过，把床上的被单卷起，桌上的书报掀翻。关上门窗，贼风从缝隙钻进，尖声如哨。这时感到，楼房好像在晃动。看窗外，汪洋一片，周围人地生疏，顿觉如在孤岛一般，心中不免有些惊怕。晚上雨势稍缓，夜半才停。这里天亮

253

雨前如梦似幻度假村

雨中行

较北京晚些，加上前一天阴雨，早上推窗一看，对面山林黑黢黢一片，路上行人极少。此后多日，每天不是阵雨就是中雨、大雨，甩干晾晒在阳台的衣被，五六天还是潮乎乎的不见干爽，如果在北京半日就干透了。这些天晚上睡觉，也总觉得被褥有些潮湿，难以安睡。问当地人，说现在正是珠海的雨季，

湿漉漉的野狸岛海语路

雨后小区更清新

苫布盖好自行车

过了"清明"就会好了。原来这里春季是雨季！无怪乎我们去
超市，看到货架上到处都摆放着各式雨伞和防潮用品。家电柜
台放置最多的就是不同型号的抽湿机，而在北京此时热销的则
是各式各样的加湿器，很少听说谁家要买抽湿机。南北气候不
同，真是大相径庭啊！

在阴雨中我们期盼着天晴的日子，但事与愿违。4月初的
一天早晨，我起床后，走到客厅，不小心滑了一下，以为是水
洒在地上。低头看，瓷砖地面上，竟湿漉漉的一层水，再看墙
上，一绺一绺的水往下流。回到卧室，发现木地板的踢脚线
上，布满了霉点。再看放在墙角的黑色手拉箱，正面有几处白
点，没太在意，可翻开侧面和背面一看，全是一块块灰绿色的
霉斑，我赶紧拿出去擦洗。再走到厨房看看，新的菜板周边也
长上了一层黑色的斑点，挂在墙上的剪刀已是满身锈迹，无法
开合，不常用的碗筷也布满了霉点。从未见过此种情景的我，
有些惊慌，手足无措。先生看后，赶忙关好门窗，打开厅里的
空调抽湿。真潮！半天工夫，就抽出了一桶水。之后，再把卧
室的空调打开加热，以使衣被干爽些，人暖和些。第一次看见

255

偶见蓝天白云朗照日

喜见此晨太阳出

这样潮湿发霉的样子，我们感到惊奇，也领略了名副其实的"霉雨季"。后来又遇见类似的情景，也就习以为常，见怪不怪了。

过了"清明"，果然有一天，早晨一睁眼，看见卧室窗外亮堂堂的，好高兴。走到厅里，拉开窗帘向东一看，久违了的太阳挂在天上。二十多天了，这么明媚的阳光第一次照进房间，我抑制不住激动，拿起相机，对着天空啪啪地把它可爱的笑脸拍了下来。但好景不长，这样的朗照日没有几天，阴沉的天空，淅淅沥沥的雨水，还是主导着珠海的天气。有人说，"五一"后就好了，但直到我们5月6日离开前，这种阴雨天还在继续着。就是回京后看天气预报，那里晴天的日子也还是少之又少。

话说回来，"霉雨"归"霉雨"，虽有时会给生产、生活带来一定的影响，但毕竟丰沛的雨水，把花草树木，洗得格外翠绿红艳，让城市更润泽，更养眼。多雨的日子，这里的天气不冷、不热、不闷、不霾，无论宅在家还是外出，还都是挺舒服的。何况它也并未太多地干扰我们的生活，该购物，撑起雨伞就出门；该旅游，雨停，背起背包就出发，总的来说还是随

霉迹斑斑旅行箱

墙上瓷砖水涟涟

意爽快的。

　　感谢珠海，它让我有缘体验这里春季气候的特点；感谢梅雨季节，它让我们多了一层生活的经历和感受！

风雨海燕桥

257

7

珠海旅游遇憾事

珠海南屏镇牌楼

在珠海度假的近两个月里，每天可以悠闲地出行，从容地游览，对这座城市，多了一些体验，不仅能享受到它美好的赐予，也可感知到它的一些小小的瑕疵。下面我想说说在此所遇到的几件囧事或憾事，也许会给人一些启示和思索吧！

刚来珠海，上公交车时，有好心人看我们两位白发苍苍的老人在买车票，就提醒说："你们外地老人可以买优惠的公交卡"。感谢后，在他们的指点下，第二天我和老伴早早地就乘车赶到香洲公交总站去买卡。当我们兴冲冲地送进身份证要交钱时，窗口里的服务员告诉说，要交两张照片，我们愣了一下，突然想起，从北京来时还带了几张照片，于是就在钱夹和背包里四处搜寻，结果未找到，只好回家去拿照片。第二天，当我们把照片送进窗口后，工作人员又说白底的照片不行，要一寸蓝底的。听后一下子泄了气，我们在这里人生地不熟，到哪儿去照这种照片呢？后来回到住地，走了很远才找到一家照相馆，一问若当时取相片，每人25元，我们一合计，不知能在这里住几天坐几次车，就要先出资50元，不说划算与否还要再劳顿一次去总站，干脆算了。为了减少每次准备零钱买票的麻烦，我们索性在附近买了一张普通的公交卡。此后的日子，我们就是刷这张卡上下车的，方便倒是方便，但总觉得，既然要给老年人优惠照顾，那就告示明白点或手续简便些，让老年人

珠海梅溪牌坊景区大门

不受折腾地得到实惠,该多好!

　　珠海城市不大,这些日子我们把它的主要景点,如珠海渔女雕像、情侣路、圆明新园、景山公园、农科奇观等游览后,又乘豪华游船去观赏了珠海、澳门绚丽的夜景,还登上野狸岛、桂山岛、淇澳岛等岛屿,去饱览旖旎的海岛风光。这些自然景观,的确让人体验到,珠海这个优秀旅游城市的美丽、环保和浪漫。

　　之后我们还想真切地去了解一下这个有着六千多年文化底蕴的城市的人文景观,于是首先来到了"梅溪牌坊"。从介绍得知,这里是出生于珠海前山镇梅溪村的名人陈芳的故居。他是中国首个百万富翁华侨,曾被清政府任命为中国驻夏威夷首任领事。其晚年回归故里,乐善好施,惠济桑梓,获光绪皇帝赐建石牌坊,以示表彰,即为"梅溪牌坊",现已定为国家重点文物。

　　进门前,去售票口买票,一问票价要65元,让人顿生却步之感，再问老人有否优惠，答曰："本地65岁以上老人半价优惠"。我俩虽已年过七旬，因是外地老人自然与优惠无缘，仍须买全票进园。不知此园的规模有多大，文物价值有多高，里面的观赏性有多强，门票竟如此之贵！由此不免让我想起北京等地的公园门票，是何等的实惠，何等的人性化啊！以漂亮大气、文物众多、知名度超高的国家重点文物保护单位，北京颐和园和古都西安的大慈恩寺景区为例。在旺季颐和园的门票也才30元，北京老人可免费进园，外地老人亦可凭证享受优惠；西安大慈恩寺不但给当地70岁以上老人免费，对外地同龄老人也一视同仁。我曾到西安旅游，不光进寺大门免票，连成年人须再购票登大雁塔的30元，老人上去也还是免费的。当时我们就觉得西安人真是太宽厚、太实诚了。相比之下，这个"梅溪牌坊"门票的性价比，真有些不靠谱。后来见过一些珠海老人，他们也说门票太离谱，即使半价也贵，不怎么去。无怪乎我们多次路经此园时，见园内游客稀少，整个园区总是静静悄悄的。

从珠海旅游资料得知，南屏镇有几个地方值得去看看，于是我就按资料提供的电话号码先给北山村的"杨氏大宗祠"打过去，想了解一下行程等相关信息。谁知不是没人接，就是只听到"欢迎来北山村"几个字，接着就一直"忙音"响下去，再没有了下文。接连几天多次打过去也都是如此，只好作罢。

后来看到海报和媒体宣传，4月21日、4月22日第三届北山国际音乐节将在珠海北山戏院举办。想着北山村这么有名的地方，去找当地的"杨氏大宗祠"一定没问题。4月23日，我们就按图索骥地去寻找。到南屏镇，看到了北山村的牌坊，走进去，经过了一个农贸市场，就近问几位摊主"北山杨氏宗祠"的方位，他们都摇头不知。问对面走来的一位长者，也是

珠海北山会馆旧址　　　　　　　　　　　珠海北山戏院大门

语焉不详。无奈只好继续往前走，没走多远，看见一排灰砖灰瓦的古式房舍，紧闭的大门两旁分挂着"北山会馆"和"杨匏安陈列馆"的牌子，以为这就是要找的"杨氏大宗祠"，我就急忙上前敲门，半天无人应答。再敲，门缝里探出一位女士，问后，说杨氏大宗祠不在这儿，朝前一拐就是。

　　按她指的方向，略走几步，转身一看，一道陈旧古朴的大门映入眼帘。"北山戏院"几个工整的白字，在褐色门板上显得格外醒目。门柱两边各挂红绿两面彩旗，上面的图案让人费解。墙面上音乐节的大幅海报还在，"声西击东"的节目单赫然列于海报上面。来自欧、美、亚的法国、丹麦、比利时、美国、马来西亚等13个国家和地区的30位顶尖乐手的演出时间等，也都清晰可见。从中可以看出，当今最具现代色彩的音乐艺术，曾在这座古色古香的戏院上演过。时空在这里穿越，古典与现代在这里交汇，这该是多么有意思的事啊，我很想进到剧院里面看看，遗憾的是，大门紧锁，无法参观。

　　当我们再从右边转过来，一座富丽堂皇的殿堂出现在眼前，从门首牌匾得知已经来到"杨氏大宗祠"了。原来这么近，距我们进村到此，也只不过半里路光景，竟一路没人知晓它，何况还刚刚举办过一场国际音乐盛典呢！很幸运，今天我

珠海杨氏大宗祠

们遇上一个艺术团的十几个人，来参观"杨氏大宗祠"。祠门
洞开，里面的厅堂、书馆、乐台以及同治皇帝诏颁的圣旨牌
匾、民国名人林森题写的牌匾，也都一目了然。尤其能在祠堂
庭院里，一株树龄一百八十多年的玉堂春花树前留影，感到很
不易。当那些参观的人渐渐离去，我们也随之走出祠堂大门，

古典与现代的交汇

杨家大祠堂院内两株古玉兰

就看到守门的服务人员很快地走了出来，锁上大门离去。不知他还会回来吗？不知今天若不是有团队来参观，我们会不会吃个闭门羹？这下我才明白为什么每次电话打不通的缘由了。

走出"杨氏大宗祠"，它的左侧就是"名人雕塑园"。这是珠海2009年才建成的一座开放式的纪念园地，园中铸有21位珠海历史名人的青铜雕像。其中有中国共产党早期的重要领导人苏兆征、近代中国妇女解放运动的先驱徐宗汉、中国工人运动的先驱林伟民、中国留学生之父容闳、中国第一个世界冠军容国团等的塑像。其塑像造型逼真，工艺精湛，充分展现出这些历史名人的精神风貌。这是一处增强珠海城市历史厚重感、荣誉感的好基地，人们若能在此观赏细读，相信会涤荡去一些尘俗与浮躁，得到一点心灵的净化，可惜来此参观的人极少。

珠海名人雕塑园景区

中国共产党早期领导人苏兆征塑像

从雕塑园走出，已是午后两点多，我们还想去"容闳纪念馆"参观。辗转来到南屏镇的一座大楼下，按地图标志的位置，"容闳纪念馆"就在近前，可寻来找去也找不到，问附近住户，没有人知道。问一位正要上学的小学生，他迟疑了一下，也说不知道。正在踟蹰之时，刚才见过的那位小男孩又返回跑向我们，礼貌地问了一声，"爷爷奶奶你们是不是要找老的甄贤学校？"我犹豫了一下，想起来，容闳曾创办过"甄贤学校"，赶忙回答说，"是"。接着，孩子就领我们来到一所破旧的学校门前。谢过可爱的小学生，我们从上锁的栅栏门朝里望，看到最里面有一间砖瓦房，门首牌匾上写有"甄贤学校"的金色大字，门边牌子上依稀可见"容闳纪念馆"的字样，门口还立有一尊黑色的塑像，我们确定这就是要找的"容闳纪念馆"。于是就去叩敲传达室的门窗，见一位师傅正在午睡，说明来意，再三请求下，他为我们打开了校门，原来这就是当年容闳捐款创立的"甄贤学校"的旧址。

珠海容闳纪念馆

　　容闳是珠海南屏镇南屏村人，是首位留学美国、并获得耶鲁大学博士学位的中国人。他曾致力于洋务运动，推动西学东渐，发起和组织学童赴美留学，为中国官派留学教育作出过重大贡献。走近展馆，确认了那尊铜像就是容闳先生。他站在那里神情自若，目光炯炯，一身中式服装显得自信而潇洒。浏览了五间展厅的图片资料后，我对这位留学生之父有了更多的了解和尊敬，虽然之前问址寻路费了些周折，但终于找到并有幸参观它，还是值得的，有收获的。

　　一天的人文之旅结束了，尽管我们走马观花所见的只是珠海历史文化的沧海之一粟，但也足以让我们对其灿烂的文明仰慕敬礼，对那些曾为珠海，乃至在中国历史进程中发挥过重要作用的先驱者，深表敬意。当然也希望珠海更好地保护，更多地开发和宣传自己的人文资源，让更多的年轻人了解自己城市的历史文化，更热爱它，更好地建设它、珍惜它。让更多的游人在观赏游览珠海美丽的自然风光的同时，也能更方便、更完美地去欣赏珠海璀璨的人文景观，体味它悠悠的历史，这该是多么美好，多么有意义的事情啊！

走进容闳纪念馆各展厅

8

十四年后重游澳门感怀

澳门"大三巴"牌坊

1999年2月10日首次来到澳门

　　1999年的2月，我和学校的老师们曾一起随旅行团到过澳门。那时，距澳门回归祖国虽只有十个多月的时间，但仍在葡萄牙人的管辖之下。从回归后的香港乘船到澳门后，总有些异样的感觉，比如在香港看到的是飘扬的五星红旗和紫荆花区旗，而在澳门出入境时，看到旗杆顶上挂着的却是葡萄牙的国旗，心里很不是滋味。不过转念一想，这面旗也不会再炫耀几天了，也就释然了。当时我站在濠江之滨，看对面的珠海城，心潮起伏，不觉在心中吟出一首汉俳"咫尺望对岸，似听母亲将儿唤，碧波彩虹现。"来表达我对澳门将要回归祖国的坚信和期盼。后来的游程，因时间的冲洗，已经淡忘了许多，但当14年后，再次来到澳门时，面对旧址和新的景象，唤起了我不少的记忆，那过往的情景又历历在目。相比之下，今天澳门的巨大变化，令人欣喜，也给人以感动和思索。

　　2013年4月8日，我们赶早乘1路公交车，来到拱北口岸，准备过关去澳门游览。一下车，看到四面八方的人流都向口岸聚拢。走近，看到边检大厅宽敞、明亮，比当年大得多，气派得多。只见每个窗口前，一条条的"长蛇"弯弯曲曲找不到队尾。排队的大多是年轻人，一问才知道他们是到澳门去上班的

2013年4月8日从珠海拱北关闸边检大楼进入澳门特区

"打工族"。他们是珠海人或是住在珠海的澳门人,每天到澳门去上班,晚上又回到珠海,就像在一个城市上下班一样。当然队伍中也不乏到澳门去旅游的客人。幸亏我们受到照顾,在老年人专道办理入境手续,否则不知要等多长时间才能入关。晚上回珠海时,在海关依然见到这种人多队长的情景,当然还是打工回家的年轻人居多。而此景,在14年前可是未曾看到的,记得我们那次出入关时,小小的关口,人并不多,手续虽烦,毕竟人少,没有久等。由此可见,现在每天内地和澳门的交往有多密切,出入境的人有多多。

走出"关闸"边检大楼,转身看到高高的楼顶上,飘动着两面旗帜,一面是鲜红的国旗,一面是绿底白莲花的澳门区旗。我好激动,兴奋地端起相机从各个角度不停地拍照。这时,站在回归的土地上看到祖国国旗高扬的舒心和豪情,与当年踏在被占据的国土上看着别人的国旗在自己的天空中翻卷的失落心境,简直有天壤之别。此后,无论游览还是购物,我的心情都是轻松的、愉快的,因为这是在自己的国家,自己的国

拱北关闸边检大楼

俯瞰澳门市区

土上啊！

　　上午九时许，在游人的指点下，我们来到一处停车站。这里有各个游乐场馆接送游客的免费大巴。此前听说"澳门威尼斯人"酒店很漂亮，我俩决定跟着它们的车去转转。大巴跨过一道长长的大桥后，登上氹仔岛，很快送我们到了酒店。门口豪华气派，造型洋气，进门后看到里面大堂富丽堂皇、极为华

澳门氹仔岛街景

271

游览"澳门威尼斯人"酒店

贵，其建筑、设施，完全仿照意大利威尼斯的式样和格调。我曾到访过威尼斯，走进这里，有似曾相识的亲切感。那缓缓流过的"大运河"，那"圣马可广场高高的钟楼"，那白色大理石的"太息桥"以及停泊在运河里那尖尖的刚朵拉，都太熟悉了，仿造得也实在太像了。我们在此拍了不少照片，若回京和真的威尼斯比比，想来也是挺有意思的事。我们来的尚早，运河大街两边的店铺还没有开门，据说里面卖的都是世界知名品牌的服装物品，想来价格一定不菲，不去也罢。

走出大门，抬眼四望，全是已建成的或正在建造的豪华酒店，如近在咫尺的"澳门银河"、"新濠天地"等，都是可与"澳门威尼斯人"比肩的娱乐场馆。由此让我想起，当年来澳门时，并没有听说过这么多娱乐场馆。记得导游曾领我们到"葡京酒店"转过，说那是澳门最大最豪华的赌场，当时我们也觉得确实很奢华。因不明赌场就里，看到里面嘈杂烦乱，一向循规蹈矩的老师们没敢久留，就匆匆走出。而今天到澳门各个酒店参观游览消费的内地人，较之过去更为轻松随意。

临近中午，我们拐弯抹角地找到"大三巴牌坊"，这是西方文化的遗迹，也是澳门标志性的景点，是中外客人来澳门旅游的必到之地。14年前我也来过这里，记得那次来时，景点及周边的游人并不是很多。可这次看到牌坊前后，台级上下，都是中外游客，真可谓人山人海。照相取景，很难拍出没被遮拦的牌坊全景。无奈，我们爬到大炮台之上，俯瞰而拍，才稍好一些。站在高高的台阶向下望，"大三巴"前小小的街道上人流如潮，小街两旁饼店、肉铺的招牌，花花绿绿，特别惹人眼目。

我凑兴涌入小街人流，到处都挤得水泄不通。街上、店铺前，各个商家的员工，高声叫卖，争相推销自家的商品；笑脸相迎地托着食盘，请游客品尝自家店里的食品。游客们品品这家的杏仁饼，尝尝那家的肉干，再吃吃各式糖果、蛋挞，一路走来，足可省去一顿午餐。然后大包小包，手提肩背地满意而去。各个商家也赚得钵满盆溢。买卖双方可谓各有斩获，皆大

从澳门大炮台上看"大三巴"牌坊

热闹的"大三巴"小街

欢喜。可14年前我们来时，并未看到如此热闹繁华的景象。仅此，足见澳门特区旅游业繁荣发展之一斑。

暮色渐浓，华灯齐放，各个酒店流光溢彩，魅力四射。闪烁的霓虹灯，流动的光影，在海面若离若现，如梦似幻，整个澳门就是一座璀璨的不夜城。曾在珠海乘船夜游远看过澳门的夜景，如今这一切都真实地呈现在我们的眼前，如同置身于绚丽的童话世界。我们依次来到"葡京"、"新葡京"、"永利"等酒店门前，五光十色的炫目光彩，映照着来往游人，人景合一，华丽动感非凡。进到娱乐城内观看，灯火通明，男女老少，座无虚席，一派兴旺景象。我曾去过美国拉斯维加斯，看过那里的赌场，眼前的景象和拉斯维加斯的场景极为相似，可见作为支柱产业之一的澳门博彩业是多么发达。由此看来，澳门这座海滨小城，被赞为"东方蒙特卡洛"，与世界赌城之一的摩纳哥的"蒙特卡洛"相提并论，是不足为怪的。因我们并不谙此道，看看热闹，了解了解世情即走出了酒店。

来澳门前，我和先生说好一定要去看看1999年12月20

澳门豪华酒店大厅   澳门夜景迷煞人

日，澳门回归时，中央政府赠送的金莲花雕像。此前几日，我俩去香港，曾观赏过香港的紫荆花雕像，若有机会再看一下澳门的这座雕像，感觉会更全面，更完美。此日游览时，经再三打问，终于找到金莲花广场。

广场不大，还未走近，只见高空下，飘扬的国旗、区旗后面，一座金灿灿的莲花雕像，高高地挺立在红色的基座上，在蓝天下闪耀绽放。走到雕像前，见基座上刻有"盛世莲花"的

流光溢彩不夜城

275

盛世莲花

　　题名，醒目大气。这是1999年12月20日澳门回归时，中央政府赠送给澳门的纪念礼物，是祖国对澳门的美好祝福，是澳门回归的美丽标志。我们来时，雕像周围已有不少游人在拍照。我和先生绕着金莲花雕像前后左右，细细观赏。

　　抬头仰望金光闪闪的雕像，联想今天所见澳门的繁荣景象，顿觉兴奋和自豪。当年澳门回归时，那首热唱的《七子之歌》熟悉的歌词和旋律，又不觉在头脑中回旋。记得那时我曾和歌友们一起在中央电视台演唱过这首歌，当时大家满怀激情，热切期盼澳门尽快回到祖国母亲的怀抱；也清楚地记得电视中那位领唱这首歌的澳门小姑娘，动情呼唤祖国母亲的声音。如今，那位可爱的小姑娘已长成美丽的少女，相信她会越来越美丽，前程会越来越宽广，正像回归后的澳门特区一样，它的明天将会更加繁荣，更加美好！

远望仰佛与仙女

第六章

再居珠海之游

又见珠海

厚厚的橘树墙成了花市一道亮丽的风景线

几个人才能围拢这棵橘树啊!

　　继2013年早春来珠海度假后，2014年，我和先生于春节前，又一次来到珠海。来前，正值北京的三九天，天寒地冻，雾霾重重。每日掀开窗帘，望着灰蒙蒙的天空，让人呼吸受阻，眉头紧锁，真想逃离。一到珠海，又见满眼的绿色，又闻到春天的气息，又呼吸上清新的空气，心中的雾霾顿时消散，北方那严寒的冬天也一下子抛到了脑后。

　　临近春节，珠城过年的气味越来越浓。超市里吃穿用的年货，早早地就摆上了柜台；大街小巷，商业摊上一排排的红灯笼高高挂起，装潢讲究的各式对联、炮仗，琳琅满目。而最抢眼、最具南国风情的还数这里节前的花市。记得早年任教时，曾给学生讲授过秦牧的一篇散文《花城》，他笔下广州年节的花市，实在令人陶醉和向往。为此，有一年除夕，我路过广州转车时，还特意抽空去逛了一下那里的花市，首次看到了南方花市的盛况，深为它的热闹、温馨和美丽所打动。这次来珠海，恰逢过年，又有暇日，怎能不尽情去观赏这年节花市的胜景呢！

　　珠海的花市设在市体育中心，离我们的住处不远。农历腊月二十六，我们匆匆用过早餐，就向花市走去，还未进门，

金桔园中人流如织

老远就看到一辆辆拉着各种花卉的卡车、三轮车往来不绝，三三两两手执鲜花或怀抱盆花的游客，面带笑容地走出。我看花心切，疾步向前走去。走进花市，极目四望，哎呀，太令人震撼了，这里简直是一片波澜壮阔的巨大花海！花海的外围，一盆盆高大的橘树，排在一起，形成一道道坚实的厚墙，浓密的绿叶中缀满了金色的橘子，绿得苍翠，黄得耀眼，是花市最壮观的一景。在它的四周，是一片金橘的天下，高高低低的枝叶上，挽着玲珑的小金橘，定睛看去，一片金黄，微风过处，枝叶摇曳，如同碧海金浪，连绵起伏，煞是好看。"橘"，谐音为"吉"，听说岭南人称其为"年橘"，取其吉利、吉祥之意。每当春节来临，这里的商家、机关、寻常人家，都要买上一盆橘树或金橘，以示祈福祝愿之意。

和"橘"有同样美意的还有菊花，平素北方秋天才绽放的菊花，年节期间，在这里却恣意盛开，大放异彩。只见花市里远远近近摆满了菊花，一簇簇一盆盆挤挨在一起，千姿百态，姹紫嫣红。它色彩艳丽，花期持久，加之售价便宜，就成了花

花市菊花最受青睐

奇异的猪笼花

海里最招人的花种，赏菊买花的人最多。花市上除了"橘"和"菊"火爆外，桃花也是人们争相选购的年花之一。不少的摊位上，不但摆放着一枝枝挂满花蕾的枝条，有的还竖起一棵棵湿土包根的大桃树，树冠极大，花朵灼灼。我不明就里，问师傅，得知桃花有转运之意，人们期待来年运气更佳，所以都愿买回插瓶或种植。无怪乎，我去一家酒店，就看见厅堂中心，挺立着一颗大桃树，树上挂满了各式彩条，上面写着吉祥、祝福一类的美言佳句。我想这也是他们祈求来年生意兴隆，财源滚滚的美好祝愿吧！

花市盘桓，繁花锦绣，万紫千红，让人目不暇接。名贵艳丽的蝴蝶兰，清雅幽香的水仙，色彩缤纷的杜鹃，精心培育的牡丹，南国特色的茶花，新鲜奇特的猪笼花，还有许多叫不上名字的花卉，让人赏不尽，看不够。徜徉多时，流连忘返，为花的美丽陶醉，为养花人的辛勤致意，更为人花合一温馨和谐的景象点赞。

置身花市，穿梭于万花丛中，禁不住它的诱惑，我也入乡随俗，买了一盆紫红金边的菊花和两色的杜鹃。回家一数，一盆菊花竟有四十多头花朵，有的绽开，有的含苞欲放；满盆正开花的杜鹃，粉的妩媚，红的娇艳。让人没想到的是，这两盆花愈开愈艳，过年时，不但给我们简朴的房间增添了节日的喜庆，几个月来还常开不衰，一直陪伴着我们。直到我们要回京时，还枝叶繁茂，充满着生机。

上次来珠海，曾到横琴岛参观游览。那时该岛正在建设中，很多地方还是施工状态，道路不通，游人很少。这次春节，我们到位于横琴的"珠海·长隆海洋王国"去游玩，一路所见，面貌焕然一新。新修的高速公路宽阔漂亮，车辆往来，畅通无阻，道路两旁绿树成行，碧草茵茵。一路上，都可看到"长隆海洋公园"醒目的指路牌。走进公园大门，抬头看，弧形棚顶如同美丽的穹隆，五彩缤纷，变幻无穷，一下把游人带入了神奇的境界。公园里，无论是海洋动物表演馆、大型演艺活动，还是各项游乐设施，都极富创意，充满现代气息，就连景区的建筑、雕塑、园林等也都是精心设计，匠心独运。整个公园给人一种不同的全方位的体验，彰显出世界顶级的、多姿

长隆海洋公园大门

奇妙变幻的五彩天棚

多彩的奇幻海洋世界独一无二的魅力。我曾游玩过美国和香港的迪斯尼主题公园，相比之下，我觉得珠海这座"长隆海洋公园"创意更新，气派更大，风格更独特，前景也更广阔。尽管这个海洋公园还刚刚开园，正在试运行阶段，票价亦较为昂贵，但国内外的游客，还是携家带口，络绎不绝地赶来，可见它口碑之好，吸引力之大。

过了数日，我和先生乘坐新开的K10路公交车，又一次来到横琴岛，想到前一年来过的地方看看。一下车，就看到花木

珠海横琴岛新区一隅

俯瞰澳门大学珠海横琴校区

绿草间，一片新楼高耸林立，十分漂亮，看标牌，知道叫"横琴新村"。近前一打听，里面住的大都是因修建长隆海洋公园拆迁的农户或渔民。据售房的工作人员讲，这里现在所售房源，大都是拆迁户多余的房屋，因紧挨澳门，售价比珠海城区还要高得多，目前购房者大多是澳门人。我想，随着横琴岛的发展，这些曾经的农民和渔民，定会变得越来越富裕，生活会越来越美好。我们怀着好奇，随销售人员一起登上一座楼房的高层，站在窗前远望，可见马路对面已经建成的澳门大学珠海横琴校区。据说该校区比澳门大学原址要大二十多倍，两址仅一河相隔，其间由一条河底隧道相连。俯瞰校区，背倚葱茏的横琴山，依势建造，规模壮观，建筑优美，教学楼、图书馆、住宿区、游泳池等一应俱全。校园内河道弯弯，小桥座座，路边楼宇间，新种植的树木已经发芽，草坪也已渐绿，可以想见，不久它将会是一座极为现代化的绿色校园。

　　这次来珠海度假，因时间较长一些，我们就有机会去图书馆看看，到大学校园里走走，有时还在中小学的周围转转，感受一下珠海的文化氛围。来后不久，我们打听到珠海图书馆的地址，元宵节过后就步行前往。还未走近，只见图书馆的前面

珠海图书馆

绿树葱茏、草地青青、花朵艳丽，俨然一座美丽的公园。在一片椰树掩映、棕榈树环绕中，一座造型独特、古典与现代交融的楼房，静静地矗立其间，它就是有名的"珠海图书馆"。我们先走进中文报刊阅览室，里面已经坐满了读者，其中还有不少老年人。书架、报架上摆满了全国各地的书刊、报纸，种类繁多，应有尽有。我们浏览了几种书报后，走到二楼，只见楼道里整齐地排列着桌椅，每张桌子前都有读者在静静地看书学习。我轻步走到几个稚气的学生跟前，一打听，原来他们是初三的学生，假期一直在这里学习。出于教师的本能，我对这些好学的孩子油然而生喜爱之情，也对这里功能齐全的设施和安静、舒适的读书环境非常喜欢，于是和先生相约，以后有空多来这里读书看报。

听珠海人说，北京师范大学珠海分校的环境很美，我们挺想去看看。于是在农历三月初的一天，乘车辗转来到了它的面前。一下车，宽阔的校门，即刻映入眼帘，只见"北京师范大学"的校名镌刻在几块赭红色的花岗岩上，周围被红色的三叶梅和浓绿的灌木围拢着，给人以自然清新的感觉。走进校区，宛若走进偌大的一座园林，湖光山色，绿树红花，非常美丽。

285

北师大珠海校区大门

道路两旁，高树绿荫，遮天蔽日，楼旁湖畔，椰树挺拔，绿树
环绕，碧水蓝天，美不胜收。咖啡色的教学楼、图书馆，白色
的体育馆散布在一片绿色中。行走在校园，如同在空气清新、
景色迷人的公园散步，身心愉悦，畅快惬意。听说，该校园
被誉为"亚洲最美的校园"，我看还是名副其实的。从北师
大校园走出，看到和它毗邻的"北京理工大学分校"校园，
同样也是绿树满园，繁花似锦，不由感叹道，能在这样美丽

北师大珠海校区湖景

珠海一小学校门

从围栏外看小学生上体育课

　　的校园读书学习，能得到如此温润清丽的生态环境的熏染、滋养，真是人生幸事，我想这里的学子们也一定会感到幸福，会倍加珍惜吧。

　　珠海不仅这些大学环境优美，中小学的环境和校舍也都相当不错。走在城里的大街小巷，只要看到一所学校，放眼望去，都有气派的教学楼和相应完备的设施，校园内外都是那么安静、整洁、漂亮，即使居民小区内的一所普通小学，校舍之美丽，管理之有序，都不能不让人称赞。我们曾透过一所学校的绿色围栏看孩子们上体育课，操场里红色的跑道非常规范，各种体育设施十分齐备，看到穿着黄色校服的小学生们认真、

287

活泼、欢快的上课情景，真让人高兴。

由此，我感受到了珠海市对文化教育事业的重视，切身地体验到这里对城市生态文明和环境建设的重视。

在珠海度假其间，无论是在商场购物、饭馆就餐，还是在公园漫步、景点游玩，见人打个招呼，或是休憩交谈，本以为难懂的粤语会影响彼此的交流，但听到本地的方言并不是太多。一问，大都是从全国各地来的创业者、打工者或置业者，其中以河南、东北人为最多。我在想，这些外来的年轻人或老年人，之所以千里迢迢从遥远的北国或中原到这里来工作定居，除了这座亚热带海滨城市优美的生态环境、清新的空气、温暖的气候吸引他们外，恐怕它包容的胸怀、良好的就业环境

珠海鳄鱼岛朱帘碧水

走，下海去！

珠海某景区供澳门同胞饮用的一湖净水

和未来发展的前景，也是重要因素吧！

又一次的到来，再一次的告别，仍是依依不舍，不知还能再来否？无论来与不来，珠海已深深地印在我的心里，我会永远爱它、想念它。

289

2

啊！珠海渔女

美丽的珠海渔女

珠海海滨公园

凡去珠海，无论是随团旅游还是个人自助游，首要必看的景点，就是珠海渔女。她，是珠海的标志，是珠海美丽的象征。

2013年来珠海，刚放下行李，我就迫不及待地穿过海滨公园，来到海边，去目睹这位渔女的仙姿芳容。走在长长的情侣路上，老远就看到渔女美丽的身影。她是一尊巨型石雕，矗立在珠海秀丽的香炉湾畔。沿海滨走去，进入渔女广场，踏过几方巨石，来到她的近前。扶栏细看，只见她身穿一袭白色的裙裤，颈戴珠饰，双手举过头顶，擎起一颗璀璨的珍珠，宛若一位美丽的女神，身姿优美地站在碧波荡漾的海面上。再看她的头部，微微低垂，稍稍偏向西南方，神情自若，含情脉脉，微笑的面容中略带羞涩，给人一种超然的美、神圣的美，悠然唤起了我探询她背后故事的愿望。

相传在遥远的古代，有位漂亮的仙女，被珠海香炉湾秀美的风光和人间美好的生活所吸引，扮成渔女，来到人间。她的美丽善良，心灵手巧，也深得渔民们的喜爱。在朝夕相处中，她和老实憨厚的渔民海鹏，日久生情，私订终身。后来海鹏听信谗言，执意要仙女摘下维系她生命的手镯作为定情信物，仙

弯弯的情侣路

女为表明矢志不渝的爱，不顾生命安危，毅然取下手镯，随后即倒在爱人怀中，昏死过去。海鹏追悔莫及，泣泪成血，悲痛欲绝，誓与爱人共生死。九州长老被两位有情人的生死挚爱所感动，指引他去寻找、采摘一枝还魂草。历尽千辛万苦采回后，海鹏每日用自己的鲜血浇灌它，让它年复一年地生长。最终，这枝浸润着爱人心血的还魂草，拯救了仙女的生命，让她回到了人间，成了一位真正的渔女。为感激救命之恩，在成亲那天，渔女高举着在海中挖到的一颗巨大的珍贵的明珠，奉献给德高望重的九州长老，也奉献给了她热爱的世人。

这个美丽动人的爱情故事，在珠海世世代代地流传着，这位渔女高擎宝珠的美丽形象，也深深地镌刻在珠海人民的心中。后来雕塑家根据这个传说故事，塑造出美丽的渔女形象，让她永远定格在秀丽的珠海海滨，被美丽的情侣路所环抱，向人们昭示着美丽、善良、奉献和光明。由此这座石雕也就成为珠海市的象征，成为人们心中美丽和幸福的化身。

在珠海的那些日子里，海滨是我最愿意去的地方，渔女是我最喜欢的形象。我多次来到她的身旁，仰望她，观赏她，回京时，还依依不舍地来向她挥手作别。

渔女周边夜景

　　2014年再来，我依然是首先来到香炉湾海滨，去看望久别的渔女。看到她依旧美丽、动人，景区依然游人如织，手机、相机拍照的响声不断。有天，我望着阳光下渔女靓丽的形象，突发奇想：不知夜幕下，她会是什么样？于是和先生相约，找天晚上一定去看一次星夜下渔女的样子。

　　这天傍晚，我们先来到海滨公园，缓步走到竖有"珠海渔女"的石碑前。这时天色还亮，华灯未上，我们坐在石栏上，静待夜幕降临。七点多，天色渐渐昏暗，渔女的身影也渐渐模

首次来到渔女雕像前

渔女像前两位年轻人主动邀我们合影

293

夜幕下光艳绝伦的渔女

糊，周边的游人慢慢地离去，朦胧的海面上光波微微，近旁的
海水慢悠悠地拍打着岸边，整个景区显得有些空寂。霎时，灯
光骤亮，对面建筑物的灯光，周边栏杆上的路灯，各处五颜六
色的霓虹，像条条闪亮的彩带，映射在幽暗的海面上，看上去
像是灿烂的银河横亘于眼前。夜空下，渔女景区，所有装在海
湾巨石上、渔女脚下的海石上的各种射灯，全部放亮。明亮的
灯光，齐聚在渔女的身上，美丽的渔女通体透亮，身姿华美，
头顶的宝珠晶莹剔透，闪耀着光芒。远远看去，在迷离的夜空
下，在一片昏黄的灯光中，渔女挺拔婀娜的身影好像在升动，
她身披的渔网也好像在飘拂，给人一种飘飘欲仙、亦真似幻的
感觉。我的脑海中悠然浮现出渔女那美丽的传说故事，仿佛那

灯光迷离梦幻夜景

个漂亮的仙女真的来到了人间，刹那间，分不清眼前的她是天上的仙女，还是人间的渔女。之后，久久地陶醉在这种神奇的幻境中。

待我走出景区，坐上回程的公交车时，才渐渐地醒悟过来。其实，这座石雕，是仙女还是渔女，并不重要，重要的是她已经凝聚成一种精神，成为美丽、善良、勤劳、光明和一切美好品德的化身，是人们永远推崇和向往的美丽女神。

3

珠海爬山记

野狸岛山下三叶梅红似火

首次来野狸岛爬山

    首次来珠海时，因我骨伤初愈，未敢爬山。每到有山的景点，只好在山下游玩，难以感受爬山之乐，也难见山上景观之美，留下不少遗憾。这次再来，体力尚好，我和老伴，决意要爬爬这里的几座山。

    第一次尝试，是2月中旬的一天，正值珠海"回南天"的日子，天气有些湿寒，我们商量先去爬野狸岛上的野狸山。此山不高，最高海拔不到70米，是珠海人攀登、休闲观光的好去处。它有三条登山路，可分别从南、北、东三个方向上到山顶。这天，我们先从南面即1号登山路口上山。

    开始的山路崎岖陡峭，我手扶不锈钢的扶栏，沿人工建造的台阶，一步步向上攀登，因久未爬山，走了一会儿就感到气喘吁吁，浑身出汗，停下脚步稍事休息，脱下厚重的羽绒服

层层阶梯路

再见，我要爬山去了

297

野狸岛"唱晚亭"

后，又继续攀爬。走过这段峭立的山路后，上面的山势较为舒缓，修砌的水泥步行道也较为宽阔平坦，一层层低矮的台阶，走起来不很费力，曲曲折折，上上下下，边走边赏景，倒也不觉太累。走了大约三十分钟就到了"唱晚亭"。唱晚亭是半山腰上修建的一座观景点，仿古的六角亭子，红柱朱栏，小巧玲珑，十分秀气。我们凭栏而坐，透过密密的林木，举目远观，前方波涛起伏的海面、长长的海燕桥、椰树挺拔的情侣路，尽收眼底；山下走动的人影，远处高低错落的楼房，影影绰绰、

闲坐山上观海景

待航渔船

大海撒网捕鱼

朦胧可见。这时，还无游人上山，偌大的山林、亭间，就我们两人，我们惬意地或坐或躺在亭前的巨石上，深深地呼吸，静静地享受山风的轻抚，顿觉清新无比，心旷神怡。休憩拍照多时后，渐有游人来到亭下，大家彼此招呼，热情交谈，静寂的山林，多了几分热闹和欢快。

　　首次登山，老伴建议要量力而行，于是我们没有继续向上攀爬，而是先向东，然后向北慢慢走去，由北面2号登山路口下山。

景山公园东门

景山公园"福"、"寿"石刻景区

攀上景山公园石阶路

第二次是去爬石景山。它坐落在珠海市著名的景山公园内，是整个珠海市的最佳观光点，海拔高度一百四十多米。上次来珠海，虽多次来景山公园，但只在山麓湖畔游玩，尤其多流连于刻有特大的"福"字和"寿"字的两大山石前。这次我们进园前，特意备好手杖，决心登上山路，去领略此山独特的石景和体验登高望远的美感。我们先从山左边的一条小路上山，没登多远，见山路逼仄陡峭，四围林木遮蔽，显得阴暗幽森，加之上上下下无一游人，心生怯意，于是又匆匆下山，从另一条较为宽阔的路径登山。循着这条石阶路蜿蜒上山，沿途所见树木茂密，怪石嶙峋，我们走走歇歇，不觉来到山中的一处石亭，在此观景，可见对面山上巉石累累，千奇百怪，在石岩与绿丛中，一条长长的登山索道、滑道如巨龙环山飞舞，彩色的缆车缓缓上下，如彩球飘拂。俯瞰山下翠湖清澈，渔舟点点；不远处，绿树成荫的海滨公园，一览无余；缥缈的海面上，渔女婀娜的身姿，隐约可见。

坐在亭下石凳休息时，一位头戴草帽，手持扫帚的清洁

珠海板障山隧道

工，也走到这里，他见到我们两位白发老人，便主动搭话，问我们的年纪，夸我们这么大岁数还能爬到山腰，身体真硬朗。交谈中，得知他已五十多岁，在此山做清洁工已很多年。

他说，每天早晨、下午要绕着上、下山两趟，清扫路面，拾捡垃圾。问他累不累，说不累，习惯了，再干几年，就可退休了，其言谈中透着朴实和轻松。之后，他还热情地给我们介绍珠海的其他景点，我们问到去板障山森林公园的路途时，他耐心地说明，并详细告诉我们公交车站和进门的地址，不遗巨细。离开时，望着他弯腰清扫山路的背影，我们心中对这位淳朴的劳动者，油然而生敬意。

过了数日，我们按景山那位清洁工师傅的指点，乘车到隧

清晨，太阳从板障山东方高高升起　　　从金钟花园小区门口进入板障山森林公园

我们来爬板障山

在板障山森林公园与澳门年轻朋友合影

道南站下车，从金钟花园门口进去，来到了板障山森林公园。板障山，位于拱北、柠溪与前山的交界处，海拔三百多米，可算是珠海最高的一座山。平日乘公交车经过隧道时，抬头总能看到这座绵亘于珠海市区的山峦，郁郁葱葱，深邃诱人。老伴早都说想爬爬这座山，苦于不知从何处登山，老师傅的热心指路，让我们顺利地找到了入口处，如愿以偿地登上了板障山之路。

我们先从山脚坡路向上慢行，山路宽阔、平缓，爬起来还较为轻松，走不多远，看到山路分岔处，矗立着一方造型

从板障山上俯瞰拱北景区

石，上面镌刻着绿色的"板障山森林公园"七个大字。来往的游人，都会在此驻足拍照。之后，我们从左边上山，山路有些陡峭，我们扶杖缓行，停下时，四面观景，见山路两侧林木苍翠，红花点点，透过林隙，可见山下楼房幢幢，人影绰绰。再往上走，来到一处开阔地，找到一块石墩，站上去，视野开阔。向南望，拱北大道，尽收眼底。鳞次栉比的商店、酒家，路面上川流不息的车队，花花绿绿的招牌广告，熙来攘往的人流，好一派热闹景象。向头顶的山路望去，浓密的树荫掩映下，一条登山的石阶小路，高耸蜿蜒，窄窄的路面显得幽暗潮湿，见此情，我们有些望而却步。正犹豫间，遇到几个年轻人，从此处下来，说他们走错了路，这不是那条澳门"回归路"，要重新去找那条山路。

原来，在前面"板障山森林公园"造型石的另一边，有一条石阶小道，共1 999级台阶，是珠海市政府当年为纪念1999年澳门回归专门修建的。同时还在山顶修建了回归纪念碑，种植了回归林。此后，珠海市民锻炼或休闲来到板障山，也总喜欢登上这1 999级台阶，去观赏珠海美丽的市容，去远眺澳门风光，感受同胞亲情。偶遇的这些年轻人，都是在澳门从事酒店行业的，他们利用休息日，专门从澳门来此公园登山。年轻人大都会说普通话，和我们交谈甚欢，还挽着我们集体合影，他们留下了电话号码，让我们到澳门去玩时，一定要找他们。后来，因我们体力不支，未能和他们同去登那条高高长长的"回归路"，但在和这些来自澳门朋友的交流中，已经深切体会到一国、一家人的感觉，这已足矣。

爬过了几道山，虽说都只是登到半山腰，有点遗憾，但毕竟观赏到了不同的景致，锻炼了身体，也考验了我们的体力。

3月底的一天，春意盎然，阳光明媚，我们轻装出行，又

再次攀爬野狸岛

从北面登上爬山路

一次来到了野狸岛。这次我们选择从北面2号登山口上去，虽然这条路看上去更为陡峭，但因有了之前的锻炼，山路也已然适应，爬起来并不觉得十分吃力，说笑间就把很高的台阶抛在了身后。后来走走歇歇，玩玩看看，不知不觉地来到了山顶上的"承曦亭"。顾名思义，这是此山最早承接第一缕晨光的地方，是野狸岛山的最高峰。小亭一如"唱晚亭"似的古色古

野狸岛山顶"承曦亭"

累了亭中歇歇脚

攀山路上遇旅友

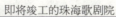

即将竣工的珠海歌剧院

305

远望正在施工的珠港澳大桥

香，亭前设置了一个很大的观景台，四围筑有栏杆。扶栏望去，眼前林木错落，浓绿一片，远处蓝天碧水相连，美不胜收。北望，正在兴建的珠海歌剧院，硕大的扇贝形剧场已矗立在海面，阳光下，闪着银光；南望，海水湛蓝，平静如镜，在远处浩瀚的海面上，可见几座小岛，在小岛之间，隐隐约约可以看到正在施工的珠港澳大桥，桥架已见雏形，轮廓看上去很宏伟。这些景象，远远地虽看得不清楚，但可以想见，这座世界最长的跨海大桥建成后，一定是特别坚实、特别漂亮的，它将为深化粤港澳合作，推动三地优势互补共同发展，起到至关重要的作用。全国人民怀着美好的憧憬，期待着这条巨型跨海

看山下海水渺渺船帆点点

通道的尽快建成。

　　这时我心中陡然而生奇想，待到大桥通行后，我还能来珠海，一定再爬到此观景台来南望海面。那一桥飞架大海的景象，该是何等美丽、何等壮观啊！当然能乘车在此桥上走过，那更是无比自豪，无比惬意！

上山容易下山难

美
在旅游中

4

在珠海享舌尖之美

让人垂涎欲滴的早茶美食

308

首次去"渔人码头"喝早茶

到一个地方去旅游或度假，除了观赏那里的自然风光，领略当地的风土人情外，恐怕了解那里的饮食文化，也是不可或缺的功课吧！

粤菜，是我国有名的菜系之一。来到广东，住在珠海，不品尝一下这里的美味佳肴，岂不亏得慌！因此我和先生，赏景回来或偷懒之时，就会到外边小餐一顿，给自己一个轻松，给舌尖一次美味的享受。

我们最钟情的，莫过于广东的早茶。它是广东的一种大众饮食，不少酒楼、饭店都有。普通老百姓家庭团聚、朋友聚会，常会去喝喝早茶，吃吃点心，在餐桌上聊聊天、说说话，其乐融融。有一年去广州，初次进这样的餐馆，我以为像北京的茶馆那样，就是喝喝茶、说说话而已。其实它名为早茶，实则跟正餐一样，可以吃饱喝足，只不过早晨九十点钟开餐，到下午一两点就没有了，从时间上来说，还算是早吧。另外，它不像吃大餐那样排场，多是一些小吃、点心之类。虽说是小吃，但我觉得广东人把它做得极其精细，色香味俱佳，再加上每道食菜，都放在小巧玲珑的蒸屉或精巧的小盘里送来，让人感觉非常雅致，容易唤起人的食欲。

精美的虾饺皇

　　到珠海，第一次喝早茶，是儿子带我们到一家叫"渔人码
头"的酒店。进店坐定后，服务员送上来一张菜单，我们按自
己的需要，在特、精、超、佳、大、小等不同品种的菜单上，
点菜画圈，然后要上自己喜欢的一壶茶，如龙井、菊花、铁观
音等，慢慢啜饮。不一会儿，服务员送上来一屉"虾饺皇"。
四五个整齐摆放的虾饺，玲珑剔透。透过白亮的饺皮，可以看
到馅里粉红的虾仁和淡绿的蔬菜，非常诱人；之后端上的烧
卖，皮薄馅大，红红黄黄的肉馅，像花似的开在烧卖的顶端，
小屉里四朵小花齐放，让人垂涎欲滴。还没等后边的锅贴、青

一屉烧卖多诱人啊

菜、排骨等上齐，这两份就被一扫而光。早茶店的粥，种类繁多，咸甜都有。有些店在大厅放置着大锅小灶，档前挂着各种粥名的牌子，显得热火，也招揽生意。这家店就是这样。我要了碗皮蛋瘦肉粥，感觉味道比北京有些饭馆的好，食料也多。先生说想尝尝这里的生滚鱼片粥，端上来后，见一碗粥里鱼肉很多，味道也鲜美，先生咂着嘴，直说好喝。后来我们到其他几家店里去吃早茶，他总要这种粥，喝完后说，都没有这家的地道。

　　第二次到珠海度假，我们想到野狸岛上那家有名的酒店"得月舫"去喝早茶，想着它比较高档，可能人不很多。可进门一看，偌大的厅堂，座无虚席，人挤得满满当当。我们等了一会儿，才找到一个桌位。菜单和"渔人码头"相近，价格略贵，如"虾饺皇"，要二十多元，不过一打折，也就差不多了。这家的菜点，做得都很可口，除了我们每次必点的虾饺、烧卖、叉烧包外，还要了一份"斋肠"，它像是用米粉做的面皮，包裹着各种小馅蒸熟的。端上来一看，原来就是素肠。觉得味道一般，不如牛肉或虾仁馅的肠粉好吃。

　　后来，我们还不时地到附近几家平日促销的渔村酒楼吃早茶。在这些酒店，我看到全家老少一起或大妈们结伴而来的不少，外地游客慕名来就餐的也很多。可见早茶是一种讲究、实

来"得月楼"吃早茶的人真多　　　　看，花样繁多的早茶小吃

311

海鲜街琳琅满目的海鲜品种　　　　　　　　看，这个鲍鱼不错，要几只啊?

惠、方便的美食小吃，是久负盛名、传承久远、深受广东人以及各地来客青睐的饭食，可以说它充分展现出广东一带大众饮食文化的特色。

　　从《珠海旅游美食指南》中得知，珠海有很多美食街区，其中，以南屏海鲜街和湾仔海鲜食街，最为有名。第一次去南屏海鲜街，是到南屏地区游览后，拐来拐去，才找到的。它位于南屏镇的屏岚路，是由十多家粤菜海鲜酒楼及南北风味餐馆组成的百米食街。众多餐厅对面是一条海鲜档口，在长长的摊台上，渔民商户摆满了五颜六色的塑料箱盆，里面养着各种各样鲜活的水产海鲜，顾客可随意在这里挑选自己中意的海鲜，然后到对面餐厅去加工烹调，在餐桌前，快意品尝。

　　我们沿这些档口向前走，除了平日多见或常吃的鱼、虾、扇贝和蛤蜊外，很多海鲜都不认识，有的静卧在水中，用手拨拨，才动一动，有的张牙舞爪，令人生畏。在好几个渔摊的水盆里，我们都看到鲍鱼的身影，小小的，挺好看。原来觉得它较为名贵，很少吃，但看到这里的标价都不贵。新鲜的鲍鱼，大的10元，小的才8元。我们感到很惊讶，一还价，五六元即可成交。于是我们让摊主挑了几只，再走到另一家，买了一条大的野生青石红鱼和三个扇贝，兴冲冲地提着，到对面一家顺

在湾仔海鲜食街选购海鲜

德餐馆去加工。没多久，一盘漂亮的蒜蓉清蒸鲍鱼、扇贝，一大盘鲜亮的红烧鱼，端了上来，味道很鲜美。我们有滋有味地吃完后，一算账，海鲜同加工费一起，共花了一百七十多元。想想这么美味的海鲜，这个价格，在北京是绝对吃不上的。我们在这里品尝了最新鲜的海味，也体验了滨海美食文化的特色，满载而归。

春节期间，儿子一家来珠海陪我们过年，我们热切建议去

一桌丰盛的海鲜

313

海鲜美食街尝尝。这次去的是湾仔海鲜食街。这条食街与澳门内港遥遥相对，比南屏海鲜街长得多，约有四百多米，生猛海鲜的品种也显得多很多，样子奇形怪状的海鲜更多，如捆绑在一起像花朵绽放的蛏子，如鸡腿蘑菇形的象拔蚌，在盆里四处游走的老虎虾等。一家人在排档前，走走看看，讨价还价，最后大包小兜地提着，到一家叫海碧湾的酒家去加工。一桌色彩鲜亮，烧、蒸、炒、煲，不同做法的海鲜摆上餐桌时，大人小孩兴奋不已，尤其是铁板鲍鱼和象拔蚌的一品两吃，特别受到欢迎。小孙子对这里的鲜榨甘蔗汁兴趣浓厚，抱着一个大杯子，舍不得与别人分享，而我则对顺德特产双皮奶，情有独钟。餐后，舌尖味在，口有余香，大家兴致勃勃地说，到珠海若没到这里的海鲜街来品尝美味，那就算白来珠海，遗憾太大了。

吃过粤菜海鲜，一天我们兴之所至，想尝尝这里的西餐。正好，我们住所门前，有一条仁恒星园商业街，街道不长，但商铺齐全，尤以餐馆饭店居多，其中西餐店铺、域外美食不少，必胜客、肯德基、星巴克、意大利餐厅、日本料理等皆有。这天，我们来到商业街的二层，想到这里一家"右岸雨果咖啡西餐厅"就餐。一进门，看到这家店宽敞明亮，典雅的窗帘，淡黄的桌布，棕色的高背椅，绿色的沙发椅，别致的吊灯，还真有西式餐厅的风格，吧台上放置着各种红酒、饮料，餐盘里整齐地摆放着干净透亮的高脚杯。男服务员们身着西式小背心，帅气逼人，女服务员身着白色围裙，肩上、胸前飞起的荷叶边，把姑娘们衬托得格外漂亮迷人。当看到我们两位老人前来就餐，一位主管热情地迎上接待，并照顾我们以网购价格付款。我们按双人套餐中的菜谱，选用了牛排、猪扒、南瓜饼、香煎多春鱼、牛尾汤、粟米忌廉汤，吃了米饭、意粉和沙

珠海"右岸雨果咖啡西餐厅"

拉，最后还喝了咖啡和奶茶。花了78元。吃得舒服惬意，真是另一种美食的享受。

第二次，我们再来珠海。一天中午，又一次来到这个餐厅就餐。为安静，我们坐在餐厅最后一排一个角落的座位上。可能像我们这样的白发老人，单独来就餐的不多，引起了餐厅

第一次在右岸雨果咖啡西餐厅品尝西餐

315

珠海"右岸雨果咖啡西餐厅"厅堂一角

女老板刘总的注意，她主动和我们攀谈起来。当得知我们是从北京来的两位文化老人，非常尊重，即刻把她的母亲介绍给我们认识，因年龄和阅历相近，我们很快和她母亲成为朋友。从和她母亲的交谈中，得知刘总是贵州人，原来在珠海一家医院工作，后来下海和朋友一起，在珠海开了这家西餐厅。刘总看上去是一位温婉知性的中年女性，对事业很执着，生意做得不错。从我们几次就餐的情况看，年轻的白领、一对对情侣、带着孩子的父母、商务交谈的朋友……常到这里来聚会、聚餐，周末、节假日，来的人就更多了。看来这个西餐厅为客人们提供了一个时尚的就餐环境，一种别样的饮食文化享受。

由此可折射出，珠海这个包容大气的移民城市，这个开放的特区，不但展开双臂欢迎四方客人，而且它的饮食文化，也是多元的，既传承发展自己的地域美食，也兼容并蓄，让各

再一次乐享右岸西餐厅美食

地、各国的美食在这里开花结果，灿烂绽放。

　　我想正因为如此，我们在珠海度假期间，才可能品尝到当地，以至全国和域外的美味佳肴，让舌尖享受到美食之美，我们感受到美食之乐。

　　感谢珠海饮食文化赐予我们美好的体验和享受。

5

参观中山市"孙中山故居"

天下为公

辛亥革命纪念公园园门

　　中山市是孙中山先生的故乡，它和珠海是近邻。听珠海的朋友说，从这里去中山市很方便，于是我们就想抽空去拜访孙中山先生的故居。春节假期的一天，天气晴好，我们赶早去乘坐珠海993路公交车，很快就进入了中山市市内，到坦洲后，再换乘中山市的212路公交车，50分钟后就到了孙中山先生故居纪念馆的门口。

　　下车后，首先看到的是对面一块有裂缝的巨石，上面镌刻着"辛亥革命纪念公园"的蓝色大字，走近后向里望去，高高低低的花草树木蓊蓊郁郁，一条水流旁，矗立着长长的一道石碑，俨然一座纪念园林的样子。向前走几十米，就是"孙中山故居纪念馆"。纪念馆大门的两侧，各建有一间青瓦飞檐、白色花岗岩的门房。一边门上刻着蓝色的中英文"孙中山故居纪念馆"的字样，一边石壁上镌刻着孙中山先生亲自题书的"天下为公"四个敦厚雄劲的大字。这四个字是孙中山先生伟大的思想信念，也是他一生身体力行、奋斗不渝的目标。在此，人们怀着敬意，为它拍照，与它合影。

　　我们排队领了免费门票，随游人进入故居园内。只见园内高大的古榕、糖胶树夹道，苍松翠竹满布，顿觉进入了浓绿清

319

宋庆龄题写的"中山故居公园"

幽、花香鸟语之境。走不多远，一块宋庆龄题写的"中山故居
公园"的黄色木牌，指引着大家向园区信步走去。从介绍了解
到，中山故居位于南朗镇翠亨村，是全国重点文物保护单位。
景区主要包括孙中山故居、孙中山纪念馆、翠亨民居展示区和
翠亨农业展示区，为全国首批4A级旅游景点。

我们按园区导游图指示的顺序，先到翠亨民居展示区参
观。这里展示了翠亨村清末民初各阶层的民宅和村民生活状况，

中山市翠亨村旧民宅一隅

翠亨村民制作腊肉的场景

孙中山纪念馆气势壮观的大门

如农舍家具、婚庆仪式、商贸习俗、生产方式、豆腐腊味制作
等，都以实物或栩栩如生的雕塑模型展示，再现出孙中山先生出
生及其成长的历史背景，给人以真实生动的感受，从中了解到童
年的孙中山曾在贫寒的家境中生活，幼年即从事力所能及的农耕
劳动，这为他日后的思想和成长奠定了坚实的基础。

之后我们来到"孙中山纪念馆"。纪念馆由乳白色的石料
建成，高大宏伟，气势不凡。馆厅有上下两层，宽敞明亮，馆

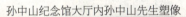

孙中山纪念馆大厅内孙中山先生塑像

孙中山纪念馆展柜内的历史资料

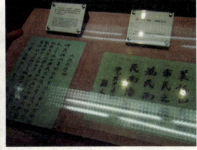

展馆的部分展板

内展出的照片、实物非常丰富，油画、实景真切感人，加上现代化的多媒体视频演示，更增强了展览的形象性和观赏性，具有独特的吸引力。

展厅以真实的历史资料和珍贵的遗存文物，按不同的历史时期，展示出孙中山——这位中国民主革命先驱者波澜壮阔的一生。记录了他的早期经历、家庭背景以及壮志未酬不幸早逝的九十年，为伟大的革命理想和信念奋力践行的艰苦历程和不朽业绩。同时也以大量照片和实景，展出了孙中山的学生、战友和夫人宋庆龄一生追寻和支持他的伟大事业，继承他的遗志，为中国民主革命和社会主义革命所做出的卓越贡献。我们在展厅仔细浏览观看，心中充满了感动和敬意。怀着对两位时代伟人的缅怀之情，走出了纪念馆，来到中山故居的门前。

中山故居是一幢砖木结构、中西合璧的二层楼房，从外面看上去，美观、庄重、大方。据传这是孙中山26岁时亲自设计和改建的。这座楼房有七个赭红色镶有白边的装饰性拱门，二层楼

孙中山故居正门

廊和顶层露台边都建有西式栏杆。屋檐正中饰有一个光环，环的下方雕绘了一只飞鹰及其他饰物，造型美观，别具特色。庭院不大，四周环有围墙，院内古树如盖，绿荫遮天，孙中山先生当年亲手种植的树木，今天依然枝繁叶茂，郁郁葱葱；墙外紫荆花树枝叶婆娑，满树紫色的花朵艳丽耀眼，十分好看。

绿树掩映下的孙中山故居

323

中山故居外表看来颇具西式风范，但内部却是传统的中山民居结构和摆设。中间是正厅，左右分建两个耳房，房屋内壁也都是灰色砖墙，木雕椅、供神台、长对联，一应传统特点。窗户在正梁下对开，正门上挂的一副孙中山在楼房落成后亲笔撰写的对联"一椽得所 五桂安居"至今还赫然在目。参观时，我们看到在中山先生的书房兼卧室中，陈列着他早年行医时曾用过的针筒和听诊器，房里没有一件像样的家具和摆设，仅有的只是一张农家木床和一张旧的书桌，这正如他在遗嘱里所说"一生不治家"的最好证明。面对此景，我久久驻足，不禁发出感慨，从这里，这么简陋的一间房舍里，竟然走出中华民族历史上一位伟大的人物，一位曾贵为民国总统，被尊为"国父"的巨人——孙中山！我的思绪不由飞回二十世纪初期那纷繁多变的年代，重温孙中山坚持信念、不畏艰难险阻的战斗历程和伟大精神，深受鼓舞。

沉思中，我们向距中山故居不远的"中山城"走去。这座"中山城"，是中央电视台的中山基地，是集旅游观光、影视

孙中山亲自为故居撰写的对联

宏伟的"中山城"

拍摄和爱国主义教育为一体的新主题文化旅游景点和中国南方
知名的影视拍摄基地。它是沿着孙中山先生的革命足迹，浓缩
他在中国和世界各地从事革命活动的纪念地而建造起来的。城
中分为中国景区、日本景区、英国景区、美国景区和展览馆区
五大部分。城内荟萃了二十世纪初，中西方建筑的不同风格和
风土人情，为影视工作者提供了良好的拍摄场地。近年中央电
视台、香港凤凰卫视台、上海电影制片厂等，曾在此拍摄了大
型电视剧《孙中山》《日出东方》《走向共和》，电影《风雨
十二年》《回首辛亥革命》等多部影视剧及众多的纪录片。

　　我们在城区徜徉，穿行于各个景区。面对那些旧式的小
洋房，花花绿绿繁体字的招牌、广告，老式的轿车、黄包车
等，感觉像穿越回二十世纪初的上海、广州、香港等地，我们
追寻着孙中山先生的足迹，走进了他在"上海的故居"，来到

中山城内"上海的中山故居"

中山城内"日本的中山故居"

"广州起义指挥部"参观，在"黄埔军校的演练场"观看军人们激烈的马战表演。在具有浓郁日本风情的街道上行走，眼前那一间间古色古香的木楼小屋、盛开的樱花，让人不由忆起孙中山先生在日本生活战斗的岁月。当我走进"他在日本居住的房间"，看到他曾经用过的简朴卧床，坐在他昔日的沙发上，不由让人浮想联翩，"孙中山故居纪念馆"展厅照片里，他那坚定的神态和坚毅的目光又重现在我的眼前。当写着洋文的街道、"英国伦敦警察局"、"美国纽约唐人街"，堂皇的大教

中山城内"黄埔军校的军人进行马战表演"

堂等异域场景出现在眼前时，也不由让人联想到孙中山先生为
革命四处奔走的艰难与辛劳。

　　最后，当我们怀着崇敬的心情，缓步登上"南京中山陵"
的台阶，向先生拜谒时，那句"鞠躬尽瘁死而后已"的名言，
总在我的耳畔萦绕。深信孙中山先生一生为中华民族、民主革
命做出的伟大贡献，他的丰功伟绩，他坚定不移的革命信念和
精神，将永远彪炳史册，永远为中国及世界各国人民敬仰和怀
念，也将永远激励着全国人民为实现中华民族伟大复兴的中国
梦而奋斗。

中山城内一条外国街景

中山城内一条香港旧街景

中山城内"宋氏家族的宋公馆"

中山城内的"中山陵"

6

肇庆，湖光山色美如画

七星岩的湖光山色

游船将要驶进宽阔的湖面

游七星岩

　　前些年，几次去广东深圳、广州，总有朋友推荐去肇庆看看，说那里的风景很美，但因来去匆匆，错过了机缘。之后，总觉得挺遗憾。这次住珠海，打听到离肇庆不远，又多暇日，就决心去一趟。于是在3月一个周末的晴日，我和先生随着当地旅行团，开始了肇庆的二日游之旅。

　　果然名不虚传，来到肇庆后，才发现它的景区是如此之美，感受到它的文化底蕴是如此之丰厚，真是值得一游的地方。

　　肇庆地处粤西，珠江主干流西江穿境而过，北回归线横贯其中。其背枕北岭，面临西江，美丽的七星岩，葱绿的鼎湖山，把它装扮得清秀动人。是一座名副其实的园林城市，我国优秀的旅游城市。它古称端州，是岭南文化的发祥地，为国家历史文化名城。

　　清晨，从北门进入七星岩景区，游人寥寥，园林一片静谧。站在湖边四望，静静的碧水、幽幽的绿山、远远的亭桥、亭亭的水杉，宛若仙境，让人顿生如痴如醉的感觉。导游带我们一团旅友登上游船，环湖观景。游船在水上缓缓前行，导游

水墨画般的景致

游船驶过天柱峰

　　小陈指着一座座兀立的山峰和每一处湖面，娓娓讲述着。他介绍说，七星岩景区，是由五湖、六岗、七岩、八洞组成的，这其中的七星岩，是由喀斯特地貌形成的七座石灰岩岩峰，它排列如北斗七星，巧布在浩渺美丽的湖面上，形成青山绿水，湖光山色的天然绝配，被誉为"岭南第一奇观"。关于这七星岩，历来有许多传说，有的说它的七座山峰，是远古女娲补天时留下的七块灵石，有的说是天上七仙女羡慕人间，看上了肇庆这块宝地而下凡不归，等等。不管哪种传说，总都是在赞美这七星岩神奇峻峭，夸肇庆这地方美丽诱人。

　　船在水中行，我们依次可见高高的天柱岩，神奇的阿波岩，状如蟾蜍的蟾蜍岩，一道绿色屏障般的玉屏岩，还有阆风、石室、仙掌等山峰。它们或巍峨或秀美的身影，倒映在一碧如洗的湖水中，船移景换，疑似仙境。船行不久，经过一处杉树林，只见树木长在岸边或水中，湖水环抱着它们，轻抚着、亲吻着，彼此亲密无间。这一排排扎根在水中的杉树，秀美高挺，郁郁葱葱，像整齐的哨兵，又如柔美的绿屏。它们美丽的倒影，在水中摇曳漂浮，分不清是水还是树。此景，让我不由想起在九寨沟，看到流水从树林间穿腾而过的情景，不过

长在水中的杉树挺拔秀美

那是树水交融的动态美，这里则是一种静态的美、柔情的美。

游船向湖心驶去，经星湖湿地公园核心区时，远远地看到丹顶鹤生态园。为保护鸟类，游船不能靠近。导游指着岛上遍布在树枝间白色的斑点说，那就是栖息在树上的水鸟，一船人急忙用手遮在额前向岛上眺望，"啊，看见了，密密麻麻的，真多！" 大家不约而同地说。不一会儿，一些鸟儿飞起，如腾起一片白云，可惜太远无法看清它们的身姿。这时，如若这些水鸟一起展翅飞翔，那湖面、天空，该是何等壮观的景象啊！

我们的游船在仙女湖上悠悠前行，不觉来到了禾花仙女的雕像前，她一袭白衣，长长的裙裾，优雅地飘拂着，脚下一群白色的灵鸟，悠然地围拢在她的周围。传说她是神农氏的曾孙女，曾以自己的乳汁浇灌干枯的禾苗，用生命救护了当地的民众，最后化为一尊石像，静静地伫立在湖面，千百年来，受到

331

美
在旅游中

禾花仙女塑像   出米洞

人们的敬仰和尊崇。

    在一处码头，我们下船登岸，穿过一座曲桥，走上狮头岩，来到出米洞前。大家兴致勃勃地把手伸进洞里，希冀白花花的大米会从洞中流出，以验证传说中的故事。之后，导游又带着大家来到卧佛亭，向西远观对面的山峰，顺着他指的方位，我看到了一尊很大的卧佛的身形，他仰卧在波光浩瀚的湖面，周身在轻雾的笼罩下，给人以悠远缥缈的感觉。传说他是禾花仙女的丈夫石星，为了矢志不渝的爱情，在追寻妻子的路上，日夜呼唤仙女的名字，以至声断气绝，仰面倒在了湖边。千万年过去了，他的身体变成了躺在湖边的一座巨大的卧佛，长久地等待着他的仙女。我想无论仙女还是卧佛的传说故事，都是人们心中对善良美丽的追求和对忠贞不渝爱情的赞颂，雕像和卧佛正是这种美好愿望的寄托。今天我们观赏它，我感觉

远望卧佛与仙女   湖中石板曲桥

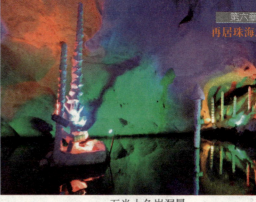

观鱼池畔游人乐　　　　　　　　　　　　　五光十色岩洞景

也同样会唤起一种温馨和美好的情愫，让善良和忠贞永远扎根在我们的心中。

再次登上一只古式龙船，游览了湖的了另一侧。之后在罗汉岛码头上岸，步行到东方禅林。在这里看到了东方三圣、西方三圣和栩栩如生的罗汉雕塑群。一路缓缓走来，在观鱼池人们驻足凭栏，饶有兴味地观看满池漂亮的金鱼成群结队地在水中抢食、嬉戏。

在龙岩洞，我和先生购票乘景区的小船，在地下河中游览观景。龙岩洞是肇庆七星岩石洞中著名的一个水洞，也是一个由喀斯特地貌形成的岩洞。洞不很深长，船行来回也就十几分钟，但天然景观奇特，各种钟乳石形态万千，争奇斗艳，在彩色灯光的照射下，更是五彩斑斓，光华四射，令人眼花缭乱，应接不暇。从龙岩洞走出，周围石峰岩壁上历代名人的摩崖石刻，布满上下山石，分外引人注目。它历经千年未毁，今天依然清晰可见，被誉为"千年诗廊"。其中岩前一副"泽梁无禁岩后勿伐"的巨大石刻，字迹清楚，笔力雄劲，是唐朝肇庆一位地方官书写的。意思是警示人们：湖中捕鱼不加禁止，砍伐树木，破坏山岩，决不允许。可见当时的人们已有强烈的环保意识，这不正是我们今日建设和谐家园、保护生态环境所要传承的精神吗！

"泽梁无禁 岩后勿伐"石刻

即将走出景区，站在七星岩大桥上，再次环视景区，依依不舍这幽幽的青山、清清的湖水、郁郁的林木，仍然沉醉在这青碧绝尘，清雅脱俗，如诗似画的人间仙境之中。此情此景，叶剑英元帅在赞美七星岩"借得西湖水一圜，更移阳朔七堆山"的诗句里，已形象地描绘出它极致的美，彰显出它让人痴迷、令人陶醉的魅力。七星岩是肇庆的瑰宝，是肇庆人的骄傲！

七星岩大桥

肇庆宋长城

肇庆宋长城一隅

　　傍晚回到城里，导游带我们去观看宋长城。肇庆，在先秦属百越之地，是广府文化的发源地和兴盛地之一，史称"岭南名郡"。至今还保留下不少文化遗迹，宋长城即为其中之一。据史料记载，肇庆这段长城，为宋代始建，初为土长城，后筑为砖城。该长城历经千年沧桑，经过二十多次修葺，但城墙和城门的位置未改，整个长城今天依然保存完整，为全国罕见。

　　走近长城，见两千多米长的城墙，高高地矗立在繁华街道的一侧。灰砖白缝的墙面，大都平整有序，个别墙角或侧面，可见风蚀损毁，露出残缺的红色墙砖。城墙上的堞墙，凹凸有致，整齐美观，远远的土红色城楼，翼然高耸在城墙之上，给现代化的城市点缀着古典的色彩。红色对开的城门高大宽阔，虽然门漆有点斑驳，但门上一排排铜钉和一双门环，完整无损，仍见其气派与威严。门首黑色大理石匾额上，"天朝"二字的石刻，更让人联想到皇权的至尊。沿着砖砌的台阶攀上城墙，城墙路面由长长的条砖铺设，约有三四米宽，比我曾上过的北京八达岭长城、西安城墙等要窄很多，不过游人在上面散步，感受古韵，观赏城市风光还是很惬意的。微微感到不妥的是，城墙上还有零散的摊点，商贩们不断地在向游人兜售商

335

月形东方禅林雕塑

稀有的禾雀花

游客结伴走过鹊桥

七星岩景区五亭桥

山清水秀花烂漫

品。我想如果这里能少一点商业气息，多一些古香韵味，将会
更增添它的文化氛围。

晚餐后，夜幕降临，听说星湖牌坊广场的大型音乐喷泉
很有特色，不少旅友前往观看。我和先生在街上走了一段，远
远看见高大的星湖牌坊，五光十色，光彩夺目，十分漂亮。作
为肇庆的地标建筑，这种古典与现代交融的景象，很有特点，
极富魅力。因人生地不熟，我们没敢远走，回到宾馆，早早休
息，养精蓄锐，以待明天的旅程。

游鼎湖山

　　肇庆之行第二日，我们乘车前往另一个著名的景点"鼎湖山"游览。鼎湖山是岭南四大名山之首，距肇庆18公里，有"北回归线上的绿宝石"之美誉。

　　很快来到园区大门，然后乘坐园内的环保车，向山上驶去。山路修得很好，两侧绿树遮掩，顿觉空气清新，一路清凉舒畅。须臾，即来到"宝鼎园"。一众游客下车，走进园内。一进门，一方巨大的黑色石砚，立在眼前，引得大家驻足观望。从介绍看，这方砚台是由一块砚石雕刻而成，叫"端溪龙皇砚"，是世界上最大的砚台。它周边雕有上百条千姿百态的水龙和云龙，其与砚眼交织，形成百龙戏珠的壮观图景，极为精细华美。用手抚摸砚身，光滑细腻，温润如玉。游人争相与它合影，人砚对比之下，愈发凸显石砚的巨大与壮观。

　　再向前走，一尊巨大的宝鼎，矗立半空，占据了一方天地。纹有九龙的三条粗壮的鼎足，稳稳地立在青石台级之上，支撑着庞大的鼎身，威仪尽显，给人以坚实厚重之感。众多游

世界上最大的"端溪龙皇砚"

宝鼎园内世界最大的青铜宝鼎——九龙宝鼎

人环绕着这尊世界上最大的青铜"九龙宝鼎"，往返流连，仰视膜拜。更有不少人用力向鼎内投掷红包，以祈求身体康健、生意兴隆、福禄绵长。除了这尊令人叹为观止的大鼎外，这里还陈列着历代宝鼎的复制品，展示着各式各样的铜鼎，如纪念香港、澳门回归的宝鼎复制品，中国政府向联合国赠送的世纪宝鼎复制品等。在宝鼎园内徜徉，受青铜文化的熏陶，深感我国鼎器工艺之精巧，青铜文化底蕴之深厚。

站在宝鼎园的观景台凭栏俯视，下面的一池碧水，如圣湖之水，神秘澄清；岸边林木匝地，绿成一团，荫成一片；盛开

香港、澳门回归纪念宝鼎复制品

一尊严整的方鼎

339

从宝鼎园观景台俯瞰湖区风景

葱葱青山 幽幽深潭

的杜鹃花，红的如燃烧的火焰，白的像沉积的雪花；各色游船
在湖面飘来荡去，悠悠自得；远处红黄色小亭的双层飞檐从树
丛之中跃出，像展翅飞翔的大鸟一样……如此迷人的美景，吸
引着、召唤着我们登上观光车，继续向山上奔去。

　　车行不远，停在一片寺庙前，导游介绍说，这座庙宇叫
"庆云寺"，是岭南四大名刹之一。我们依次走进各个殿堂，
见其建筑高大宏伟，极具东方色彩，殿内装饰金碧辉煌，非常
讲究，各种佛具一应俱全。堂内所供的众多佛像，大都慈眉善
目，神态自若。听说这里的佛教文化极为浓郁，是"禅、净、

庆云寺一处牌坊

庆云寺香火旺

律"三宗俱善的佛家圣地，历年香火不衰。以今日所见，来此供奉上香的信众的确不少。在大雄宝殿门前的香炉旁，我看见几位中年男士，个个手捧茶杯粗细，长有一米的高香，燃香叩拜，看样子是专程来此拜谒求佛的。因我不谙佛事，仅释迦牟尼、弥勒佛、药师佛等几位大佛之名，较为熟知，拜见后即在寺内参观。看到庙内华美的牌楼、雕刻精美的九龙壁，高高耸立的汉白玉华表等，甚为惊叹。后来在上山路上，看到北方少见的亚热带树木花草，比如长有板根、高大挺拔的"九丁树"，由木棉和龙眼相依相伴组成的"姻缘树"，缠绕在他树上的罕见的禾雀花等，非常有趣。

从庆云寺走出后，上山的路，变得非常逼仄陡峭，观光车已无法开上去。导游为照顾年老的我们，建议从较为平坦的山路回去。我知道上去还有好看的景点，不愿留下遗憾，执意跟大家一起向上攀登。我俩一手拄着拐杖，一手互相搀扶着，一路走走歇歇，终于爬上了一个山顶，来到观瀑亭，观赏流泉飞瀑的壮观景象。

这个景点叫"飞水瀑"。从亭上看，一条白练从布满绿色的悬崖峭壁间，倾泻而下，带着震耳的轰响，注入碧绿湛蓝的深潭，水花溅起，如珍珠飞洒，似白莲开放。下到潭边，环视

漫漫攀山路

四周，苔石围岸，草茂树密，幽深阴凉。跨过潭水，蹲坐在潭
中一小石上，捧起一抔潭水，清洌柔滑，顿觉神清气爽，一洗
爬山时疲累溽热之感。之后，循着潭水流泻的山谷，一路观景
缓行。山路弯弯，流水潺潺，景点不断，其中当年孙中山偕夫
人宋庆龄来鼎湖山游泳之处的岩壁上，刻有孙夫人书写的"孙

鼎湖山飞水瀑

中山游泳处"，引得游人竞相观看。

山路上游人渐多，一队队年轻人在山水间跳来跃去，有的还挽起裤腿在水中踏行；几位年轻母亲或手牵着孩子，或抱着小孩，一路说说笑笑，慢慢走来；老人们或结伴游玩，或坐在水边石上休息，一派悠闲和悦的景象。据说，飞水瀑高处空气中负氧离子含量非常之高，空气清新得足以清洗心肺，养颜养心。当前，在人们的环保意识越来越强烈，城市空气污染令人担忧之时，能抽空来此度假休闲，观赏山水风光，呼吸新鲜空气，享受天然氧吧的赐予，无疑是一种积极健康的生活态度，是最高级的精神娱乐！

从鼎湖山公园走出，大家心旷神怡，毫无倦意。马不停蹄地又乘车来到肇庆端砚文化村，参观白石村的"中国端砚展览馆"。一进馆门，几方硕大的石砚，摆在厅堂之上，让人眼前一亮。浏览各个展馆，展架上大大小小、形态各异、色彩不同的砚台，琳琅满目，让人目不暇接。观看中，大家情不自禁地发出由衷的赞叹："嗬！原来砚台可以这么大！这么美！太漂亮了"。低头看砚旁的标价，即使小小的一方不太起眼的砚

在空气最纯净的溪水间行走

343

巧手刻石砚

看！多大多漂亮的砚台

台，动辄也会成千上万元，真让人咋舌。从工艺如此精美，样式如此漂亮，价格如此昂贵来看，这些砚台已成为一种工艺品、收藏品，或为画家大师所专用。我曾在老年大学学习书画，为了方便快捷，学员大都用现成的墨汁写字作画，很少用砚台细细磨墨点染。不过作为中国四大名砚之一的端砚——我国珍贵的文化遗产，它还是会不断传承发展，不断推陈出新，制作砚台的技艺也会不断地精进。参观时，我们就看到一位女艺人，在精细地雕刻打磨一方挺大的石砚。

白石村是端砚的发源地，千百年来，端砚源远流长，生生不息，富了一方村民，也丰富了我国的文化宝库。相信，随着时代的发展，这种文化珍宝，也会和这里美丽的山水一样，亘古长青，永葆魅力。

各种各样的砚台琳琅满目

遥看威严壮观的老龙头

秦皇岛度假之旅

1

夏日登 "天下第一关"

巍然矗立的山海关城楼

现代化的山海关火车站

　　来到秦皇岛，首先必去的景点，当然非"山海关"莫属了。它位于华北和东北的交界处，北倚峰峦叠翠的燕山，南连碧波浩渺的渤海，地势险要，风光绮丽。古时，这里是兵家争夺的战略要地、军事重镇，自明朝在此筑城建关后，始称山海关，成为明长城东部第一座关隘，有"天下第一关"的美称。如今，作为世界文化遗产、国家五A级旅游景区的山海关，早已驰名中外，每年都吸引着成千上万的游客，来此游览赏景，观光访古。

　　三十多年前，我随单位来北戴河疗养，曾登上山海关城楼游览。因时间久远，来去匆匆，记忆已经模糊，印象中只留下一段破旧的长城和城楼牌匾上那"天下第一关"的黑白字迹。时光荏苒，不知今日的山海关是什么样子，很想去看看，于是在一个夏日的清晨，我和先生来到了它的面前。

　　我们本想从东南城门进去，登"靖边楼"，再依次游览山海关古城的各个景点，但因时辰尚早，未到开门之时，只好

城洞里老者为游客题写诗文

山海关景区牌坊

沿城内通道缓步向山海关城楼走去。也好，一路所见，令我有全新的观感。记得那次来时，根本没有像样的道路，不知如何颠簸走到了景区。可现在这条步行街，开阔平坦，干净整齐；两边的路灯造型别致，古香古色；路边几座雕塑，人物造型栩栩如生，尽显刚毅不屈之态；典雅大气的"山海关长城博物馆"，如同古代的殿堂，辉煌富丽，为雄伟的长城和关隘增添绚丽的色彩，也记录和陈述着它的过去和现在。向前走，一道华丽的牌坊，展现在眼前，牌坊上端"徜徉古韵"四个蓝底金字的题词，十分耀眼。两侧的对联，分别题写"甲子十轮明清气荡雄关韵"，"春秋六秩山海情迷盛世风"，它精要地概括了山海关六百年荡气回肠的英雄壮举，也赞颂了建国60年它的发展和变化，抒发了山海关人的盛世情怀。读后令人深思和鼓舞。怀着期待，我们走进了天下第一关广场。

清晨的山海关，刚从夏梦中醒来，偌大的广场，游人寥寥，我们赶在众多游客到来之前，可以从容地观赏"第一关"，静静地走近它，真是一种难得的体验。

抬头看，蓝天白云下，暗灰色的山海关城楼，显得凝重而

山海关城楼上"天下第一关"巨匾

端庄，它依山势而建，北高南低，雄伟壮观。高高的城墙敦厚坚固，给人一种稳定和坚实的感觉。灰黑色的城砖，看上去有些破旧或残缺，上上下下的墙缝中遍长着绿色的小草，定睛墙面，一种浓重的沧桑感油然而生。再看城门，大门洞开，门洞高深，望过去，对面就是我们常说的关外。

现在，晨日刚出，空气清新，一片宁静，一会儿，游人增多，将会是熙来攘往的热闹场景。由此我不禁想起，那久远的过去，这里曾是一个多么重要的战略要地，所谓的"一夫当关，万夫莫开"！在科技尚不发达，军事实力还相对薄弱的年代，它的存亡确实关乎国家民族的安危。追溯我们民族的历史，在这里，曾有多少志士仁人，为了保卫疆土，谱写出多少可歌可泣的英雄事迹。

怀着敬意和思索，我们踏上宽阔的坡道，缓步向第一关的城楼攀去。这个坡道当年叫作马道，是古代将士骑马上阵的通道，据说最宽时可容五马并排而过。登上城楼，视野豁然开阔，万里晴空下，巍峨的城楼，傲然矗立，威严而壮丽，不由令人产生敬畏和赞叹之情。这座叫作箭楼的城楼，是重檐歇山

从瓮城城墙看山海关箭楼

顶的砖木古典建筑，四周飞檐上各端坐几只小兽，楼的四周规整地布满红底、白环、黑靶心的箭窗，两层楼间的红色圆柱支撑着彩色的门窗画梁，整体看上去古朴自然，又不失俊秀雄奇。它与东西两侧的靖边楼、牧营楼、临闾楼、威远楼，形成"五虎镇东"之势，极为威武雄伟，足显其重要的战略地位和作用。也许是经常修葺之故，城楼的砖瓦梁栋保存完好，雕饰色彩华美艳丽，比我当年所见要漂亮得多。走到城楼的正面，抬头望去，最具视觉冲击力的还是那两层楼间，题有"天下第一关"的巨大牌匾，白底黑字依然醒目，苍劲浑厚的笔力依然让人震撼，与整个城楼可谓相得益彰，浑然一体。观赏时，我饶有兴味地听着导游们述说关于这幅匾额的传说故事和字迹特点，再进到楼内，看过不同时期的同一题词的匾额，顿觉这五个大字有了更多的人文内涵，越发显得高大有力。

我们环绕"天下第一关"城楼四望，古城和整个山海关尽收眼底。历经六百多年风雨的古城，城堡关隘建筑雄伟，气势

宽阔的山海关城墙

城楼展馆内珍藏着有关"天下第一关"的传说故事

磅礴；城墙土筑砖包，蜿蜒迤逦，四面城门城楼，宏伟高大，险固完整。俯视城中街道，成网状布局，窄小雅致，还保持着明清时期的风格；两边的民居、商铺，也都古朴典雅，尽显古城风貌。

从第一关的北面，沿城墙向"临闾楼"走去。这段长城，路面宽敞平整，走起来很舒服。两边城堞灰砖白缝，整旧如旧，看上去很规整，和我三十多年前所见破旧残缺的情景，大不相同。时至中午，骄阳当头，我撑着太阳伞漫步缓行，向东、北远望，关外燕山，峰峦起伏，山野大地被绿色覆盖，郁郁葱葱，生机勃勃；远处被绿树环抱的城堡，色彩瑰丽，巍然峭立；城下公园，湖光山色，游人如织，一派自然祥和的景象。

这时，我的幽思之情不觉又再次升起，穿越时空，回想当年，这里曾经历过多少惊心动魄的辉煌与痛楚。历代帝王，如秦始皇、唐太宗、康熙帝等曾在此留下足迹或创立过战功。回

山海关景区游人如织

观历史名将，如戚继光、徐达、袁崇焕等曾率领将士，扼守山关，浴血奋战，英勇不屈，他们的功绩为世代敬仰和传颂。尤其不能让人忘怀的是20世纪30年代，当日寇的铁蹄践踏我们的国土，入侵山海关时，英勇的中国军民在此打响长城抗战的第一枪。当然，人们也不会忘记八国联军火烧长城老龙头的国耻……

山海关长城景色

今日古城风貌

山海关长城下公园风光

　　历史已成过往，烽烟已经消散。如今的山海关，已然失去了战略防御的军事功能，但它威严险固的雄关之势，名胜荟萃的人文之景和风光俊秀的自然之美，赋予了它新的意义，让它成为人们向往的旅游胜地，访古之乡。不信，从今日各个景点人流络绎，小旗飘动，道路水泄不通的情景，可见一斑。这还是夏天炎日当头的时日，可以想见，当春光和煦，秋景宜人的日子，慕名前来观赏"天下第一关"雄姿的中外游客将会更多。相信，随着山海关古城的不断恢复和发展，它将会以更加雄奇壮丽的姿态屹立在世人的面前，更不愧为"雄关名中外，长城壮古今"的"天下第一关"。

2

二游 "老龙头"

高高的澄海楼 巍巍的石长城

蓝天下的宁海城

　　山海关"老龙头"，是明长城东部的起点，万里长城中唯一的一段海中长城。作为世界文化遗产，国家重点文物保护单位，国家5A级名胜风景区，它早已蜚声中外。长期以来，它成为寻访古韵的旅人或是来秦皇岛度假的游客的必到之处。

　　2013年夏天，我和先生来到山海关度假，庆幸的是我们住的旅店，距"老龙头"很近。晴日，站在房间的阳台向西眺望，海上老龙头完整的身影，宏伟壮观，清晰可见；雾日，远看一道建筑的剪影，朦朦胧胧，如海市蜃楼，极富诗意。这么美、这么有名的景点，又近在咫尺，我们当然不会错过。来后的第二天上午，就迫不及待地沿着海滨，向"老龙头"走去。

　　步行穿过"铁门关"，拐过一段路，老龙头长城景区就在眼前，二十多分钟路程，真够近的了。进园时，我俩享受了免费优待，心怀感激地走进了景区。进门不久，一座古朴庄严的城门和屋檐飞翘的城楼，映入眼帘，"宁海城"三个石雕的大字，赫然显现在城门的上端。城门和构筑的城墙，围拢起一座

355

老龙头登山御道

雄伟壮丽的澄海楼

老龙头华亭一角

坚固的城垣，老龙头即为城中的主要关隘。前行时，身边进出城门的游人络绎不绝，随着人流，我们来到了"老龙头"的主景区。

沿着御道的台阶一步步登上"老龙头"的顶端，抬头看高大宏伟的"澄海楼"，令人震撼；它金碧辉煌的色彩，让人目眩。当年乾隆皇帝，御笔题写的"澄海楼"、"雄襟万里"横

老龙头"天开海岳"景点

攀登路上人流蜿蜒

匾的字迹，在蓝天下，依然鲜明有力，光彩熠熠。站在楼前，举目四望，开阔的海面，微波起伏，老龙头雄健的身躯，伸向蔚蓝的大海，如一艘巨轮，停泊在港湾。我们走下一道道蜿蜒狭窄的石阶，在摩肩接踵的人流中穿过一座石城，来到了老龙头的"龙头"处。走到石城的最前端，俯身趴在石城一圈的矮墙上。有人说这就是龙的头部，摸了它会走好运。我们相视笑

登临老龙头看海

357

晨曦中静静的老龙头

　　了笑，也随兴摸了摸。望着眼前的人山人海，我们的游兴大
减，旋即向回路走去。

　　过了几日。这天，天气晴朗，微风吹拂。清晨，带着几分
凉爽，我们再次走进了"老龙头"。进门时，时辰尚早，园门
刚开，整个景区还沉浸在静谧之中。抬眼看，天空透蓝，白云
轻浮；下望海面，水波不兴，澄碧蔚蓝。真可谓海天一色，缥
缈旷远。黑灰色的老龙头，宛若巨龙，背负燕山，屹立在这碧
蓝的海天之中，昂首腾飞，显得苍劲威武，雄姿勃发。

　　这次登城时，没有了拥挤的人潮，少了嘈杂的喧闹，我们
可以缓缓地行进，静静地观赏。当我们登上了明代蓟镇总兵、
抗倭名将戚继光修建的入海石城时，极目远眺，感慨良多。这
是老龙头长城伸入海中二十多米的尽端，是由九层巨石垒砌的
三丈高的海中石城，它犹如昂首的龙头，挺立在浩瀚的波涛之

登上入海石城远望

老龙头景区海滨

上。站在高高的城楼之上，手抚城堞，不禁联想到当年这座固若金汤的长城关口，在抵御外敌的侵扰中，该是何等重要的战略防地，我们守卫疆土的将士们该是何等的英勇和顽强啊！怀着敬意，我们来到了老龙头石碑前，这时游人未至，没有了上次的那种纷扰，非常清静，四围也是一片宁静。汉白玉石碑上"老龙头"几个金光闪闪的大字，没有了遮拦，分外醒目。

清晨赶早来到老龙头

碧海仙境海神庙

　　晨光渐浓，游人增多，我们从老龙头城走下，沿着海滨，
踏着细浪，向对面的"海神庙"迤逦走去。

　　"海神庙"在"老龙头"的西面，相距三百来米，是和老
龙头遥遥相望的另一处海上胜景。它始建于明代初期，当时海
运通达，船户渔民常将安全寄予海神身上，遂建海神庙，香火
极盛。八国联军进犯山海关时，海神庙毁于战火之中。今日所
见的"海神庙"是1988年，山海关区政府为开发旅游资源，
恢复重建的。我们从"海神庙"高大华丽的牌坊走进，穿过一
道白石桥，只见亭台楼阁，高低错落，殿堂神像，极尽威严。
在三面海水的环绕中，在万顷碧波之上，这座庙宇如同瀛洲仙
境，给人以神圣和奇幻之感。

海神庙"观景亭"

  登上"海神庙"入海的顶端,置身"观海亭"上,环视海面,波涛起伏,船艇穿梭。对面"老龙头",在阳光的照耀下,在湛蓝海水的映衬下,显得格外美丽壮观。它坚毅的形象,给人以坚不可摧的力量,它雄伟的身姿,充满了无限的魅力。我庆幸能看到如此壮丽的景象,我庆幸能两次游览这举世闻名的"老龙头"。

独行的背包客

361

3

看海景千姿百态

海上晨曦

从公寓阳台东望秦皇岛造船厂

　　这些年去过不少海边，美国的东西海岸、欧洲数国的海滩、我国的东南海滨，都留下过我的足迹。可以说对于海，不像几十年前那样陌生和新奇，但稍觉遗憾的是，到这些地方大都来去匆匆，没有较长时间停留，或离海边较远，不能时时和它亲近。因而，对于海的朝夕变化，四时之景，还没有细微的观察和了解。2013年夏天，儿媳送我们去秦皇岛度假半个多月，住的海湾公寓就面对大海，出门不到百米就是海边。因而和海就有了更亲密的接触，有了更多的闲暇、更放松的心境去观赏它，体味它，从而也更加依恋它，热爱它。

　　刚来那天，我站在五层楼的阳台向外观看，前面是一片蔚蓝的海面，海天相接，苍苍茫茫，缥缈旷远；西面老龙头长城雄伟壮美的轮廓，清晰可见；东边秦皇岛造船厂几排大吊车伸出长长的手臂，高悬在海面和半空之间，蔚为壮观。海面上渔船点点，轮船穿梭往来；海滩上漂亮的阳伞帐篷，散布其间；男男女女的泳者，或在海中浮游，或坐卧在沙滩上沐浴着阳

363

踏浪归来 浪花飞涌 快艇待航

光。这真是一幅让人赏心悦目的海景图。

第二天一早，我们就来到海边。大海好像刚从睡梦中醒来，显得有些慵懒；岸边浪花细碎，涛声轻柔；海滩上潮水退去，显得开阔了许多。潮湿的沙滩上，海浪带来了无数的贝壳、漂亮的卵石和各色海菜……早来赶海的人们，挽起裤脚，脱去鞋袜，弯着腰，在海滩上兴致勃勃地拾捡着、谈笑着，在海边石缝、海中礁石上细心地寻觅着。我和老伴也学着他们的样子，脱下凉鞋，赤脚走在细细的、软软的沙地上。一层层漫上来的海水浸湿了双脚，细浪轻轻地拍打着脚踝，好爽快。当我们将一个个美丽的贝壳、小卵石装进手提袋时，脸上露出了笑容，心中装满了快乐。这时回头看去，身后沙滩上留下了我们一排清晰的脚印，瞬间，几朵浪花泛了上来，足迹又被细沙填满，沙滩又归复平整。我们就这样沿着海边，踩着细沙牵手向老龙头的方向走去。在夏日的晨光中，在与海的亲密交融中，我们忘记了自己的年龄，像孩童一样欢快，像年轻人一样浪漫。

这日，天气暑热，先生说要去游泳。午后，我俩和儿媳三人来到海滨浴场。假日的海滨，人很多，三三两两地坐满了浴场的沙滩，海里游泳的、戏水的，也是满满当当。我们在一位

364

女士的帐篷边，找到一块沙地，铺上塑料布，撑起了遮阳伞。先生和儿媳下海去游泳，我拿出相机，看海浪起伏，拍海中泳者的千姿百态。开始海面还较为平静，水性好的泳者，游到了泳区的最远处，几乎看不到身影；刚学游泳的孩子，有的被大人拉着双手，小心翼翼地在水中扑腾着，有的套着游泳圈在水上自由自在地漂浮着；还有一些少男少女们在浅水处，你泼我，我洒你地打着水仗。看上去，海面是一派和谐欢乐的景象。

正当我轻松地和近邻女士聊天时，突然天色大变，海面上狂风骤起，海水翻腾，涛声如雷。这时整个海面变了脸色，灰黑难看，气势汹汹。狂怒的浊浪，冲向半空，汹涌的浪涛追赶着、击打着海中游泳的、漂浮的人们。一排排海浪如万马奔腾，向海岸卷来，咆哮着将裹挟的砂砾、碎石和杂屑狠狠地砸向海滩。刚才欢乐的海面，顿时变成恐惧的世界。我看到海里的泳者，面对这突如其来的风浪，都有些惊慌失措，慌乱地向岸边游来，刚才欢快学游泳的孩子，紧紧地搂着父亲的脖颈，惊吓不已。岸上的人们也都在焦急地寻觅着、呼唤着亲人的名字。我不放心地寻找着水中的先生和儿媳，当远远看到先生蓝色的泳帽在向岸边游来，儿媳双手紧抓着海上浮子的绳索向海边移近时，悬着的心才落了地。回到公寓，我们再看阳台外的

浅海拾贝

搏击风浪

海面，依然是涛声呼啸，白浪翻卷，灰茫茫一片，已然不见了弄潮者的影子。先生诙谐地说："你看大海不光是温柔可爱的吧，它发怒时也是很可怕的哪！今天76岁的我，也算是经历了一次惊涛骇浪的考验，不错嘛！"

又一日，我和先生到位于山海关区的"乐岛"去游玩。这是一座规模很大的生态型海洋主题公园，为国家4A级旅游景区。园内的动物展演、互动游乐、科普展示、度假娱乐等活动项目都很诱人，但我觉得最具人气、最热闹的还是这里的夏威夷海滩。走近海滩，抬头看，晴空万里，阳光照耀，天蓝得透亮，云白得如棉似雪；四下望，海面开阔如镜，海水碧蓝，长长弯弯的海滩看不到尽头。铺满金沙的海滩，伸进浅浅的海岸，雪白的浪花柔情地亲吻着细沙。海滩上，标语、饰物、帐篷、花伞、泳圈，星罗棋布，五彩斑斓；沙滩上、海水里，穿着各色泳衣的泳者，密密麻麻，花花绿绿。泳者中以携着幼儿的父母和中小学生为多，他们有的聚拢在水中，欢声笑语，有的浮来游去，怡然自乐。看上去，这里如同花的海洋，欢乐的

乐岛"夏威夷海滩"

看表演

港湾。我没去过夏威夷，无从感受它的魅力，但从荧屏和照片上看到的夏威夷海滩，和这里有着近似的阳光、海水和沙滩。但我看人气不定有这里兴旺，色彩未必有这里绚丽。

来了多日，总想去看看这里的海上日出，无奈我们住处的东边有建筑物阻挡，加之连日天空多云，难以如愿。这天凌晨，我一觉醒来，大约四点多，天未放亮，摸摸身边的老伴，不见了人影，正疑惑间，一看床头的相机不见了，我断定他是拍日出去了。没犹豫，为他拎起一件长衫，就追出去了。我上了顶层的露台，看到老伴趴在露台的栏杆边，端着相机，遥望东方。我们一起期待着夏日朝阳的光临。

不一会儿，东边渐亮，一抹橘红色在远处显现，原来船厂建筑、吊车长臂、各式楼房，模模糊糊的身影，在光彩的映照下，显出了美丽的轮廓，灰暗的海面也亮堂起来。再一会儿，半个红球从船厂的后边升起，照亮了天空，把满天的云彩装扮得奇幻无比，有的如龙飞凤舞，有的如雁阵飞翔，有的如烈焰燃烧，美不胜收。当一轮红日渐渐跃出时，海面被镀上了一层

367

红日从船厂后的海面升起

金色的光亮，道道金光流彩，片片碎金闪烁。光华下，渔夫撒网的身影、穿着橡皮衣捕捞的"蛙人"，都披上了金黄色的华服，点缀着波光粼粼的海面。这时的海天红彤彤、金灿灿，宛如华丽的宫殿或是童话的王国，绚丽无比，漂亮之极。看日出的我们，当然也是满足之至，开心之极。

8月21日，适逢农历七月十五，正是月圆之日，晚上我们想去看看"海上生明月"的景象，于是晚饭后慢慢地向海边走去。夜幕下的海滩，没有了白天的喧闹，安静而凉爽。远处可见几个年轻人烧烤的点点火星，近处极少的游人在纳凉散步。海水悠悠地拍打着岸边，如同唱着轻柔的催眠曲。海面幽暗漆黑，极远处海港的灯光，星星点点，忽明忽暗，让远海有了丝丝亮点。

我们伫立海边，抬头看，浩瀚的天穹，灰蒙蒙，雾茫茫，不见期盼的圆月出现，但见云层的深处，一团雾红色的月亮，若隐若现。等了一会儿，它羞羞答答地从云隙里露出了半个身影，慢慢地一轮昏黄的圆月，走了出来，挂在半空，云雾缭绕

天高海阔

在它的周边。淡淡的月光，把天色照得有点发亮，海面也泛起
了微微银光，有时银光闪耀，像是星星在眨着眼睛。这时的海
天，虽不如皓月当空时那样明亮，但这种朦朦胧胧的光影，这
种娇羞的圆月，给人一种如梦似幻的感觉，倒也是一种神秘的
诗意的美。望着这轮圆月，我的耳边不觉响起宋祖英所唱的那

海上雾月夜

临海看海中碣石

首《望月》的旋律，"世界上最美，最美的是月亮……"

8月最后的一个周末，大儿子一家开车来接我们回京。周六午后，儿子开车带我们到"绥中"去玩，说那里是新开发的东戴河旅游度假区。一路沿海行驶，先来到"碣石遗址公园"，想看看有名的海中碣石。我们站在海边的草地上，据说脚下就是当年宏伟的碣石宫遗址。远看海上，在苍茫的海水中，有三座黑褐色的石头兀立于水面，三石高低参差不齐，形状有别，在水中相距不远，这即为传说中的碣石。1954年毛主席来到这里，面对此景，神思驰骋，想到了一千七百多年前东临碣石横槊赋诗的曹操，写下了这样的诗句"往事越千年，魏武挥鞭，东临碣石有遗篇。"据载，当年曹操北征，路过碣石山时，曾留下《观沧海》一诗，其诗句"东临碣石，以观沧海。水何澹澹，山岛竦峙……"早已为人们所熟知。我想，这几块在海中矗立的石头，之所以出名，引得众多游人前来观看，可能是因为那久远的传说故事，赋予了它历史渊源；是因为名家伟人的评说，增添了它的文化内涵。

东戴河海滨浴场一瞥

　　从碣石海边走出，几分钟就到了东戴河，全家准备在"意天翼浴场"游泳。这是一处正在建设中的现代化浴场，海边已建起几座豪华酒店，其中一座外形很像迪拜的海上帆船酒店，高档气派。海滨的设施，如道路、栏杆、路灯等，也都十分时尚、讲究。海滩宽阔，白沙如银，黄沙如金，洁净细软；海岸平缓，宽宽的浅水区，水清见底，少有碎石砂砾，赤脚下海感到安全舒服。海面开阔，一望无边，海水蔚蓝澄碧，干净得让人即刻就想下水。老伴、儿子和孙子，事先已穿好泳裤，在岸上稍事活动后，就迫不及待地脱下外衣，一下子钻进了水中，游向较远处。我和儿媳坐在沙滩上守摊、观看。

　　老伴的水性最好，不时地给儿孙们示范，一会儿蛙泳，一会儿自由泳，一会儿蝶泳，一会儿悠然地仰泳，得心应手。孙子自幼受过正规训练，方法正确，泳姿优美，只是在海中很少游过，有点不太适应。三人在水中互相切磋，有说有笑，其乐融融。我在岸上看得发馋，当看到儿子不断地手捧海水，泼向空中，珍珠般的水花，在他的身边飞溅时，我禁不住这么清亮

海滩上嬉戏的人们

的海水的诱惑，也穿上泳衣，在儿子的牵拉下，走进了大海，和他们一起，惬意地享受这洁净海水的洗礼。当我们一家老小，穿着各色泳衣，携手走上海岸时，儿媳快手抓拍了几张照片，记录了我们这次不同寻常的海上家庭度假活动。

　　15天的秦皇岛度假结束了。和大海的朝夕相处，让我看到了大海千姿百态的景象，领略了它变幻莫测的多面性格，尽享了它丰厚的赐予。我爱大海，觉得它好像一部厚重、深奥的大书，永远也读不完，永远充满无穷的魅力。尽管这次和海有了较长时间的亲近，但我想，当我再次面临大海时，仍然会兴奋不已，仍然会激情满怀地去拥抱它，悉心地去阅读它，欣赏它、理解它。

　　我爱大海！永远，永远！

赵州桥

第八章

冀豫旅行散记

1

新春拜望赵州桥

历经千年风雨依然坚实美丽的赵州桥

走进天下第一桥——赵州桥

大年初五，儿子开车陪着我和先生，从北京出发经石家庄，专程去拜望素有"天下第一桥"之称的赵州桥。

出了石家庄，沿308国道，向东南行驶约四十公里，就进入了历史悠久、文物古迹荟萃的赵县。一眨眼的工夫，小车即停在"赵州桥公园"的门前。原以为赵州桥这座古桥，会原生态地躺卧在大自然的怀抱，人们可以随意地去观赏它。没想到，当地政府还专门为它修建起这么漂亮的一座公园，把它保护起来，让游客在优美的环境中去欣赏它，在人文的氛围中去领略它独特的美丽与雄伟。

进了公园大门，一面红色的照壁映在眼前，上面镌刻着我国著名的桥梁专家茅以升的名文《中国石拱桥》。它详尽地介绍了赵州桥的建造、特点及其在中国和世界建筑史上的地位，高度评价了赵州桥的科学价值、历史价值和艺术价值。读后，心中更加渴慕尽快见到这座桥，由衷地景仰这座桥的创建者。我们连公园通道两侧，那活灵活现的"八仙"塑像，都来不及端详，就三步并作两步地向河边奔去。还未走近，桥面那高高的石栏杆就闯入我们的视野，桥上人流熙来攘往，昭示着它今

375

赵州桥公园照壁

日依旧的实用与繁华。

我们顺着河岸向右侧走去，向下看，浩浩的洨河水缓缓流淌，阳光下水波粼粼，游船如织；沿河边向下走，抬头望，碧波之上，一架灰白色的拱桥骤然映入眼帘。乍一看到它那端庄秀美的身姿，我不由惊喜地"啊！"了一声，再定睛细瞧，才慢慢看清了它的全貌。

这是一座结构奇特的单孔敞肩式石拱桥。那横跨河面的主拱梁，由许多特制的石块拼砌成美丽的弧形，支撑着桥身的重量，肩负着载重的责任。它两边肩上各辟了两个小拱洞协助主拱梁，使大桥坚固耐用，涨水时还便于水流的通过，功能性美观性俱佳，真是创造性的设计。这种建筑结构，不仅具有高度的科学性，而且富有我国独特的民族艺术风格，很了不起。站在此处看桥面，它坚实地铺展在大小拱梁之上，略成弧形，看上去，轮廓很优美。长长的桥栏，用石料砌成，上面雕有各种图案和花纹，走近看，线条清晰，造型端庄，桥柱挺直，柱头圆润。整座大桥，远看，如一道彩虹，美丽大气。今天能看到古代如此雄伟、坚固、美观的桥梁建筑，实在令人叹服，它不愧有"奇巧固护，甲于天下"的美称。

从河堤上去，来到大桥之上。看桥面很是开阔，约有十米之宽，全用青石条铺成，光洁平整。从桥头这边走到对面，桥身大概有五十多米长。据说当年的桥面原有三条道，呈凸字头形状，中间较高，是车马道，两旁较低，是人行道。这种中间垫高加固的构建，是当时的造桥者根据实践经验，采取的一项护桥措施，是古人智慧的结晶。可惜的是，后来整修时，桥面被填平，失去了原貌的风格，为此，桥乡百姓常有惋惜之情。可以设想，如果当初修复时，能够"整旧如旧"，留下那凸字头形的结构，那么今日的桥面就依然会呈现出美丽的弧形曲线，那将为桥景增添多少光彩，为人们的观赏增加多少古趣啊！

冬春赵州桥美景

漫步赵州桥河滨

　　走下桥头，在洨河的北岸，一座高大的雕像，耸立在春日的蓝天下，召唤着、吸引着我们来到它的脚下。当大家从塑像基座上题写的人名金字，知道这正是赵州桥的主要设计者和建造者李春的铜像时，崇敬之情油然而生。仰望站在高高石基上的这位古代的伟大工匠，人们端详着，赞叹着，争相和他合影留念，虔敬地向他鞠躬致礼。那高台上的李春身穿长袍，左手握着设计图，右脚略向前迈出半步，像是在思忖，又像是要走向建桥工地。他那稍显瘦削的脸上，洋溢着自信，那深邃的目光，专注地望着前方，给人以睿智和极富远见的感觉，让人由衷的敬慕和赞叹。

　　面对身旁的赵州桥，望着它的创造者李春，我的思绪回到了一千四百多年前。很难想象，在隋代，那个经济还很不发达、科技还非常落后、财力还十分匮乏的年代，我们的先人，竟能建造出赵州桥这样完美的桥梁工程，创造出如此惊人的奇迹，以至今天仍名扬四海，仍吸引着国内外游客来膜拜这世界上现存最早、保存最完整的石拱桥。我曾到过欧洲，目睹过卢森堡那驰名的阿道夫拱形大桥，当时我们也都惊叹它的美貌，更惊异于它和我国的赵州桥的何等相似。

那时我只是从文字和画面上了解赵州桥，今天当我亲身拜望，亲眼看到我们的赵州桥时，真的被震撼了。我骄傲它比阿道夫拱桥和其他欧洲最早的拱桥还要早一千一百多年；我惊叹我们的先祖，有如此伟大的才能和智慧；我自豪我们的民族有如此深厚绵长的科学文化底蕴。

赵州桥的设计者和建造者——李春

怀来疗养、访古、摘葡萄

帝曼温泉游泳池

夕阳下的"帝曼温泉"

疗养

2007年秋，我与学校近百名离退休教工一起，到河北怀来温泉疗养。怀来距北京一百二十多公里，我们的两辆大巴车，一路顺畅，才两个多小时就开到了怀来"帝曼温泉度假村"的门口。一下车，我们就按事先安排的房间，有序地入住。

窗外秋阳高照，室内宽敞豁亮，两张床铺，洁白如雪。房内设施虽不算高档，但给人一种朴素舒适的感觉。放下行李，我们就赶紧洗刷浴缸，准备放水泡澡。拧开水龙头，一股烫手的热水哗哗地流出，注入半缸后，湛清的水面显出一点淡淡的黄色，这也许就是温泉水的颜色吧。来后，度假村的张总曾给我们介绍说，这里的温泉是源于地壳下35公里地幔层的泉水。开发至今，已有四十多年的历史，它的初始温度高达80度以上。这种泉水富含28种矿物质，洗浴后，可自然保湿，具有治疗、健身和美容养颜的效果，是中国温泉顶级品质的代表。他还特别强调，"这里的温泉本身就有杀菌作用，几十年来，

帝曼温泉养生会馆

在官厅水库之滨

人来客往，还没有受感染的病例，大家就放心的享用吧！"经他这么一讲，我心中的担忧，不但打消了大半，而且还有种跃跃欲试的冲动，热切期望在这里几天的洗浴，能洗出一个美丽的心情，泡出一个靓丽的容颜。

此后，每天早中晚，我们都按张总指导的方法泡温泉。事先放小半浴缸温泉水，待它降温。洗浴时，若感到水凉再掺进热水，这样调节水温，不冷不热，合适为好。第一次洗浴前，我把手伸进浴盆，感到温泉水光滑细腻，柔软舒适，顿生泡进水里，洗个痛快的感觉。

这些天，每天这样洗泡几次，效果不错。摸着脸上的皱纹，好像比原来少了一些，粗糙的双手皮肤，也觉得光滑细嫩了许多，脚跟那糙裂的细纹也不见了。洗头时，不用那么多这精那素，头发依然润滑光亮，蓬松自然。尤其是晚上泡个热水澡，洗去了一天的疲劳乏困，躺在床上，舒舒服服地，一觉睡到大天亮，感觉好极了。和我同室的好友，原来腿疼得走不了多少路，来时还担心每天走来跑去，腿疼会加重。没想到泡了几天的温泉水，腿不但不怎么疼了，还能跟大家一起轻松地旅游摘葡萄，她高兴得直说这里的温泉水真好，有机会，还要再来。

访古

疗养期间，我们还组织了两次寻根访古的旅游活动，给稍显单调的疗养生活，增添了丰富的内涵和乐趣。

第一次是去拜访黄帝城。黄帝城位于距怀来不远的涿鹿县境内，据记载这里是当年黄帝开基立业的地方，被称为"中华第一帝都"。平素，我们总满怀激情地称自己是"炎黄子孙"、"龙的传人"，只有到了这里，你才会真正弄懂这种说法的深意，明白中华民族文明的根源在哪里。

五千年前，我们中华民族的始祖黄帝、炎帝、蚩尤，曾在这块广阔的黄土地上生活、争战、建都、立业和融合。三祖经历了长期碰撞、磨合之后，在涿鹿的釜山举行了大合符，建立了各个氏族部落的大联盟，尊黄帝为共主，一统天下，此即为"釜山合符"。从此开创了中华民族五千年的文明史。正如"中华三祖堂"两侧对联所题写的"创文明光昭天地，融部族福泽子孙"。传说，当时黄帝选取了诸多吉祥动物的不同部位，创设了一个虚拟而又神异腾跃、大气磅礴的图腾——龙，作为中华民族公认的符契，是中华民族大融合、大统一的标志。从此人们就不断地给"龙"的形象，赋予更多中华文化的

在新建的黄帝城门前

众姐妹欢欢喜喜来寻根

黄帝城内的"中华三祖堂"

"中华三祖堂"内供奉的三祖塑像

元素，成了中华民族的象征。"龙的传人"，也就成为中国人
血脉相连、同根相承的共识。

　　当我们面对中华堂里，威然高坐的三大始祖的塑像时，
当我们远眺在一片庄稼地里黄帝挺拔的站像时，当我们沿着黄
土小道前行，依稀看到当年黄帝杀伐征战的战场时，来到至今
依旧"冬不结冰，夏不生腐"的黄帝泉边时，思古之情，油然

中华合符坛

远望黄帝城遗址中的黄帝雕像

合符坛广场高高挺立的中华民族柱

而生。这时再唱起"古老的东方有一条龙，它的名字叫中国"时，心中既感念先祖创业的伟大与艰难，同时又涌起一种民族的自豪感和爱国的情愫，感受到民族团结的巨大凝聚力。也就能理解当年香港、澳门回归祖国怀抱时，要取两地之土埋到这里，并在黄帝城筑建"港土归根碑"、"澳土归根碑"的意义。我相信，涿鹿这块中华文明的奠基地、发祥地，会迎来越来越多的炎黄子孙，会成为海内外"龙的传人"寻根祭祖的圣地，愿生生不息的中华民族更加繁荣昌盛，源远流长的中华文

港土归根碑

明更加灿烂辉煌。

　　第二次是游览鸡鸣驿。鸡鸣驿始建于元代，因当时建于河北怀来的鸡鸣山麓而得名。驿站，即中国古代为传递政府文书的人士中途更换马匹、休整之所，或来往商人休憩之地。鸡鸣古驿，是我国迄今为止，发现的保存最完整、建筑规模最大、功能最齐全、最富有特色的邮驿建筑群。它是全国重点文物保护单位，在世界邮驿史上占有极其重要的地位。

　　我们来的这天，鸡鸣驿正在紧锣密鼓地修葺，准备迎接"十一"黄金周的售票开游，我们赶巧可免费参观。从鸡鸣驿的东门进去，眼前的城门残损不全，门楣上的字迹已模糊不清，几个工人正忙着修补。一位农民模样的讲解员，带我们沿着斑驳的石阶爬上城墙，古老厚重的砖包土夯城墙，经数百年风雨的剥蚀、战乱的摧残，虽残破坍塌，但依然可见当年的威严之势。年久失修的城楼，色彩大都褪去，显得很破旧，给人一种苍凉、悠远的感觉。听说在《大话西游》《血战台儿庄》

参观鸡鸣驿城楼

鸡鸣驿房舍遗址

等影视作品中，都曾出现过鸡鸣驿的身影，也许正是这种几近荒芜的古老和沧桑，打动了艺术家们的慧心，赢得他们的青睐。

站在城楼上向下望，右边一条被荒草淹没的土路是当年的马道，来往奔驰的骏马，到这里，沿着小路走向马厩，会获得片刻的歇息。此时那踏踏的马蹄声仿佛在耳边回响。由此，我不禁联想起一句唐诗："一骑红尘妃子笑，无人知是荔枝来"，说的是唐明皇为讨宠妃杨玉环的欢心，命快马穿过滚滚红尘，从遥远的南方把荔枝运送到长安，供她享用。这期间，不知在路上会有多少人马累倒累死！封建帝王为了自己享乐，真是不恤民命啊！

从城楼的正中望去，对面是巍巍耸立的西城楼。中间的一条直路，约有两公里长，路两边是密密麻麻古旧的房屋。讲解员指着一片低矮的房子让我们看，说这几间就是原来的老房子。看上去十分破旧，快要倒塌的样子，但它们毕竟保持原始

387

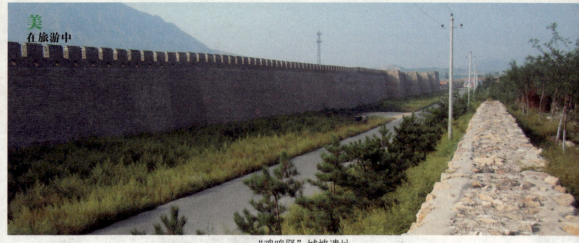

"鸡鸣驿"城墙遗址

状态，是不可多得的珍贵历史文物。

　　从城楼上下来，大家结伴在城中游览。这里住着500多户人家，从住房、家里的摆设和人们的穿戴看，村民生活比较贫困，离现代化还较远，但从路边尚存的戏台、财神庙和指挥署等，可依稀看出昔日这里繁华的旧影。值得一提的是，当年八国联军侵占北京，慈禧太后仓皇西逃时，曾经在这里何姓财主家留宿过一夜。这家院落还在，那些雕龙画凤的砖瓦房还在，

整修后的"鸡鸣驿"遗址

慈禧一夜行宫遗址

从城门洞看对面城楼和村落

现已成为历史遗址。物是人非，如今房子已换了主人，这家人很有经济头脑，懂得这个遗址的价值。他们给门头装上了"慈禧一夜行宫"的招牌，房里挂起了慈禧的画像，炕上设置了慈禧坐卧的地方，因而，招来了游人的瞩目。凡参观游览者，需要收费。

2006年，鸡鸣古驿被列为世界濒危文化遗址之一。我们欣喜地看到，如今对它的保护工作，正有条不紊地展开。但愿它能修旧如旧，既保护遗址，又能带来经济效益。"一方水土，养一方人"，相信古老的鸡鸣驿，将会被更多的游人所知晓，也会继续泽被这里的老百姓，让他们很快地走上富裕之路。

大巴车驶往葡萄酒之乡

摘葡萄

　　怀来地区，是葡萄之乡。我们来时正是葡萄成熟的季节。一路走来，满目碧绿的葡萄园，处处飘散着葡萄香，既让人赏心悦目，又唤起人采摘葡萄的热望。领导真是善解人意，短短几天特意安排大家多次去摘葡萄。

　　这天清晨，我和几个同伴出了度假村大门，沿着一条偏僻的乡村土路散步，正走着，迎面开来一辆手扶拖拉机，开车的小伙子，看到我们几个城里人，就停下车打问。只见车上坐着一位农妇，她身旁摞着几箱葡萄，听说我们想买葡萄，就很热情地让我们尝她的葡萄，尝后大家觉得不错，一问价钱，比以往几家便宜。商量后，决定就买她家的。说完，小伙子高兴地让我们上车，掉转车头，拉着我们"嘣嘣"地向他家葡萄园奔去。

　　他家的葡萄园，在一处山坡上。举目四望，这里漫山遍野全是葡萄，为防鸟雀啄食，层层叠叠的葡萄架，被大片大片的绿色尼龙网覆盖着，连成了一片偌大的绿色海洋。远看碧波荡漾，无边无际，非常壮观。在两位园主的指引下，我们猫着

串串"玛瑙"满园香 　　　　　　　　　　　　　中国葡萄之乡欢迎您

　　腰，低头穿过几家葡萄园，才到了他们家的园子。抬头看，远远近近，一串串红红绿绿的葡萄，挂在铺满枝叶的藤架上，挤挤挨挨，遮住了天日。那紫红色的红提，个个圆润饱满，像晶莹的红玛瑙一样，十分诱人，掐一个尝尝，香在嘴里，甜在心中。那葡萄的汁液，如同蜜糖，沾在手上滑腻黏稠，糖分极

上品葡萄"美人指"

葡萄园中小憩

好甜的葡萄啊!

高；那翠绿的玛奶提，颗颗状如马奶，阳光下玲珑剔透，表皮虽淡着薄霜，却更显新鲜润泽，不由人摘下一粒，含在口中，其甜度虽稍逊红提，却清香甜美，加上一点点微酸，回味无穷。看到如此可爱的葡萄，我们真不忍心把它们大串大串地摘下来。在园主的指点下，我们小心翼翼地剪下一串又一串，轻手轻脚地放到箱子里。中午将近，不知不觉每人都摘下了几箱，实在拿不动了，大家才依依不舍地走出葡萄园。当我们坐上"嘣嘣车"，看到一箱箱自己亲手摘下的葡萄，一种收获的幸福，采摘的愉悦，充溢在心田。

回程途中，我们和农妇攀谈起来。她五十多岁，丈夫和女儿女婿都在城里工作，葡萄园由她主管。收获季节，家人请假

满山遍野葡萄园

回来帮忙。买卖信息，都由女儿上网查询、联络，她家的葡萄
大都批发卖出，每年净收入三万多元。言谈中，她掩饰不住自
己的喜悦和满足。买卖交往中，我看她精明能干，还很时尚。
下车过秤时，一边用计算器算着价钱，一边用手机接听电话。
可能是来了新的商机，向开车的女婿交代了几句，就骑着一辆
崭新的摩托车，风风火火地开走了。望着她远去的背影，我在
想，这些年，在国家政策的指引下，不少农民的钱包都慢慢地
鼓起来，生活也逐渐地富裕起来，相信不久的将来，我国广大
的农民兄弟，都会像这位经营"甜蜜事业"的农妇一样，过上
葡萄一样甜美的生活。

3

夏末北戴河掠影

北戴河日出

和好友相约来到北戴河

奥运会后，心中总有一种挥之不去的难舍，特约几位好友去北戴河旅游度假，以填充那些许的失落。

到了北戴河，住在林木掩映的东山宾馆，感到人迹寥寥；走到街上，游人也比上次我们来时少了许多。听出租车司机说，今年秦皇岛是奥运协办城市，旅游团队有一定的限制，奥运会期间这里人更少，这些日子游人还多了些。

当日下午我们就去浴场游泳，果然这里人还不少，虽是夏末初秋，爱海的人还是不愿放过这海泳的“末班车”，纷纷赶来下海。从喧闹的城市，乍一来到海边，看到宽阔浩瀚的大海，心境顿时开阔。海风掠过海面，轻拂着我们的脸庞，吹动着我们的发丝，心情一下子舒展欢快起来。海水虽有了几分凉意，但畅游的惬意和浪花嬉戏的乐趣，早已暖意在心，我和先生毫无顾忌地投入海的怀抱。带着一身海水，爬上岸来，在被阳光晒得热腾腾的沙滩上一躺，把细细的金沙，铺满全身，像盖上一床棉被，觉得暖和舒畅之极，这时向前望着湛蓝的海水，抬眼看着蓝天白云，真是海阔天空，美不胜收，爽快无比。

北戴河浴场沙滩

沙滩"小公主"

　　第二天，我们又去另一个浴场。往年成群结队的俄罗斯旅游者，常来这里游泳，今年虽少了许多，但一批批钟情北戴河的游客，还是执着地赶来，所以今天这里依然很热闹。花花绿绿的遮阳伞撑满海滩，一张张白色的塑料桌椅散布其间，海面上五颜六色的游泳衣、游泳圈，随着海浪起伏飘荡。海滩上，可见悠闲躺着的俄罗斯老人，或围桌玩牌的年轻人，或聚餐的一家老小，最有意思的是中俄两国的泳者自发组织的沙滩排球赛。在一张草草搭起的纱网两侧，两国各有五名"运动员"，

中俄游客沙滩排球友谊赛

专注的美女观赛者

北戴河海滩一景

其中各队有一位穿着比基尼的美女选手。比赛在海滩旅游者的呐喊助威声中开始，整个比赛过程中双方打得很激烈、很顽强，比分咬得很紧，时时有精彩的场面出现。这时观众的欢呼声，和着大海的波涛声，此起彼伏，响彻海天，引得海里的泳者纷纷上岸观赛。不少人爬在沙滩上，仰着头，看得如痴如醉，此情此景真是趣味横生，欢乐无穷。

在奥运会期间，我曾到体育场馆看过女子沙滩排球决赛，那新鲜、欢乐、激烈的竞争场景，令我激动不已，但比起这真

一些人在踢沙滩足球

高台上的观日者

正的海边沙滩友谊赛，我觉得这里更自然，更轻松，气氛更友
好、更欢乐。我想这就是沙滩排球赛的真谛和魅力之所在吧。

　　来到北戴河，观日出是一个重要课目。之前，我曾在这
里看到过最绚丽、最华美的一次日出景观，它永远定格在我的
照片里，储存在我的记忆里，让我回味无尽。这次再来，我还
想重温那番美景，重拾那段记忆，于是连续三天都早早起来去
看日出。遗憾的是没能再看到那么壮观的景象，但令人慰藉的
是，看到了不同的日出情景，毕竟大自然的多样性也是别有情
趣的。

　　第一天，我们凌晨四点多就起床，来到观日出最好的地点
鸽子窝公园附近，等待天色发亮。听当地人说，这些日子早晨
五点半太阳就会出来。过了五点，天边渐渐出现鱼肚白，我们
以为东方不久就会变红，太阳公公就会露出笑脸。可抬头看，
淡淡的黑云似乎向东慢慢流去，到了5时20分，东方不但没有

相携观日出

华光，一层层黑云却越来越重，看来今天是没戏了，我们有些失望。之后，太阳公公果然一直没有露面，我们只好悻悻地离开海边。

　　第二次，因为前夜看到满天星星，相信第二天一定是个大晴天，太阳笃定会出来，于是大家又辛苦地四点多爬起来，走到一个浴场的海边去看。过了五点多，东方果然一片淡红，渐渐地在远远的海平面上出现一抹桔红，慢慢上升，铺展开来，照射在海面上。海波粼粼，金光闪烁，我所在的观景点前，礁石星罗棋布，一簇簇墨黑的礁石点缀在金红的海水间，红黑交错，凝重而鲜明，很有视觉冲击力。五点半后，一个红球的顶端从一片红云中探出，一点点升腾。当半球露出时，笼上了一层薄雾，红球显得不那么透亮，在它的周围形成一圈圆圆的红晕，奇特而别致，十分好看。当整个红球跃出水面时，海天一片通红，色彩热烈、瑰丽。大家都为今天有幸看到日出全景而

瑰丽海天

高兴，友人因是第一次在北戴河看到日出，更是兴奋难抑，极力建议明天再去看一次，大家欣然同意。

第三天破晓，当我们再次来到海边时，日出景象，不同于前两次，天空有云但不浓重，太阳犹如一位涩羞的小姑娘，"千呼万唤始出来，犹抱琵琶半遮面"，给人酿造出一种含蓄的美，优雅的美。

短短一周的度假结束了，我们怀着满足、欢快与轻松告别了美丽的北戴河海滨，踏上了回京之路。美丽的北戴河，下次再见！

北戴河奥林匹克公园景区

秦皇岛奥运场馆外景

4

美如仙境云台山 最佳服务云台山

潭瀑人景合一

云台山景区风光

　　年轻时，我曾在河南洛阳工作过一年，之后又在驻马店市"五七干校"劳动锻炼了两年，后来，在北京工作时，又常来往于北京和家乡西安之间，每次乘火车都要路经河南。那时虽不流行旅游，但河南的著名景区如龙门石窟、嵩山少林寺不但听说过，而且还去过，但像"云台山"这个景点，却连名儿都未曾听说过。近十年来，不留意间，河南焦作突然冒出来个"云台山风景区"，广告和各类媒体对它的宣传铺天盖地，四方游人的追捧也是"如火如荼"，其火爆程度，大有盖过"龙门"之势。我感到疑惑，问去过"云台山"的朋友，众口一词："好看，值得去！"于是带着好奇和向往，我和先生在中秋过后，一个秋意浓浓的日子，想亲自去探寻它的奇观，亲身感受一下它的魅力。

乘坐"云台山号"专列

10月份的一天，我们登上北京到焦作的"云台山号"旅游专列，直奔云台山而去。翌日晨，一走出焦作市火车站，就受到一队穿着豫剧服装的姑娘们敲锣打鼓、秧歌热舞地欢迎，再抬头，一条"热烈欢迎北京—焦作云台山号旅游专列贵宾走进焦作山水"的红色横幅，跃入眼帘。见此情景，不由心头一热。要知道这几年，我们也去过不少旅游地，如此礼遇，还是头一回，能不让人顿觉温暖吗？随后，十几名导游，每人手拿一份名单，按在京报名的不同路线，热情地接待游客乘车，我

"云台山号"欢迎您

和先生报的是去"峰林峡"路线，在导游小任的安排下，我们和同游的三十多位客人，一起登上了11号大巴车。

从焦作出发，车行约四十分钟，就来到了云台山景区大

云台山，我来了

门前。导游去买票，让我们在此观景拍照，说以后就不再来此处了。下车观望，只见景区大门建在山坡之上，宏伟气派，时尚大方。背后的山峰巍峨峻峭，延绵起伏。山势把"云台山"三个悬空的红色大字，衬托得格外醒目。我们拾阶而上，门楣上变幻的电子横幅，不断地显示出介绍云台山和欢迎游客的标语，其中一条引起我的注意"热烈欢迎第100趟北京——焦作云台山号旅游专列的游客朋友"，啊！原来我们乘坐的正好是第100趟专列，真幸运。后来问起导游，知道这趟专列是云台山专门为首都市民量身打造的"周末云台山二日游"精品旅游线路。从2009年开行至今，已经运行了三年，输送北京游客至少有十多万。听后不觉称奇，焦作人能有如此大手笔，真不简单，有魄力，敢创新。令人敬佩！

在景区门口拍照后，我回头向下看，对面有一个大广场，是一个有近五千个车位的停车场，在停车场的一侧，整整齐齐

待发的绿色生态观光车

地停靠着一排绿色的景区观光大巴。它们整装待发，准备迎送今天来往的游客。听说为了保护景区的生态环境，云台山特意从国外订购了这一百五十多辆豪华绿色观光巴士，全面实现内部区间交通，环保、快捷、方便。原以为我们进入景区后会随即换乘这种绿色观光车，导游说，景区特别照顾乘北京专列来的游客，不必换车，可直接坐原来的大巴车游览，我想这大巴车也一定是环保快捷的吧。导游买票回来后，告诉说65岁以上的老人130元的门票可以全免，我和先生都已年过七旬，能得到如此优惠，倍感温馨，直念焦作人真厚道啊！

游红石峡、潭瀑峡

初始的这几件事，让我对"云台山"，有一种宾至如归的亲近温暖之感。带着这种亲切和暖意，我们走进了云台山腹地，去观赏和享受它美丽的山水风光。

云台山，位于焦作市东北30公里处的修武县境内，为世界地质公园、国家5A级旅游区、河南省十佳风景名胜区。其属太行山系，因山势险峻，山间常年云雾缭绕，故而得名"云台山"。其总面积240平方公里，含红石峡、潭瀑峡、茱萸峰、峰林峡等11个景点。

导游小任首先带我们去游神奇的红石峡，这是云台山的核心景点，是14亿年前由地壳运动形成的地质遗址，为我国北方地区少有的峡谷地貌景观。导游告诉说，"这条峡谷全长有

走进红石峡

美不胜收红石峡

山道弯弯路洁净

二千多米，是一条单行线路，游完大概需要两个多小时，中途不能走回头路，车在前面的大坝停靠，我在那儿接你们。"听完，我和先生望着对面远山那高高矗立的大坝，鼓足了勇气，决心和大家一起走完全程。

一进入红石峡口，我就被它奇特的景象震住了。陡峭的悬崖、峻嶒的丹岩，险峻壮美，绝壁上那虎口般突出的山石，

乐在丹崖峡谷间

丹崖碧水人悬空

凌空高悬，威严壮伟，让人油然而生敬畏之感。顺着台阶和山路向下走，在两面怪石林立的峡谷中，一条碧绿的溪水潺潺流动，清澈深邃，婉约柔美，极易唤起人心底的柔情。一道道泛着白色浪花的大小瀑布，渐次出现在眼前，游人们沿着水边曲曲弯弯的栈道，上来下去，被这些景色所吸引，或在泉瀑前驻足观赏，或伸出双手捧起一抔清泉，享受它的清凉。后来攀到高处时，看到一股高高的飞瀑奔泻而下，我们又随着人流穿过珠帘高挂的水幕。虽然水滴淋湿了外衣，脸上也感到丝丝瀑水的凉意，但大家心中是快乐的、温馨的，要不为什么都争相从水帘中通过呢？

红石峡两面的峭壁山石奇特秀丽，如鬼斧神工般雕琢而成。两岸峰岩相距时窄时宽，窄的仅几米，向上望去，只有一线之天；宽时也不过几十米，下面是一潭水波潋滟的溪水。有时一座石桥架在两山之间、溪水之上，远看过桥的游人，如在半空行走，有几分惊险，难免让人心跳，而他们色彩鲜艳的服饰，又给幽深的峡谷增添了不少绚丽。让我特别惊叹的是，这里北方丹霞地貌景观的特色，竟是这么鲜明。那连绵不断的峭壁山峰，真真切切地就在脚下、眼前，形状各异，色彩赭红。

险峻的红石峡

有的岩石还有很有趣的名字和诱人的故事，像波痕石、含羞石、天然壁画、试心石等。试心石，是一块千年悬石，听说它能试探男人对自己爱人是否忠诚，若有不忠，经过时就会受到悬石的惩罚。我看今天游览的男客不少，大都勇敢地从这里穿过，悬石并未落下。可见天下的好男人还是多啊！

俯瞰这些层层叠叠的丹崖怪石，或呈半圆形，或不规则的方形、菱形，被溪水环绕着，澄碧与红色交映，形成一道精美的山水画廊，极尽视觉冲击力。这种独特的峡谷景观，就在我们的脚下，沿栈道缓行，或在溪边戏水，山石林木，触手可及，让人有一种如入仙界之感。由此我联想到曾在美国游览过的著名的科罗拉多大峡谷，站在地面隔着栏网，俯瞰大峡谷，壮则壮矣，美则美矣，但毕竟是远观，没有置身其中的亲近之感。过几年，先生再去，说是加了一座悬空的玻璃桥，只可透过玻璃看到峡谷的底部，我想这样险则险矣，但还是缺少人景合一的感觉。比起来，我还是更喜欢我们云台山红石峡，这种游人被山水拥抱、真正融入景色之中的感觉。

在红石峡如梦似幻的美景中缓步游览，不觉两个多小时过去了，当走上大坝时，已是中午时分，午餐后，大巴车又马不停蹄地拉着我们来到了新的景点——潭瀑峡，又称小寨沟。导游说，它是华夏第一秀水，是云台山峡谷极品的主要代表。

珠帘飞瀑出丹崖

潭瀑峡丫字瀑布

听后我有些疑惑。走进峡谷，当看到这里"三步一泉、五步一瀑、十步一潭"宛若江南的秀水景色后，不能不叹服它迷人的美，尤其是一路不断变换的大大小小的瀑布，格外吸引人的眼球。那些瀑布，有的在乱石中跳动，溅起珍珠般的水花；有的在累石上奔涌而下，发出哗哗的声响；有的在壁立的山石上飞流直下，宛若一道流动的幕帘；有的越过几道石岩，形成多层瀑道奔涌而下的壮观场面。这里，像是一个瀑的世界、水的乐园。

我们在其他游人的引导下，一路去追寻亲密相语的"情人瀑"，层层叠叠的"叠瀑"，状如细丝的"线瀑"等。听人说前面的"Y字瀑"很好看，我俩决心努一把力，爬上去看看。潭瀑峡的山路比起红石峡来，陡峭许多，也难走许多，在手杖的助力下，我们尽力向上攀援，登了约有200米，就来到了"Y字瀑"前。这里山峡较为开阔，潭水也显得清澈铺展，抬头看，只见两股雪白的飞泉从对面草木葱茏的山岩间奔泻流出，聚合成一个大大的"Y"字形瀑布，汹涌而下，流入深潭。原来这个"Y字瀑"，是由于河流底部呈折线状下降，折点部位中间突起，河水从两侧流下又合拢在一起形成的。在这里聚集着许多观赏、拍景、休息的游人。

我们在这里稍作休憩后，本想再上一程，奔上山顶，去看看"龙凤壁"等景点。但听说后面路程还长，山路更加难走，我们感到有些疲惫，力不从心，再说先生做完心脏支架手术才几个月，我们也不敢冒险，只好留下遗憾，择路返回，好养精蓄锐，以备明天的游程。

游峰林峡

旅游报名时，我们担心攀登茱萸峰会体力不支，特意选取了另一条"峰林峡"线路，据说这条线路是新辟的，适合老年人。第二天我们原以为游"峰林峡"会轻松一些，谁知峰林峡，并不像有人说的那么容易走。它也是一条山峡幽深、峰林奇特的大峡谷，要看到它瑰丽的山和秀美的水，必须要走进它一千多米长的山谷深处。站在峡谷顶上，俯瞰全景，很深的远处，一泓碧绿的湖水在夹岸山林的掩映下，时现时隐，桔红色的码头上人影绰绰，湖面停泊着几艘游船，天蓝色的船篷，好像浮在水面上的一叶叶扁舟，非常好看。这一切让人感到神秘

观景台看崇山峻岭

峰林峡"云台天池"

而充满诱惑，导游告诉说，一会儿我们走到湖边，还要乘船游览呢！

　　游客们听后兴奋不已，谁也不嫌峡深路远，一个个急不可耐地拔腿向山下走去。我和先生当然也不再犹豫，拄着拐杖，随着人流，上上下下地走进蜿蜒曲折的深山峡谷里。以前，爬山对我们来说，确实有点畏难，没想到这里的山路修得如此之好，走起来，感觉舒服多了。它的路面全是用平整的石条铺砌，规规整整，平平坦坦，上几个台阶之后，就有一段平路，让人得以缓冲歇脚。沿路围栏，全是用雕刻精细的石质或仿树干交错状的水泥做成。远看这些栏杆依山势弯曲伸延，十分美观，就近扶着它，手感舒适，背倚着它休息，非常结实可靠，无一点会跌下山崖之虞。一路牵手走来，我们边观景边说笑，也不觉得太累，不知不觉地就来到了湖边。

　　峰林峡中的这一弯湖水，被誉为"云台天池"。它宛若一条玉带飘拂在幽深的峡谷中，秀丽多姿，独具风情。我们在船工和导游热情的欢迎声中，登上了游船，准备去探寻这条峡谷的神奇，领略天池的风韵。坐定后，每人都穿上了一件桔红色的救生衣，霎时，一片桔红色漂泊在碧绿清澈的湖面上，显得分外耀眼。

　　游船在烟波浩渺的水面穿行，水流缓慢，轻波荡漾，很有温柔的江南水色的味道。两岸的悬崖峭壁、独峰孤石、深草茂林、红叶翠柏，像一幅幅雄浑秀美的山水画，从眼前掠过。这次，因是"十一"黄金周刚过，这条线路游客不多，峡谷显得更加幽深，山林也愈显宁静，更多了一些原始的美感。讲解的导游，让大家一会儿抬头看身旁的馒头山、虎啸崖……一会儿船掉过头后，又问我们前方的山峰像不像正在甜睡的美人，然后又指着远处的山峰说"你们看，那就是骆驼峰"，她一边指着这些奇特的峰岩，一边还娓娓地讲述着它们的传说故事，引得大家赏景的趣味更加浓厚，一个个兴致勃勃地引颈向外观望，唯恐把最美的画面和有趣的故事漏掉。

远看峰林峡大坝

　　一路漂流，远远地看到在峡谷之间，河流之上高耸着一座大坝，导游介绍说那就是峰林峡大坝。大坝气势恢弘壮阔，线条伟丽流畅，为秀美的山林增添了不少雄奇的色彩。这座建于1971年7月，有一百多米高的大坝，是目前世界上最高的浆砌石重力拱坝，素有"天下第一大坝"之美誉，是焦作人民改造自然的一座历史丰碑。快到大坝时，看到它下方的正面，刻的"焦作市群英水库"红色大字，在阳光下，熠熠闪烁，光鲜夺目。可以想见，当汛期洪水爆满时，水流从它的坝顶上飞流直下，落入百米谷底的磅礴气势，一定是非常壮观和令人震撼的。

完善的设施　　周到的服务

　　向大坝、游船告别后，我们攀上了回程的道路。这次虽不像红石峡那样必须原路返回，但要上到峰林峡谷之上，回到集合点，还是要再走一千多米的山路。起先我和先生还有余力，

攀山路上歇歇脚

紧紧地跟着队伍，后来体力有些减弱，渐渐地脚步慢了，落在了后面。好在有男导游小崔一直热心陪伴，为我们保驾护航，再加上途中设有不少休息地，累了坐在座椅上歇歇脚，或和游伴围坐在山间石桌旁聊聊天，解解困乏，倒也十分惬意。大家对景区这种人性化的设施非常赞赏。

其实，在整个云台山景区这种人性化的生态设施、高标准的游客服务项目到处都有，像功能齐全的现代化售票系统，前文所述的绿色生态观光车和综合生态停车场等。再如，我们从潭瀑峡游完后，能方便地在景区的自助餐厅就餐，走进宽大洁净的餐厅，品尝丰富多样的河南特色食品，在满足食欲的同时，也是一种放松和享受。就连人们平素旅游时发愁的如厕之事，在云台山各个景点星级化的厕所里，也变成了一种方便轻松的事情。人们在云台山景区游览，所到之处，眼前都是干净清洁的环境，很少看到有人随手丢弃垃圾的现象，仔细探究，除了游人的素质提高外，还因为这里到处都设有很方便的垃圾箱。这些垃圾箱，以不同的身姿出现，和景区的特点、色彩融为一体，如红石峡栈道褐色的护栏上，隔一段就挂置一个和护栏同色的树桩形垃圾桶，供游人随时可将垃圾放入。在峰林峡的山道上，树根形的垃圾箱，随处可见，垃圾未满，保洁工人就及时地清理。正是这些完善的设施和工作人员的热心服务，为景区创造出了一个清洁优美的旅游环境，让游人有了一种安全、快捷、干净、温暖的旅行享受。

两天的游览，我们陶醉在云台山独特的奇山秀水之中，感受着它功能完善的设施和人性化的服务，在享受"焦作山水"非凡美景的赐予中，我也渐渐明白了，焦作，这个原来名不见经传的"煤城"，在短短几年的时光里，会名声大噪，变成全国"优秀旅游城市"的缘由。知道了，十几年前，当这个

碧水倒影相映美

城市煤炭资源开发几近枯竭的艰难时刻，焦作政府和人民如何敏锐地看到了本地的旅游优势，积极地开发这些旅游资源。高起点、高品质地发展自然山水旅游，以代替原来煤炭资源的开发，实现了社会经济的全面转型，取得了极大的成功，成为有名的"焦作现象"。使"焦作山水"成为旅游行业的著名品牌，让"云台山"，成为国内外旅游者争相前往的旅游胜地，受到全国以至世界的瞩目。为此我们不能不感佩和赞赏焦作政府和人民的伟大魄力、巨大智慧，不能不为他们感到骄傲和自豪。

我亲历"云台山"，走进"焦作山水"，确如人们所说的，这里是宛若仙境的灵山秀水，是扑面而来的绿色生态环境和温馨周到的服务。离开它，让人有想再来和告知亲朋快去的冲动，若不信，您去云台山试试看。

"鸟巢"

第九章

北京游览随笔

1

中华民族园快乐游

景区里美丽的风雨桥

420

园门前载歌载舞迎宾曲

家住北京北四环，和中华民族园是斜对门。虽近在咫尺，十几年来，却始终未能进园。

很高兴，离退休处组织老同志去中华民族园游览，几个好友相约同去。

10月份的一天清晨，六辆大车把我们几百人送到中华民族园门口，在欢快的迎宾曲中，身着各民族服饰的男女载歌载舞，用笑脸和热情，把客人迎进园内。进园后，我们一行八九人，先游南园。南园，是近几年才开发续建的，增加了更多少数民族的独特建筑和风土人情展览。其布局风格和北园浑然一体，两园有异曲同工之妙。穿过连接南北园的大桥，抬眼望去，各民族不同特色的民居，依山而建，在绿树环绕下，高低错落，精巧别致。

沿着崎岖的山路，我们说说笑笑地来到"白族的村寨"。白族姑娘漂亮的帽子吸引住我们的眼球，几个女同胞比试着往自己头上戴，也想"美一下"。几位先生不想错过这难得的美丽，礼貌地邀请姑娘合影后，才心满意足地离去。刚绕过一道山梁，几个穿着民族服装的纳西族姑娘，就热情地迎上前来，当我们坐下休息时，姑娘小伙子们，在纳西族优美的音乐伴奏

纳西象形文字墙

下翩翩起舞。动听的旋律，美妙的舞姿，馋得七十多岁的陈老太也上前跳起来，紧接着我们几个女士，也跟着这些姑娘的舞步，和着她们的节拍跳动着。擅长舞蹈的李老，这时也不甘示弱，在座位上学着小伙子们的动作手舞足蹈起来。一时"纳西村寨"一派欢歌笑语、兴高采烈的景象。在他们的商铺前，我们每人买了一顶草帽，戴着它和纳西族姑娘小伙们高高兴兴地一起照相，留下了快乐的瞬间。

带着欢喜，我们穿过一条走廊，来到一间小小的展室，叫作"东巴象形文字馆"。由此我们知道，纳西族是历史悠久、文化灿烂的一个少数民族，东巴象形文字，是现在世界上唯一幸存的活着的象形文字。面对那些不认识的文字，听着讲解员的介绍，我们不禁赞叹纳西族先民的智慧与艺术创造力。

怀着兴奋与感叹，从山路缓步下来，走到一块平川地，一座巍然高耸的塔楼，扑面而来，"土家山顶寨"几个金光闪闪的大字，醒目地招引着游人的视线。我们拾阶而上，有的登上楼顶，俯瞰四周，湖光塔影，"鸟巢"高楼，尽收眼底。有的走进展厅，被精美的民族手工艺品和琳琅满目的饰品所吸引。

小李拿起一挂漂亮的项链爱不释手，老公慷慨解囊后，她立刻就戴在脖颈上，美美地向众人展示着。几个老太太经不住诱惑，也一人挂了一串，笑呵呵地走下楼去。

我们边走边说地走村串寨，不知不觉地又走上那座大桥，进到了北园。在雄伟的"布达拉宫"前，你会不由自主地被藏族文化的壮丽与辉煌所感动。在热闹的"八角街"，我们饶有兴致地参观每个展厅，了解西藏民族的过去和今天，又兴致勃勃地在每个商店，精心挑选自己喜爱的藏族物品，两位男士各买了一顶"牛仔帽"，戴上让我们看，呵！还真像帅气的西部牛仔，给他们照张相，高兴得合不拢嘴。大家在这里流连忘返，好像都过了一把"西藏游"的瘾，快乐和满足洋溢在每个人的脸上和眼中。

逛完"西藏景区"，我们来到了景颇寨。这里彩棚绚丽，

两位"老牛仔"

美
在旅游中

观看景颇族男女歌舞表演

彩旗舞动，穿着极富民族特色服装的景颇族少男少女们，在棚下摆动着身姿，准备上场表演，这时中外游客已挤满座位，期盼着原生态歌舞节目的开始。一个个精彩的景颇族歌舞节目上演后，主持人欢迎观众上台和演员一起跳"竹竿舞"。话音刚落，一群活泼的孩子就争先恐后地跑了上去，跟着演员踩着节拍，跨过晃动的竹竿，欢快地跳动起来，台下的观众也和着音乐拍起手来，台上台下一片欢腾。置身其中，我们有人也跃跃欲试，大家竟高兴得忘了时间，错过了中午十二点的班车，而我们，还玩心未收，游兴未尽。"算了！"有人提议，"干脆再看一看，玩一玩，等两点再走！"大家不约而同地举手赞成。

愉快的游览结束了，今天我们不仅游得高兴，玩得忘情，而且收获颇丰，增长了不少的见识。多半天的时光，我们走进那么多少数民族的村寨，看他们的生活习俗和今昔变化，不但对那些平素耳熟能详的少数民族，有了更进一步的了解，还认

快乐老人与纳西族姑娘合影

识了许多不熟悉的少数民族，如昂德族、基诺族等，知道了他们的民族特点和生活习惯。在这里，我们亲身感知到中华各民族共同创造的文化，源远流长，灿烂辉煌，感受到这个民族大家庭的团结、和谐与温暖。

出园门时，我们情不自禁地唱起了"五十六个星座，五十六枝花，五十六族兄弟姐妹是一家"的歌曲。歌声飘荡在空中，也荡漾在我们的心田。

俯看园区美景

2

卢沟桥抒怀

精美的卢沟桥石狮

走进宛平县城

　　2007年"七·七"前夕，我先生和好友老张，两位同是出生在1937年、年届70岁的老人，决意要去卢沟桥。他们说，70年前，自己出生在中华民族遭受外敌侵略，人民蒙受极大苦难的年月，卢沟桥、宛平城，是这段历史最真实的见证。70年过去了，今天，大家虽然过上了和平幸福的生活，但每到这个日子，总能想起过去，为了重温历史，缅怀先烈，他们想到久违了的卢沟桥去看看。我和他们的心是相通的，非常赞同这个提议，三人相约一同前往。

　　这天天阴，不太热，老张开车，早早就把我们拉到宛平县城。城门口早市正红火，刚摘的西瓜，水灵灵的红樱桃，鲜嫩的蔬菜，一车车，一筐筐，十分诱人。提着菜兜的老人们，穿行在各个摊位，或讨价还价，或挑拣可心的水果蔬菜，一时，熟人的招呼声，小贩的叫卖声，来往汽车的喇叭声，响成一片，一派祥和热闹的景象。

　　宛平城，是一座保存完好的两开门卫城。我们从东门进到城里，向前走，出西门，就到了举世闻名的"卢沟桥"。卢沟桥位于北京西南15公里的永定河上，是一座多孔的联拱石

427

宛平城门

俯瞰卢沟桥景区

桥，已有八百多年的历史，它曾是北京进出内蒙古高原，南下中原的咽喉。今天，它依然是人流、车辆来往的通道。

我们走上桥头，看到伟岸的华表，高高挺立；桥畔一座正方形的汉白玉碑亭，严整精致；亭柱上雕刻的盘龙，精细美观，生动传神；碑亭内，清乾隆皇帝书写的御碑"卢沟晓月"四个大字清晰可见。多少年来，这一切，都在默默地告知人们，这里曾经辉煌过，是"燕京八景"之一。今天，我们虽未看到"卢沟晓月"的美景，但走上桥面，桥两侧二百八十多根

"卢沟晓月"御碑

两位与"卢沟桥事变"同年的老友在卢沟桥上　　　　　　今日卢沟桥

望柱上，那一眼望不到头的精美石狮，仍会让人大开眼界，流连忘返。这些自金以来，历代雕刻的石狮，或站或坐，或蹲或卧，或喜或悲，或笑或怒；或母子相拥，或幼狮嬉戏……千姿百态，栩栩如生。我们本想好好数一数，到底有多少只狮子，可数来数去，还是应了那句歇后语"卢沟桥的狮子——数不清"。

漫步石板桥面，凝望一个个无言的石狮，看看那些残缺的狮身，我的思绪不由得飞到了70年前，那个让国人永记不忘的日子——1937年的7月7日。

这天夜里，当时的驻华日军蓄意制造事端，无理取闹，悍然发动震惊全国的"卢沟桥事变"，挑起日本帝国主义全面侵华的战争。中国人民的抗日战争也随即爆发。卢沟桥的石狮目睹了日军的暴行，遭受过敌人的蹂躏，也和全国军民一起奋起抗敌，一起经历过8年的艰苦抗战、浴血斗争，终于迎来了胜利的那一天。70年过去了，人民没有忘记那耻辱的日子，那艰苦的岁月，那战火的硝烟和胜利的喜悦。卢沟桥的石狮，作为历史的目击者和受难者，它永远在警示人们："忘记过去就意味着背叛！"

当我们迈着稍显沉重的步履，登上宛平城墙时，向四野俯瞰，大桥、河道、通衢、鲜花、绿地、人来车往，美丽而有

在旅游中

宛平城墙上可见当年敌人留下的累累弹痕　　　　　　　当年日寇炮轰宛平城墙留下的缺口

序，顿感心旷神怡，由衷地感叹和平生活的美好。我们沿着城垣向南走，穿过城堞，走到城墙下，看到远远的"中国人民抗日战争纪念雕塑园"附近，有一排排，一簇簇，黑色的如水缸大小的鼓形物，凸现在一块块的绿地上。正感疑惑，有人指点说，那是记录日寇罪行的石鼓。高处，看不清石鼓上的字迹，但我能想见到，那上面一定有敌人烧杀抢掠残暴行径和人民血泪的记载，更刻有抗日军民顽强战斗、英勇杀敌的壮举。这将是宝贵的历史资料和激励后人的精神财富，它将警示国人要牢记历史，勿忘国耻，永远发扬爱国主义精神，建设好、保卫好我们伟大的国家和人民。

我们满怀崇敬与缅怀之情，在城墙上缓缓前行。走到一块城墙的残缺处，看说明，才知这是当年日军炮轰宛平城留

中国人民抗日战争纪念雕塑园内的将军石鼓园

430

庄严的中国人民抗日战争纪念馆

威严矗立的宛平城楼及广场

下的缺口；再往前走，又看到几处城墙上，还留有枪炮的累累弹痕。伫立在此，面对这些历史的印记，我们思忖良久，想到当年敌人的贪婪和残暴，心中无比愤慨；想到我们民族面对强敌，那种不怕牺牲，万众一心的伟大斗争精神，又感到万分的鼓舞和自豪。怀着这种心情，当我在宛平城南侧的"中国人民抗日战争纪念雕塑园"，仰望《欢庆胜利》那尊雕像时，情不自禁地和塑像里的战士一样，高高地伸开双臂，跳跃起来，欢庆胜利。

中午过后，当我们来到停车场，正要向宛平城告别时，看到之前在卢沟桥偶遇的那队日本老年旅游者，也赶来上车。当时，虽然听不懂他们在说什么，但从老人的神情和举动，能看出他们内心的歉疚和激动。望着远去的大轿车，我的心中升起一个坚定的信念，不管战争的发动者、侵略者是如何的穷兵黩武，践踏和平，相信人民，日本的人民和中国的人民、全世界的人民一样，都是爱好和平，反对和诅咒战争的。

中国人民抗日战争纪念雕塑园全景

3

秋游硅化木国家地质公园

新奇的硅化木

俯瞰硅化木地质公园景区

　　"十一"黄金周过后，单位组织了一次秋游活动，这次秋游是到延庆硅化木国家地质公园参观游览。

　　延庆硅化木国家地质公园，位于距北京一百多公里的延庆县东北部的白河两岸。它四面环山，总面积二百多平方公里，是全国唯一以典型、稀有、珍贵的硅化木群为主体的国家地质公园。

　　大巴车在高速公路上飞驰，进入山区后即盘旋缓行，一路上望不断的峰峦叠嶂，看不够的秋色美景，让老师们像孩子似的兴奋和喜悦，三个多小时的行程，竟不觉累地就到了。公园门口彩旗飘扬，装扮一新。在导游的引领下，我们循着山路拾级而上，站在一处山坳举目四望，山上层林尽染，小亭点点；山下碧水荡漾，岸柳轻拂，一派秀美风光。

　　导游带我们来到一座小亭下，看到在四面玻璃箱里，围护着一块垂直于地面的灰褐色石头，看上去有一米多高，样子像锯断的树桩。导游说，这就是一块形成于距今1.4亿年前侏罗纪时代的硅化木。我惊异于这尊硅化木，太像一块普通的山石，如果不是被亭子和玻璃箱保护起来，外行人绝不会知道它

433

走进硅化木国家地质公园

有多么珍贵，多么有科学价值。我曾在深圳的植物园看到过一片硅化木林，那是从全国各地运来，然后把它们人工粘接成树干模样，一棵棵直立挺拔，蔚然成林，步入其间，给人一种古远的沧桑感。那是我第一次见到硅化木，感到很珍奇。今天到这里才看到它的原始状态。环走山野，不断地看到更多露出地表的硅化木，它们色彩各异，形状有别，有的直立，有的横

从展柜里看硅化木

卧，有的倾斜，都是原地产出，保存完整，成群分布，它们构成了华北地区规模最大的原生木化石林。同来的老师们，也都感到新鲜奇特，饶有兴味地围在每一株硅化木前仔细端详，认真地聆听着导游风趣的讲解，兴致勃勃地拍照留念。大家在愉快的游览观赏中，开阔了眼界，认识了一些自然的奇特现象，看到了难得一见的硅化木，获得了许多有关的地质科学知识，满足地坐上车，向滴水壶自然风景区驶去。

滴水壶自然风景区，是延庆硅化木国家地质公园的一处景点，这里风景奇丽，山水相映，自然植被很好。最吸引人的是那山上的泉水常年涓流，形成瀑水从洞穴飞流直下，散沫成雨，如珠帘翻卷的景象。看见如此美景，老师们不顾年高体弱，争相穿过水帘洞，感受泉水的淋漓和清凉，攀山排队进入窄仅可过一人的莲花溶洞。有的老师因没来得及进去观赏，一路上还总觉得遗憾不已。

乌龙峡谷，也是该公园一个有名的旅游景点，是由风蚀河切形成的自然景观。进入景区，眼前一片奇妙景色，长约两公里的峡谷，怪石嶙峋，山青如黛，深绿的河水，像一条乌龙在山谷中奔流南下，夹岸漫山遍野的林木，色彩斑斓，景色宜

看，多像石头的硅化木！

游览滴水壶风景区

人。老师们扶着岸边的人工栈道的栏杆，小心翼翼地向前走，每到一处景点，就停下来听导游讲解这里的地质特点，不知不觉大家都走到山的最高处，不少老师还勇敢地走过飞虹桥，到了山的对岸。

　　站在山巅，极目眺望，远处群山起伏，长城蜿蜒；眼前红叶似火，山石巍峨。大家深深地呼吸着山里清新的空气，尽情享受着山野风韵，硅化木国家地质公园真是个好去处，既能领受自然科学情趣，又能赏秋观景，真不错！

436

名符其实的乌龙峡

跨越飞虹桥

4

初夏芍药惹人醉

艳丽姊妹花

芍药园欢乐一家人

2007年春因病错过赏牡丹的佳期，眼看"落花流水春去也"，心中不免遗憾，无奈之下，只好自我安慰，来日方长，就待来年吧。

5月份的一天，适逢母亲节，初夏的北京，艳阳高照，大儿子和朋友带我们来到植物园。一进园，我以为或许能找到一点春天的背影，就疾步向牡丹园走去，可叹的是，这里残花已尽，只剩下一片发暗的绿叶，一棵棵失去精灵的植株，正无精打采地在风中摇曳着。我有些失意，悻悻地攀上一座小山梁，抬眼望去，没想到这边却是别有洞天，"柳暗花明又一村"啊！眼前满园盛开的芍药，繁丽明艳，生机勃勃，简直让人惊叹不已。大家不约而同地向山下走去，个个急不可耐地掏出相机，频频地按动起快门，想在第一时间拍下这难得的美景。

我们置身于清香四溢的园林中，徜徉在花海里，身边一丛丛、一片片浓密润泽的绿叶，托起五颜六色的花朵，铺展开去，如绚丽的织毯，美不胜收。每株花枝，梢头擎起的朵朵芍药花，红的、白的、粉的、黄的，色彩斑斓，争奇斗艳；单瓣或重瓣的花形，硕大秀丽，各有千秋。近看，一朵重瓣的红花，层层叠叠的花瓣中间，捧起丝丝黄白相间的穗状花蕊，

晴空芍药

红粉佳人

更显得厚重多彩，风姿绰约；那白色的花朵，冰清玉洁，端庄优雅，恰似披着白纱的新娘；而红得发紫的重瓣芍药，如丝绒般的光滑艳丽，全身透着大气与富贵，像是众美女簇拥下的一位贵妇人。我最喜欢的是那重瓣的粉花，它朦胧脱俗，气韵不凡，清纯淡雅。比起重瓣花，单瓣花虽略显单薄，但它依然花香色浓，妩媚多姿。稍远处，那一大片洁白的芍药，在微风的吹拂下，轻轻摇动，犹如白云飘浮，曼妙动人。而最吸引眼球，让人流连忘返的，是北边那块红白相间的芍药花圃，红的像火，白的像雪，红白相映，对比鲜亮，有很强的视觉冲击力。走到它的近前，你不由会停下脚步，定睛细看，忙不迭地端起相机，走前跑后咔嚓咔嚓地拍照，生怕漏掉了某一片景致，每一株花朵。要不，这里怎么会密密麻麻地架起那么多"长枪短炮"似的相机呢？

不知是芍药的魅力，还是亲情的召唤，今天来植物园观赏芍药的人特别多，尤其是携家带口、母子相伴的更多。只见山前坡后人头攒动，欢声笑语。不少白发苍苍的父母在儿女的搀扶下，慢慢地从花径走过，脸上洋溢着喜悦和幸福，一对母女笑盈盈地在花丛中留影，一个个活蹦乱跳的孩子们拉着大人，走到这边又要看那边。我和儿孙、友人，也非常珍惜今天这个特别日子的花间聚首，大家高高兴兴地穿梭在花径中谈笑、合影。整个公园，赏花的人们陶醉在花的芬芳中，迷醉在花的美丽中。大自然给人以美的享受，人又为自然增添了热闹与活力，这种花海与人流的和谐，不正是我们今天生活的写照吗！

"琼花芍药世无伦"古人如此赞颂芍药，又尊它为"花相"，可见它足为花中的佼佼者。今天一睹它的芳容，真是大饱眼福，觉得它虽不是牡丹，却胜似牡丹。这时，心中此前那未能看到牡丹的缺憾，早已抛到九霄云外，更多的是欣喜和满足。

灿若繁星

争相绽放

白雪公主

冰清玉洁

5

我们看着"鸟巢"在长大

2008年8月3日美丽的"鸟巢"正待迎接四方宾客

2006年6月正在架设"鸟巢"钢架

　　我家距奥运村很近，步行二十多分钟，就可走到，平素常去那边散步。几年前，听说国家体育场（以下简称"鸟巢"）要在这里选址建造，想着我们将与这个奥运的标志性建筑物为邻，真是喜出望外，天天盼望着它早日破土动工。

　　从此，我和先生隔三岔五就要走到那儿去看一看，从工程启动到竣工，我们一天天看着它长大，就像看着自己心爱的孩子茁壮成长一样。我俩都喜欢摄影，有了数码相机后，每次去都带着它，以便记录下"鸟巢"成长的历程。几年过去了，打开相册，"鸟巢"长大的经历，成了我们最珍贵的回忆，成为我们今生能有幸参与奥运的真实记录。

　　记得那是2003年12月24日，"鸟巢"举行盛大的开工奠基仪式后的晚上，我们冒着风寒，走到了工地。昔日野草丛生、杂树交错的荒地不见了，取而代之的是一片平展的沙土地和远处堆放的一些建筑材料。夜色下，工地显得沉静空旷，走在这片沙土地上，我在想，今夜这么安详平静的大地，正在孕育一个伟大的"生命"，明天这里将会诞生一个最美、最让全国人民期待的"奥运婴儿"。我们怀着这种美好的情愫，走出了最初的工地，等待着"婴儿"的长大。

2006年6月"鸟巢"钢架特写　　　　　　2006年9月远观"鸟巢"建设景况

　　果然不久，"鸟巢"工地就被绿色的护栏围起来，大吊车长长的手臂伸来转去，马达声轰隆作响，周围的车辆也来回奔忙着。这期间，我们常走近它的身旁，也曾多次站在高处，望眼欲穿地想看看绿围栏里的"孩子"慢慢地长出来，当时虽然还看不清里面的情景，但我们知道工程会一天天进展，那"鸟巢"的枝杈，总有一天会伸出来的。

　　半年后，整个"鸟巢"工地，一片热火朝天的景象，工程进展很快，几天不见，它如同正长个儿的孩子一样，噌噌地朝上蹿，不留神就长了一大截。那无数只灰色的长臂，像"千手观音"舞蹈中那些美丽的手臂一样，伸向半空。那些"手臂"一会儿交错，一会儿围拢，分分合合，在这种分合的轮回中，"鸟巢"一天天地就长高了。到2006年的夏天，我们再去看时，它的钢结构工程主体桁架梁就将要合龙了，合龙前，我们特地为它拍了一个"纪念照"。

　　这年9月，听说它的钢结构卸载成功，"鸟巢"真的从图纸变成了现实中的一座伟大建筑。国庆前夕，我的先生迫不及待地骑着自行车，赶到北辰桥，要为它拍下这个历史时刻的留

2007年2月从围栏外观赏"鸟巢"雏形

念。北辰桥下，车辆川流不息，他举着相机顺着马路边来回走动，总想找个最好的角度摄下"鸟巢"的全景，一不小心，脚踩空了，整个人摔在了坚硬的水泥路上，胸部垫在高高的马路沿上，当时他疼痛难忍，无法转身，但相机还牢牢握在手中，拍下的照片还能完好无损地保留下来。事后，我们全家人看到他的伤情，都后怕不已，毕竟是70岁的老人了，埋怨他太冒险。可他在得知自己没有摔断骨头，还能拍下几张此时"鸟巢"的照片，留下珍贵的纪念，还是感到很欣慰。

2007年的初春，寒风料峭，这天，我们迎着扑面的沙尘又一次来看望"鸟巢"。我们高兴地看到鸟巢园区，种上了一排排的小树，并且每个树坑里都浇上了水。想着不久这些可爱的树苗，将会吐出嫩绿，为建设中的"鸟巢"增添绿意，到2008年时，它们将会以枝繁叶茂的姿容，迎接四方客人时，我的心情无比激动。我们不顾土石的磕绊，搀扶着爬到一个土堆上，透过稀疏的树枝看过去，一个外观漂亮、硕大无比的"鸟巢"，呈现在眼前，这时的惊喜和感动，犹如看到自己已长得高大英俊的孩子一样。

445

2007年7月8日陪伴病中姐姐来工地观看"鸟巢"　　　　　2007年10月"鸟巢"钢架架设基本完成

后来，每去一次"鸟巢"，都会发现它的新进展。当它接近竣工的那些日子，我们就去得更勤了。大凡家里来了客人，我们都会自豪地给他们介绍"鸟巢"，并高兴地带着他们一起去看"鸟巢"。有一次，年过七旬的姐姐来北京探亲看病，双腿难于行走，我硬是扶着她拄着拐杖来到工地。当她看到如此壮观的鸟巢时，兴奋之情，溢于言表。前一年10月，一位四川的老友来京，我们陪他观看"鸟巢"后，他赞叹不已，决心2008年奥运时，一定要来北京，再看"鸟巢"。我的外甥从国外回来探亲，在北京只能逗留一天，匆忙中，我还建议他去

2007年10月14日陪同成都老友观看建设中的"鸟巢"

夜空下刚竣工的"鸟巢"像一艘华丽的巨轮

美，还是灯光下那种瑰丽的通亮的美，都能使人如痴如醉。夜幕下，它有时像一个巨大的摇篮，在一片绿地上轻轻摇荡；有时又像一艘豪华游轮，在浩瀚的大海上夜航，给人以极大的视觉冲击，既感到温馨，又受到震撼。

2008年8月22日和外甥到"鸟巢"观看田径赛

　　走出工地，向"鸟巢"回眸的瞬间，我突然想到，两年前，足球世界杯赛前夕，我途经德国慕尼黑，旅游大巴车从刚建成的"安联球场"驶过，夜幕下它浑圆美丽的身影，曾赢得全车人的惊异与赞叹。今天，我眼前的"鸟巢"如此辉煌绚丽，大气磅礴，足可与其媲美，在我看来，我们的"鸟巢"还要更胜出一筹。想到此，骄傲的豪情，在我的心中轻轻荡漾。

　　这些日子，我幸福地期待着，在奥运到来的时刻，我将手持中签的奥运门票，进入我们一天天看着长大的"鸟巢"，坐在宽敞华丽的看台上，观看世界顶级的田径决赛。那该是多么兴奋、多么激动人心的事啊。还让我无比欣慰的是，奥运会后，我们将永远与"鸟巢"为邻，与奥运公园为伴，我们可以常常去亲近它，观赏它，那种幸福、快乐、惬意与满足，将会是无与伦比的。

　　我爱"鸟巢"，感谢它的建设者们，感谢它赋予我们的一切！

2008年8月"鸟巢"内座无虚席

6

看"鸟巢"、"水立方"落成之夜景

巨轮昂首待航

夜色中色彩变幻的"水立方"

  奥运会之前，国家游泳中心（以下简称"水立方"）举办"好运北京"水上运动测试赛时，我们曾去看过它落成后的外观。阳光下，它四围那蓝色的"泡泡"，熠熠生辉，很漂亮。听说它晚上更好看，当时就心动，极想哪天晚上去看看。正好近旁的国家体育场（以下简称"鸟巢"）也即将竣工，那宏伟壮观的整体形象，已巍然矗立在人们的眼前。也很想去看看它夜色下的样子。于是，3月初的一天晚上，我们顶着料峭的寒风，步行来到奥运工地。首次看到了刚刚落成的"鸟巢"、"水立方"这两座奥运场馆美丽的夜景，真好，真美。

  最初，我们是从工地护栏的缝隙向里望。夜幕下，"水立方"立体的墙面，一会儿蓝一会儿绿，闪闪发亮，光耀夺目。它的光亮照射到对面"鸟巢"上，给"鸟巢"涂上一层淡淡的蓝光，显现出它特有的轮廓，两者明暗互衬，交相映照，引得许多专程来这里观景的中外游客，连声称美。我们在护栏外虽

远看"水立方"与盘古大观交相辉映

也被这美景所陶醉，但总觉得离景点还是太远，看得还不够过瘾，拍照时也总是找不到最佳的拍摄角度。正在为难时，一个偶然的机会，让我们有幸进入了工地，零距离地亲近这两个举世瞩目的建筑，全方位地看到它们在夜色下，最美丽、最动人的景象。

工程快要完工，工地的建设者们，正在加紧铺路、种树、架设灯柱、清理场地。全场路灯还未开，夜色略显浓重，这样，"水立方"越发显得光华耀眼，方正端庄。一个个红、蓝、绿、紫的"泡泡"，五彩变幻，动感炫目，整个建筑精巧俏丽，美轮美奂，让人赏心悦目，越看越迷恋。

夜色下"鸟巢"光影朦胧的身影

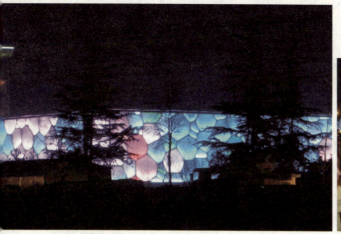

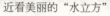
近看美丽的"水立方"

奥运会前观看"鸟巢"夜晚彩排的人流如潮

　　走到"鸟巢"的南面，我第一次这么近地看清它初建成的全貌。它高大的椭圆形顶部的两端缓缓翘起，向顶部围拢，在中间又舒缓地低下去，形成非常美丽的弧线。它的倒影浮动在"鸟巢"广场前面的湖面上，犹如梦幻中的宫殿，空蒙而瑰丽，简直美不胜收。那灰色质感的钢网，真如枝杈交错的"鸟巢"。从钢网的空隙看过去，可见深红色的体育场看台。场内灯光一照，或一束探照灯射过来，通体透亮，色彩绚丽，轮廓分明。在茫茫夜色中，"鸟巢"看上去如同在大海中夜航的豪华巨轮，气宇轩昂，大气磅礴，极具阳刚之美。这种美透射出一种强烈的艺术感染力，给人以巨大的震撼和难得的视觉享受。

　　置身在这迷人的夜色中，我们流连忘返，久久不愿走出，尽管快门不停地按动，但还总怕漏拍每一个美的画面。回家后从计算机上浏览这些照片，真的感到美极了，为我们能这么早、这么近地看到夜色中如此迷人的"鸟巢"、"水立方"，觉得很幸福，很自豪。

　　半年后，我们美丽的"鸟巢"、"水立方"，喜迎四方客人，不但圆满地完成了各大赛事任务，更成为整个奥运会最绚丽的风景！

去玉渊潭公园看可爱的企鹅

相背昵语

玉渊潭公园企鹅的新家

　　2010年冬天，北京玉渊潭公园迎来了10只从青岛极地海洋世界远道来的贵宾——企鹅，我和老伴像孩子一样怀着好奇与兴奋，背着照相机，来到玉渊潭公园，与这些难得一见的小家伙来了个亲密接触。

　　购票进入冰雪活动区后，只见大人和孩子们在雪地上快乐地玩耍。在雪地的一侧，有一个圆形的场地，四面用厚厚的雪墙围起，地面是一层层厚密的积雪和零零落落的雪堆，真是一派极地冰天雪地的景象。雪墙外围有一圈高高的铁护栏，保护着这些尊贵生灵的安全。这里，就是这10只企鹅的新家。

　　有不少慕名赶来观赏企鹅的游人，大家围着护栏可以清楚地看到这些冰雪文化活动的主角——企鹅的一举一动。

　　我们刚来时，看到这10只企鹅聚集在雪地的一角，有的懒懒洋洋地卧着，有的低头梳理着羽毛，有的趴在雪地上互相对视，有的三三两两地站在一起。它们黑色的羽毛，在太阳光下闪闪发光，在雪地的映衬下十分醒目，尤其是它们的前身，

列队巡游   绅士表演

那洁净厚实的白羽毛，绒绒的、亮亮的，非常好看，让人有种
想去抚摸的冲动。其中有一只较大的企鹅，高昂着头，脖颈下
环着一条黑色绒毛，宛若系着一根帽子带，看说明才知道它叫
"帽带企鹅"，这名字起得还真形象传神。它站在雪地上，大
腹便便，伸开短小的双翼，露出细短的小腿，显得既威严又憨
态十足，分外可爱。再仔细看看，其他五六只长得也和它很
像，颈下都有一条帽带，同为"帽带企鹅"。而另几只企鹅略
有不同，眼角上方有一处白斑，没有"系帽带"，细细的长嘴
呈现出红黄的颜色，翅膀伸展时比帽带企鹅的要长，它们也是
穿着同样的黑色大衣，其形其态同样憨憨的，风趣可爱，不过

它们到哪儿去了？

呼唤同伴

　　走起路来，更加风度翩翩，如绅士一般，问工作人员，说它们叫"巴布亚企鹅"，还真是俗称的"绅士企鹅"呢。

　　围栏外的游人越来越多，不少人一直在驻足观看，大家都期盼这些企鹅能走动起来，好看看它们那特有的体态和走路的憨厚样子。一个多小时过去了，这些"贵宾"终于被观众的执着和热情所感动，集体站起来向观众致意、回报。从背面看，一排黑色的"小绅士"，整整齐齐地站在雪地里，头微微前倾，背稍稍下弯，两只前臂略略放在腹前，像是在向观众鞠躬。一会儿，它们身披漂亮的黑色燕尾服，挺起白白的胸脯，迈开蹒跚的脚步，走动起来，前面有一只企鹅领路，后面排成

457

大腹便便

几行，在雪地上绕圈行走，像是在接受观众的检阅；一会儿，它们又分成几拨，以不同的姿态尽情地展示着个体的风采，像是在进行队列行走表演，非常可爱，逗得观众报以热烈的掌声和捧腹的欢笑。

长久地，观众们的眼球被这些可爱的小精灵紧紧地吸引着，照相机、录像机快门不停地按动着，孩子们攀着围栏，眼睛死死地盯着这10只企鹅，欢呼着，跳跃着，不愿离开。

别怪孩子们，这些小动物也实在是太可爱，太逗人喜欢了，我和先生本来是要走了，但是看到它们那可爱的样子，实在舍不得离去，忘了寒冷，不顾疲劳，愣是在围栏外待了多半天。

再见致谢

引吭高歌

459

休闲时刻

8

寻访镇边城

俯瞰镇边城村貌

车行在京西路上

　　2012年9月的一天，因那段日子我身体欠佳，儿子就开来他的"三菱"爱车，说要带我们老两口到郊外去转一转，散散心。我和先生，欣然回应了儿子的美意，拿了两瓶水，就登上车，任随他拉着我们向京西驶去。

　　十多年没来北京西南郊，印象中，过去门头沟一带，交通不便，比较脏乱，可眼前的景象，让我们惊叹不已，变化实在太大了。儿子不走高速，专门选109国道行驶，好让我们慢慢欣赏路边的景色。初秋的北京，树叶还未变黄，一路望去，两边行道上仍是浓绿一片，有时路过果园、农家，可见树上橙黄的柿子、红红的苹果、绿色的核桃，让人赏心悦目。再向西行，连绵的青山一路陪伴，永定河一段截流的湖水，泛着多情的涟漪，牵动着人的情思。水边垂钓的老者，静静等候着鱼儿上钩，水草深处烧烤的年轻人，欢声笑语，一片祥和。

　　"三菱"在朝前开，一会儿路边出现一个旧式的车站，看到"雁翅火车站"的老站牌，感到很古朴，勾起一种怀旧的心情；一会儿望见远处两山之间有一座高高的桥，长长的一列火车，拉着一节节油罐车厢，从桥上隆隆驶过，飞快地钻进对面的隧道里。这景象，让人忆起五六十年代，京西城乡的情景。儿子说"就是想让你们看看这景儿，现在北京城留下的不多了"。边走边聊，不觉来到河北怀来与北京昌平的交界处，这

461

油罐列车从桥上隆隆驶过

时儿子才卖乖似地说：“今天我要带你们去一个从没去过的地儿，叫‘镇边城’，听朋友说，那儿能找到很古老的感觉”。听后，我也怀着好奇，一路跟他寻觅着。

　　“三菱”虽装有卫星定位系统，但因路太生，又多岔路，多次走错了，我们问问老乡，拐回来再走，以至于后来走过了镇边城，还浑然不知。又问路边正采收核桃的农妇，她指着身后说，“从前面那个城门进去就是！”“三菱”赶忙又掉转车头，回到原路去寻找。我打开车窗向外看，刚走不远，只见右手一侧的路边，有一个很不起眼的小城门。车停下，靠近跟前才看清残破的拱门上方有块窄窄的匾额，上面可见石刻的三个字“镇边城”。原来这就是“镇边城”！这么低矮，难怪车开过去都没看见。儿子怕三菱车太高大，城门难进，就慢慢地、试探性地开着，还行，刚好能进去。

　　进了城门，找了个地方停下车，我们步行进村。村子不大，从这头一眼就可以看到那头。一路走过，觉得这儿和北方一些村镇有些不同，路面全是用石头铺的，条石、鹅卵石、大小碎石，样样皆有，住房、房基和院墙也大都是用石头砌的，看起来，真像一座石头城。走到村子的西头，举目四望，可见

镇边城古城门

　　层层叠叠的山峦，苍翠巍峨，如波涛起伏，连绵不断。从资料
上知道这山叫笔架山，山北属河北怀来，山南就是北京昌平。
据说，明成祖迁都北京之后，为了防备来自西北地区的外族的
侵扰，便在这些大山的峡谷中修建了大量的军事防御设施。层
峦叠嶂之上，长城蜿蜒，堡垒、关城、烽火台，错综复杂。

　　"镇边城"正是这些防御体系的重要组成部分。顾名思义，它
就是当时为了镇守边防而修建的一座军事小城，可见其当年在
镇守边城、扼守京畿上的重要作用。

　　来此之前，儿子听朋友说，这里还留有一段明代古长城。
我们很想去看看，向老乡打听后，绕过村后一条坎坷的小路，
来到杂草丛生、乱石累叠的长城脚下。儿子拨开草丛，攀着一
棵小树，爬上了城墙，然后又把我和老伴拉扶上去。上了城
墙，只见这段长城，已经残破不堪，墙基石块零落四散，损毁
严重，路面约有两三米宽，土石交错，坑坑洼洼，十分难走。

463

湮没在山林中的残长城　　　　　　　　　　　　　　　　　　小心脚下，慢点走！

　　抬头看，茫茫青山上一条白色的、细细的长城掩映在树丛之中，蛇行斗转，蜿蜒向上，顿觉世事流变，古远沧桑。遥想当年那猎猎战旗、踏踏马蹄之声，早已成为悠远的过去，而今天，美丽的自然风光和人们的和平生活，则主宰着这古老的山村。儿子探古的兴味浓、劲头足，披荆斩棘向上攀援，老伴紧随其后也上了几段，我气喘吁吁地爬了一段后，自叹不如，只好就地等着他们。望着山上，儿子在一座高高的烽火台上，举起双臂向下挥手，我远远地向他招手，报以鼓励和致意。

　　从残破的长城下来，我们又去攀登镇边城的城墙。想来这座军事堡垒的围墙，一定是很坚固的吧。辗转上了城墙，感觉比那段残长城要完整些。这城墙大约三四米高、两米宽，墙体全是由大块坚固的山石筑成，看来厚重坚实。遥想当年这座小小的城镇，遇到外敌侵扰，定会是坚如磐石、固若金汤。站在城墙之上或沿墙漫步，城内房舍、院落、道路等，一览无余，尤其是屋顶上那一片片的红瓦、灰瓦，高低错落，分外耀眼，房顶上现代化的太阳能设施，各家院落里结满果实的树木、花草，各家门口晾晒的玉米、葵花籽……昭示着镇边城村民幸福安宁的生活。原想环城墙去探寻几个城门和瓮城的踪迹，遗憾的是并未找到南北城门的身影。听当地老乡说现在只有东门尚在，也就是刚才我们进村时看到的那个城门，他们说东门门楣上刻写有"镇边城"字样的匾额，还是南门被毁后移到这里来的。循着城墙走到东门附近，下了城墙，站在城门口，再仔细看看这座仅存的城门，从那沧桑的面容和残破的身躯，可见它历经年代的久远和曾经肩负的历史使命，由此不禁油然而生敬意。相信这座古城将会得到更好的尊重和保护，让更多的人有机会亲近它、体味它。

游览半日，已是饥肠辘辘，东门对面正好有一家饭馆，叫"镇边城村京沙小农苑"，这是这里唯一的一家饭店。"只此一家别无分店"，心想可能会挨宰，没办法，别无选择，只得进去。店主人很热情地接待我们，亲切地介绍他们的农家菜谱。儿子点了炒鸡蛋、肉丝炒青菜、烩丸子、饺子、葱花饼等农家饭菜，不一会儿几盘味香、色美、量足的饭菜端了上来，我们吃得很满意。按以往吃农家饭的估计，以为少不了会要一二百元，结账时却只花了五十多元。儿子直呼便宜，说比他去过的很多"农家乐"的饭菜要实惠得多，深感这里店主人的实诚和厚道。的确，他们就像我们在镇边城里见到的所有老乡一样，热情、朴实和真诚。愿这种朴实的民风，像这座古镇一样坚守下去，也愿更多的人受到这种淳厚风气的熏染。

我们登上了古城墙　　　　　　　　　实惠可口的农家饭

9

荷韵鹅影圆明园

圆明园荷塘

蓓蕾

　　盛夏一日，难得的一个雨后晴天。清晨五点多，我和先生
背起相机，坐上头班公交车，来到了圆明园遗址公园，赏荷摄
影。

　　晨曦中的园林，空气清新，一片静谧，大路、小径人迹寥
寥。走到荷塘湖畔，看到有不少像我们一样的摄影爱好者，也
是早早地就赶来观赏雨后的荷花，拍摄雨后荷塘的清丽与荷花
独特的神韵。只见盆景区、池塘边、曲桥上、小亭下，三三两
两的摄影者，有的架起三脚架，对着心仪的花朵专注地拍照，
有的端着单反机不停地按动快门，捕捉着荷塘的每一个美景，
还有一些人，兴致勃勃地和荷塘、荷花合影。此时，这里是摄
影的佳处，是老人们快乐的园地。美丽的荷花，赋予老人们生
活的热情和情趣；他们的银发和笑语，也给这静静的荷塘增添
了生气与乐趣。

　　圆明园东区的荷塘，还是那一眼望不到边的碧绿，岸边
垂柳的丝丝绿绦亲吻着水面，梧桐高大的树冠，撑起一排浓

影相随

含苞欲放

如梦似幻

绿，围拢着荷塘，为荷塘遮起一片阴凉。在百亩荷塘中，点点红的、粉的、白的荷花，或高擎在一片绿波中，或羞涩地隐在荷叶下，点缀着绿色，美丽着荷塘。坐在池边近看，大大的荷叶，像一个个绿伞或碧盘，被一杆杆绿茎支撑着，重重叠叠地铺展开来，如一块硕大的绿色幕布，掩盖着水面。微风过处，绿波轻轻荡漾，徐徐展开，清柔曼妙，如诗如画。在它的身下，待放的花蕾安全地、快乐地成长着。再细看，不少圆圆厚

大珠小珠落玉盘

厚的叶面上，还存留着昨夜的雨滴，大大小小的雨珠，晨光下
晶莹透亮，宛如颗颗珍珠在闪耀，此景，用白居易《琵琶行》
中的诗句"大珠小珠落玉盘"来形容，真是再形象不过了。

并蒂莲

469

优雅

我们环荷塘缓行，镜头一刻不停地对着每一朵漂亮的花，每一片动人的叶，每一支亭亭玉立的莲蓬，每一颗拥着金黄流苏的花心，甚至每一片卷曲的幼叶，每一瓣飘逸的落英按动。相机回放时，那画面、那形态、那色彩，美得让人动容，觉得

金色年华

美丽家族

睡莲

删掉哪一张都会不舍,以致"卡"满为患。要知道后面还要拍
黑天鹅呢,无奈,只得狠心删去一些。

此前,听朋友说,圆明园的湖中有一群黑天鹅,非常可
爱。向游人打听后,我们从河塘中的一座汉白玉大桥走过,来
到一处较窄的湖面。这时,天空湛蓝,白云飘浮,道道光线透

471

王莲

过云隙，映在碧绿的湖面，光影交织，煞是好看。湖面莲荷渐少，芦苇、水草密布，湖畔的小路，因雨后还有些泥泞潮湿，不太好走。昨晚被风吹倒的大树挡在了土路的中间，众多的摄影爱好者，不顾路滑，不怕危险，硬是攀上树枝，翻过横卧的树干，沿湖畔去寻觅黑天鹅的身影。我看景心切，也学着那些勇敢者的样子，小心翼翼地爬上树干，翻了过去，一起来到了黑天鹅的家。

在一处湖水深绿的芦苇丛里，先看见了两只黑天鹅，它们身披黑绒油亮的羽毛，弯着长长的脖颈，把红红的长喙伸进水中，好像在觅食。一会儿又出来了几只，三三两两悠闲地在湖面游动。细数一下，共有六只。听身旁的游客小声说"都出来

黑天鹅一家

啦，就是这六只！"从他们你一言我一句地谈论中，知道这些黑天鹅，是近几年圆明园生态环境改善后才飞来的。起初是一对天鹅夫妇先在这里安家，之后孕育了它们的儿女，儿女一天天长大，成了一个快乐的大家族。这个家族的到来，不但给这偌大的湖面增添了灵秀和情趣，也给游人带来了无比的欢乐和观赏的情趣，要不人们怎么会一传十，十传百地要去圆明园看黑天鹅呢！要不许多人怎么会废寝忘食，从早等到晚，就是要抓拍黑天鹅展翅翱翔的那一瞬呢！

　　过了一会儿，我看到这群黑天鹅在父母的带领下，排成整齐的队伍，在湖面游来游去；一会儿又围拢成一圈，像在私语；一会儿又集体把头探进水里，然后扑棱棱地把长颈伸出，

守护

专注

列队回家

指向天空，像是在高歌又像是在诉说。它们游动的姿态优雅大方，一点也不怕游人，更不会受人们的干扰，怡然地陶醉在自己的生活节奏里。当然岸上的游人对它们也是钟爱有加，呵护有加，尽管想看到它们飞舞的美丽身姿和更多的表演，但也丝毫不肯惊动它们，任它们自由地游弋，尽情地玩乐，只是静静地在岸边观赏它们，耐心地等待它们起飞的最美时刻。

雨后的圆明园就是这样美，荷塘更绿，荷花更艳；湖面上的黑天鹅，悠然地结伴而行；湖岸上的游人或信步观景，或举着相机专注地拍摄……

这么自然，这么和谐，是多美的一幅画面啊！

475

10

南海子公园欢聚之游

南海子湿地秋景

南海子"南囿秋风"景区

　　退休后，原来在校相处多年的同事，相知相熟的好友，见面的机会少多了，尤其是散居在校外的老师，相聚一次更是难得。因此，大家就特别珍惜每一次团聚的时刻，即使住得再远或身体虚弱多病，只要身体尚能支撑，腿脚还较灵便，总会赶来，跟大家见见面，聊聊天。每次聚会，老师们都是兴高采烈、谈笑风生，就像过节一样。为了让大家更尽兴地欢聚畅谈，我们支部决定组织全体退休老师，去郊外秋游，让老师们在绚丽的秋色中，感受大自然的美，享受团聚之乐。

　　为了出游安全、顺畅，我们还特意请小吕的先生开车，提前专程去踩点探路。国庆中秋，双节过后，10月10日，前夜下了一场秋雨，又刮过一阵大风，第二天，天空湛蓝，朵朵白云轻轻飘浮，是一个秋高气爽的好日子。早上八点多，两辆旅游大巴车，载着六十多位快乐的"银发族"，向京城南郊的南海子公园驶去。

　　南海子公园是北京四大郊野公园之一，也是北京最大的湿地公园。它最早是皇家猎苑，其"南囿秋风"，曾为"燕京十景之一"，后逐渐衰败，环境脏乱差，人人避之。近年来，有

开心惬意的女伴们

关部门对这里进行了湿地修复、垃圾无害化与资源化处理、水
景等郊野景观恢复等大量工作，南海子成为落实北京城南行动
计划的第一个重大的生态工程。2010年9月，一期工程完成，
已经开园迎客。据说，建成后整个公园的面积相当四个颐和园
大，我们今天所看到的南海子公园，只不过是整个公园面积的
五分之一罢了。

人花相媲美

人在景中　　　　　　　　　　　　　　　　老友相聚

一下车，"南海子"金碧辉煌、高大崭新的仿古牌楼，让人眼前一亮，看到碧波浩渺的水面，大家更是惊喜万分，恨不得一下子进入园区，尽快观赏它美丽的景色。公园很大，游客不多，因路途较长，一部分老同志乘观光车游览，绝大部分老师还是愿意结伴步行，好享受边走边聊，边看边说的愉悦之游。

我和几个女伴在小吕的指引下，走过牌坊，沿湖畔向东边的景区走去。因公园刚建不久，石砌的或柏油铺就的路面簇新、平坦，路两旁树木不高，但灌木丛聚，花草遍布，湖边芦苇荡漾，如波涛起伏。走不多远，小吕带我们穿过一块草地，来到一个花圃，看到五颜六色的格桑花，在仲秋季节开得如此烂漫光艳，女伴们情不自禁地欢呼起来，迫不及待地要和它们合影留念。花丛中一个个年逾古稀的老朋友，笑得那么灿烂，那么甜美，好像又回到了少女时代，那笑容那神态足可与这些鲜花媲美。再往前走，看到一块高约8米的土青色巨石，矗立在湿地景观湖畔，上面刻有乾隆手书的"南囿秋风"四个大字，不由唤起人们对当年美景的追溯和对未来远景的遐想。

479

南海子秋日芦花白

　　边赏景边欢谈，不觉已近中午，从"观鹿台"下来，走
过一座漂亮的石桥，来到一处湖畔平台，这里设有多个座椅，
大家提议在此休息就餐。不一会儿，从其他路线走来的，从观
光车下来的几位老师也会聚到这里，于是大家打开背包，取出
自带的午餐，伴着湖光水色，开始了名副其实的野餐。你夹起
块牛肉片，让大家分享，他送出卤鸡蛋一人一枚，我剪开包装
袋，让老师们尝尝鲜，一会儿面包一片，一会儿水果一个，一
会儿花生一把，一时间，每人面前的饭盒里，盛着百家饭，放
着吃不完的菜，而最受欢迎的还是苏老师自己腌制的泡菜豆角
炒肉末，酸辣香咸，非常好吃，很快的两小瓶就一扫而光，有

老师打趣地说，"下次聚会苏老师可要多带点啊！"大家津津有味地吃着饭，谈笑着，我带的迷你播放器里，播放着悠扬的音乐，我们之中的几个"歌手"，情不自禁地跟着美妙的旋律哼唱起来，曼舞起来，一时间，这个郊野餐厅，充满了欢乐的笑声，荡漾着柔美的歌声。此情此景让大家感到又回到了年轻时代，重享着青春的美好。

饭后，我们环湖缓步前行，当走到一处芦苇地时，被它的美景深深地吸引住。这块湿地的芦苇，广阔茂密，已经成熟。纤细的茎叶，金黄闪亮；穗穗芦花，绒软洁白，它们聚拢在一起，像皑皑白雪，阵风吹来，轻轻摇曳，宛如白云飘拂，轻纱缭绕，真的美极了。大家驻足观赏，赞不绝口，争相留影拍照。在此，大家流连忘返，久久不忍离去。

午后，当大队人马齐集在"南海子"壮观的牌楼下时，大家集体合影，在一遍遍"茄子"、"茄子"的欢笑声中，镜头定格下了每个人灿烂的笑容，也记录下了我们与秋景欢聚的美丽时刻。

（本文一部分照片由吕玉琴等老师拍摄，特此感谢。）

南海子留下了我们的笑容

11

绚丽多彩秋色美

彩色风铃

北京的秋天是一年中最好的季节，天高云淡，空气清新，爽极了；丹桂飘香，硕果累累，好极了；绚丽多彩，层林尽染，美极了。

今秋，庆幸我体力尚可，精神还足，从初秋到晚秋，或与先生结伴，或和老友同行，或随单位郊游，背上相机，迈开双脚，去追寻社区周边、京城公园、城郊景点以至京外秋天的踪迹，尽情享受诗意的秋光美景。我们曾在颐和园、奥林匹克森林公园、景山公园的湖畔山径漫步；曾在神堂峪、南海子公园的林间曲径欢歌笑语；曾在西山森林公园的红叶林中徜徉休憩；曾为世界花卉大观园展出的千姿百态、绚丽无比的秋菊所赞叹；也曾为仲秋时节专程去河南云台山，看到了别具特色的秋景而欢欣不已。

"不是春光胜似春光"，置身在不同景点、同样美丽的秋景之中，沐浴着秋阳的温暖，身心愉悦，神清气爽。我们手中的相机，不停地按动，想尽力把秋天的神韵、美丽的画面、人们被大自然陶醉的心境和情怀，定格在镜头里。

为感恩金秋的赐予，我特意撷取了部分画面，以"秋之华彩"、"秋之菊韵"、"秋之情怀"为题，附在书中，以飨读者。

483

晨曦杨树林

一 秋之华彩

颐和园佛香阁秋色

西山森林公园秋景

远观景山秋意浓

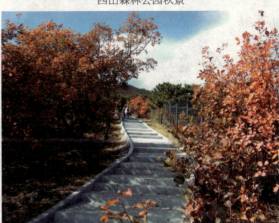

红叶夹道

秋光映鸟巢

红叶似火

美艳如霞

二 秋之菊韵

金丝流转添妩媚　　　　　风动万丝　　　绿菊仙子

486

如云似雪

美如绣球

487

美

湖畔秋阳下

三 秋之情怀

爬山路上结新友

啊，太美啦！

快上来，前边更好看！

12

又到一年赏秋时

落叶纷纷满地黄

秋叶堪比春花美

金秋观菊

秋天又来了。北京的金秋美丽清爽，但却是短暂的，因而每当这个时节我都不愿远行，唯恐离开会错过北京秋的赏赐，会失去在家门口尽享秋景的欢快。短短的一个多月，只要天清气朗，不阴无霾，我和先生就会迈开双腿，投入大自然的怀抱，接受秋阳的洗礼，呼吸清新的空气，观赏绚丽多彩的秋景，心情愉快，精神矍铄。

菊花是秋景的主角，在秋的大地上，它恣意地烂漫，尽情地开放。这时郊野城区到处可见它的身影，各大公园，更是争相举办各种菊花展，吸引四方游客络绎观看。初秋，我们最先到北京植物园去看花展，沿路摆放的菊花，盆盆含苞欲放，还不见它绽放的胜景。而之后不久，到延庆"四季花海"看到满山遍野的菊花，那盛大的场面，那无边无际的绚烂景象，真令人赞叹和震撼。车行不远，导游带我们来到另一处"涵碧泉"菊园，还没下车，远远地从窗外就看到五颜六色的菊花，如锦绣般绵延不断，特别耀眼，引得人们一片惊叹。走进园内，各

延庆四季花海秋景

色菊花，一块连一块像铺满大地的花毯。大大小小、各种形状的花朵，有的盛开，有的半开，红的如火、黄的似金、紫的如霞、白的如雪，一望无涯，冲击视觉，艳美绝伦。抑制不住喜悦的游人或在路边拍照，或藏在花丛中与花朵亲密接触，久久地在菊花的海洋中徜徉流连。说实话，这几年我看过不少菊花展，但大都是经盆景精心培育的菊花，美则美矣，但比起这种山野下种植的大片菊花，还是缺少点自然美、壮阔美。我很高兴今秋能看到如此壮丽的菊景。

人在花海留笑靥

延庆花海万寿菊

千亩菊园花烂漫

颐和园大黄鸭

2013年国庆前夕，颐和园迎来了期盼已久的大黄鸭，引得北京的男女老少和各地游客，在黄金周期间，纷纷涌入园内。10月3日，阴雨过后，天气晴好，我和老伴也凑兴来到颐和园，想一睹大黄鸭的风采。进得园内，桂花飘香，人潮涌动。从知春亭到八角亭，昆明湖沿路，游人摩肩接踵，虽一路可见水面大黄鸭的身影，但人们还是愿意近距离地观看，因而人流只得缓缓向前移动。

走近十七孔桥北侧，只见在秋波荡漾的昆明湖上，一只约六七层楼高的大黄鸭，优雅地浮在水面上，它身体肥硕，通体黄亮，两只黑黑的眼睛，炯炯传神，扁扁的红嘴巴微微合拢，整个形象憨态可掬，十分可爱。大黄鸭四周的湖面，船只围拢；湖畔沿岸，十七孔桥上，八角亭内，人山人海，手机、相机咔嚓声不绝于耳，欢声笑语此起彼伏，一片热闹景象。看大黄鸭，

颐和园众人争看大黄鸭

古典文化与时尚创意的交汇

493

"快看，我们挖的大红薯！"

成了颐和园2013年秋日里最亮丽的一道风景线。之后听报道说，那天的游人有13万之多，创下了颐和园有史以来单日入园人数的顶峰。可见一个新奇的娱乐创意，会给人们带来多大的欢乐，秋天里人们的游兴有多浓啊！

丰收季采摘乐

国庆假日，又适逢我的生日，儿子带全家到昌平郊区的菜园去采摘。当一串一串的新鲜花生从土里刨出来时，孙子们兴奋得连连惊呼，雀跃着提起来给大人们看。别说孙辈们不知花生是在根下如此生长，就连儿子儿媳们也都没见过这样挖花生的情景，今天可是大开了眼界，增长了不少见识。后来在采摘蔬菜、挖红薯时，大家兴致勃勃，忙忙碌碌，尤其是孩子们，虽然跑来忙去，累得满头大汗，仍不肯稍稍停手。这天全家郊游，不但领略了秋天菜园的风光，还真实地体会到收获的喜悦，感受到劳动的艰辛，的确是一次不错的赏秋活动。

园博园秋意浓

仲秋的一天，伴着阵阵秋风和暖暖的秋阳，我们来到园博园。园内各个园区，千姿百态，异彩纷呈，令人目不暇接。漫

园博园岭南园秋景

远观园博园北京园

步其中，穿行各园，会给你不同的"园博之秋"的观赏感受。"岭南园"脉脉秋水畔、庭院环廊间，巧植的盆景花卉、热带林木，把人带入粤韵风华之中；"忆江南"那精致玲珑的亭台楼阁，秀丽的山水花草，让人如置身于诗情画意之中；而极具皇家气派的北京园林和高耸的永定塔，则给人以大气恢弘，雄伟壮丽之感。

站在"北京园"的高处，眺望"锦绣谷"全景，景观荟萃，万花绽放，草木黄绿相间，菊花红黄醒目，波斯菊五彩斑斓，山坡野花遍布，真是一处观景闲步的好去处。听说，这里，过去可曾是一个让人避之不及的垃圾堆，今日能化腐朽为神奇，把它改造成如此美丽的园地，不能不让人感叹创意者和建设者的伟大功绩。观赏间，一趟趟白色的"和谐号"列车从对面的大桥

俯瞰园博园锦绣谷

高耸的园博园永定塔

园博园北京园门前留影

园博园山坡盛开的波斯菊

上飞驰而过，为美丽的园区增添了一份灵动和时尚，这种现代高科技与生态自然高度融合，相互映衬的美，让人由衷地称绝和赞叹，它不就是现代文明的象征吗！

登上长城望秋色

暮秋将至，我随单位同事一同前往密云，登临唯一的一段"石长城"。它虽没有像八达岭、慕田峪等长城，修砌得那么完美壮观，没有砖石垒筑得那么规整，但它残破的石砌形象，蜿蜒在秋草层林中的残缺身躯，更能给人以原始美的感受，更能唤起心灵中对那遥远年代的遐想。登临"将军楼"烽火台，俯瞰山下，松柏葱茏，黄叶渐红；远处，被山峦环绕的密云水库，开阔邈远，一泓湖水湛蓝闪亮，漂亮之极，迷得同来的老师们，良久地驻足观看。因腿脚不便，本不想爬山的我，在朋友的鼓励下，一路坚持到了这里，和大家一起看到此番美景，真是幸运，否则，当他们下山描述如何美丽时，我还不知道会有多遗憾呢！

密云石长城遗址

石长城上远眺密云水库

正待香山红满山

香山红叶红似火

香山红叶浓

　　"西山红叶好，霜重色愈浓"，北京香山的红叶远近闻名，每到暮秋，各地游客纷纷上山观看。10月底，亲友从外地来访，特意要去香山看红叶，我们陪同前往。这天不是假日，树叶也未完全变红，但山上山下，依然万头攒动，游人如织，可见香山红叶的魅力有多大，人们追捧的热情有多高！我们从香山北门入园，迤逦来到"静翠湖"畔，仰望对面山上，红绿相间，层层叠叠，倒还有几分秋的韵味。后登上南边山路，身

497

鸟巢银杏相映美

旁树叶有的已经发红，阳光下红黄相映，甚是好看；向下观望，山峦起伏如海，各色树木缤纷一片，亲友们连声称美，欣喜地在此往返流连，不停地摄影留念，然后满意地走出园门，到碧云寺去游玩。

奥森银杏美

我特别喜欢秋天的银杏树。每当秋末冬至之时，一株或一排银杏树，满树金黄，像神话中的金树，又像一道金色的画廊；微风轻拂，扇形的树叶，在空中翩翩飘飞，宛如蝶舞，让人禁不住双手去接迎；大风过后，地上厚厚的一层黄黄的落叶，如同软软的床垫，踩在上面会听到轻轻的声响，孩子们会尽兴地在叶床上坐卧嬉戏。自然，金色的银杏，也就成了摄影爱好者们深秋的最爱，也是我和先生每秋必做的摄影课。在我们的相册里，已收藏了不少周边地区和其他景点银杏的秋影。

深秋，一个晴日的午后，我们去奥林匹克森林公园赏景。

奥运公园赏秋景

鸟巢景观大道银杏黄

五六年前，"鸟巢"景观大道两侧种植的银杏树，如今长得高大挺拔，枝繁叶茂，已成气候。长长的银杏带从公园门口，顺着景观大道，一直延伸到南边很远的地方。浓密的树叶被秋阳染得金黄透亮，一眼望去黄得耀眼，美得惊艳。沿路赏景的赞不绝口，拍照的端着相机不忍释手。一路上只见有人走近树身，或环抱或背靠，还有人手抚树枝或脸贴树叶，拍照合影，极尽喜爱之情。我也禁不住这美景的吸引，不时地留下和它亲密相拥的镜头。

"不似春光，胜似春光。"秋天，给了我们一个绚丽多彩的世界；赏秋，让人的心境愉悦开阔。年年有秋天，岁岁赏景各不同，感谢秋天，让我的生活如此丰富，如此快乐。我爱秋天，爱北京的秋天。我想，随着大气环境的不断改善，阴霾天的逐渐减少，北京的秋天将会更美丽，更可爱。

银杏叶黄醉秋意

秋日下的北京国际马拉松赛

499

作者
简介

张阿莹

　　1941年10月1日生于陕西三原一个知识分子家庭，成长于陕西西安市。1964年毕业于陕西师范大学中文系，分配至北京工作。长期任高中语文教师，为中学高级教师，学校原语文教研组组长。曾任全国航空基础教育学会语文学会理事，北京市海淀区高中语文兼职教研员，多年参与海淀区高三毕业班语文模拟试题的命题和北京市高考语文的阅卷工作。退休前后，曾在大学任"大学语文"等科目的教学和人民教育出版社职高语文教材的编辑审核工作。

　　几十年教学之余，勤于写作，常为报刊投稿和为学生写示范作文。十多篇教学论文、散文、诗歌，见诸于不同报刊，亦有多篇散文、论文、讲演稿等在不同领域的征文或讲演比赛中获奖。退休后，尤喜写作，以散文、游记和诗歌为多，有数十篇诗文在国内外报刊杂志上发表，亦有多篇散文在征文中获奖。

　　近年来有数百篇散文、游记、诗歌等在众多网站发表，并为全国多个网站转发，获得网友的良好口碑。

"最美中国系列"丛书简介

《中国最美的88个自然风光旅游地》

《中国最美的88个特色旅游地》

《中国最美的88个人文旅游地》

"最美中国系列"丛书是旅游圣经团队历经数年发展、走遍中国后推出的巅峰之作。团队组织所有优秀作者撰写本系列，可谓十余位资深背包客视野中的"最美中国"。

本系列丛书内容系作者原创，是他们心灵的真实感悟；照片系作者亲自拍摄，是他们对美的瞬间永恒的诠释。饱含人文底蕴的文字配上震撼人心的精美照片，定会给读者带来极致美好的心灵慰藉。

本系列丛书共三本：

《中国最美的 88 个自然风光旅游地》

书号：ISBN 978-7-5124-0242-3

定价：39.80 元

出版社：北京航空航天大学出版社

《中国最美的 88 个特色旅游地》

书号：ISBN 978-7-5124-0320-8

定价：39.80 元

出版社：北京航空航天大学出版社

《中国最美的 88 个人文旅游地》

书号：ISBN 978-7-5124-0394-9

定价：39.80 元

出版社：北京航空航天大学出版社

"中国最美旅游线路"丛书简介

《最美秦晋——从山西到陕西》

《最美江南——从南京到上海》

《最美中原——从洛阳到商丘》

《最美徽州——从黄山屯溪到三清山》

《最美湘桂——从湘西到桂林》

《最美福建——从厦门到闽东海岸线》

《最美海南——从海口到三亚》

《最美云南——从昆明到丽江》

《最美西藏——经绝美川藏线到
荒原阿里的旅行》

本套丛书追求有个性有特色的旅行，淡化走马观花的传统方式，追求历史、文化、民俗的深度感悟、风景、美食、住宿的独特体验，倡导"大景点"概念，提倡在一个地方要做几件事。除了游览出售门票的传统景点之外，更推崇在当地探索不为人熟知的特色风景，寻找巷陌深处的地道美食，住一家温馨浪漫的小客栈，听一段地方戏，寻一件民间工艺品等。这套丛书还打破了传统旅游书以省划分的模式，每本书都不限定某一个行政区域，而是在全国范围内精选多条特色经典路线，设计出最合理的行程安排，每条路线又可以根据读者不同的时间兴趣分化为数条小路线，全书景点行程可相对独立又紧密相连贯通一体。本套丛书由资深背包客实地考察后撰写，文字和照片均为原创，定能带给你全新的启示，使你的旅行充满趣味，更加丰富多彩。

《悠闲慢旅行》

《十年旅行》

《路人甲》

《一个人旅行直到世界尽头》

《背着家去旅行》

《阳光下的清走》

《我在青旅做义工》

《大地上的游吟者》

《我住青旅游中国》

《搭车旅行：那些边走边晃的日子》

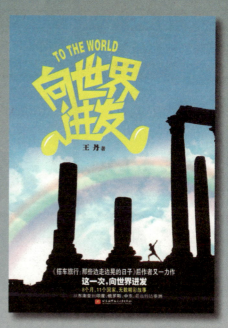

《向世界进发》

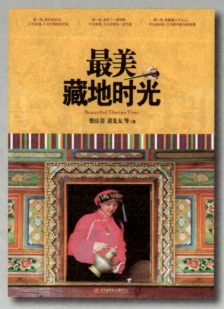

《最美藏地时光》

《最美云南时光》

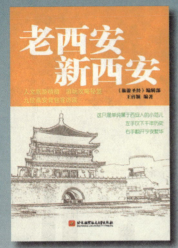

《老西安新西安》　　　　《老上海新上海》　　　《老北京新北京 2012-2013》

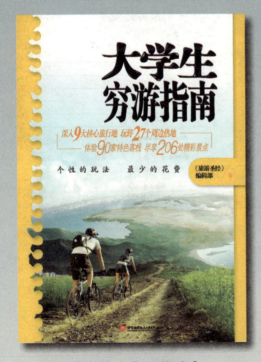
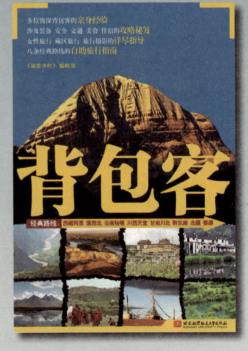

《大学生穷游指南》　　　　　　　　《背包客》